新装版
大江健三郎同時代論集4

沖縄経験

新装版

大江健三郎
同時代論集 4

沖縄経験

岩波書店

目次

沖縄経験

I

沖縄の戦後世代

どのような国、どのような地方においても、その土地の人間が、もっとも昂然として美しいとき、かれの美しさは、おおいに、かれの骨格や容貌の地域的な特質にかかわっている。いかにもその地方の人間らしい地域的な個性が、かれの魅力の表面にきわだってくる。逆に、その土地の人間が、もっとも萎縮して醜いとき、かれの醜さは、おなじく、かれの骨格や容貌の地域的個性にかかわってくる。すなわち、ある国、ある地方の地域的個性というものは、その地域の人間の美しさと醜さについて、楯の両面のように緊密にかかわった特質なのであろう。われわれが美しいとすれば、それは日本という一地域の個性にかかわって美しいのであるし、われわれが醜いとき、それは日本人の地域的個性の負の要因すべてを結集して、いかにも日本人らしく、あまりにも日本人らしく醜いのである。

僕が見たかぎりで沖縄という地方の地域的な個性をもっともくっきりとあらわした容貌の少年は、基地の市、コザの狭くるしい谷間の、琉球少年院において独房の剝きだしの板の間にじっと坐っていた。コンクリート壁にうがたれた覗き窓から、教官が、なぜそこへ監禁されたのかとたずねると、じつに暗く獣じみた陰鬱さをたたえた容貌の少年は、いささかも光ることのない鈍い眼をあげて、《反抗しました》と答えた。かれの顔かたちの個性は、それがそのまま逆転されて、もっとも昂然として美しい沖縄の若人の風貌たることをあきらかにすることが絶対に可能であることをしのばせる地域的な個性であった。しかしかれはいまコンクリート壁のうちにとらわれて、うなだれ膝をかかえこみ凝然としている醜い少年であるほかはない。もし、沖縄で、少年院の独房に監禁され、薄暗がりに鈍い眼をさまよわせて坐りこんでいる少年の、現在と未来について考え暗然としないものがいれば、かれのオプティミズムは凄じいかぎりだ。とらわれた少年の耳に響いてくるのは、ただ嘉手納《かでな》飛行場からおそらくはヴィエトナム戦線にむかって飛びたつ米軍ジェット機の轟音のみである。琉球少年院、琉球少年鑑別所は隣接しているが、そこからほぼ二百メートルのところに基地がひろがっている。

もし沖縄の貧困ということをいうなら、この少年院、少年鑑別所の実態が、あまりにもあからさまにそれを示している。一九六一年の少年法施行以来、足かけ五年、コザ市のこのふたつの施設は、まだ、その完成図に未完成の赤い斜線の部分をじつに多くのこしたままである。現在、少年院にほぼ二百名の非行少年たちが収容されているが、それは定員八十七名の二倍以上にも達する数である。少年たちを教育すべき教室はまだ建設されていない。少年たちは風の吹きすさぶ中庭のテントのなかで算盤をならっている。医務室はあるが医者はいない。ただ簡単な外傷に手当てをしてやることのできる教官がそこにつめているばかりである。こちらは絶対に医者が必要とされる筈の鑑別所にも専門医はいない。沖縄全体に医者の数が不足しているのだ。公費留学した医学生が、本土からの帰島を望まないということがあり、それは沖縄の社会問題のひとつである。たまたま僕が沖縄のホテルで読んだ新聞の投書欄には、官費留学している東京在住の医学生からの、もし沖縄に戻らなければ、どういう罪にとわれるか？という、切実な質問の投書がよせられていた。琉球政府厚生局の白書によれば沖縄全島の医師の数は三五九人で、人口十万人対医師数四〇・七人、それは本土のもっとも医師数の少ない県、秋田県の約半分にしかあたらない。そのように稀少価値をもった医師が少年院、少年鑑別所に常駐してくれることは望みにくいであろう。しかし、それにしてもこれら、もっとも不安定な心理および肉体条件にある非行少年たちが、専門医なしに、しかも定員をこえてただ監禁されているということは異常であろう。

非行少年たちの更生には、ブタを飼うとか耕作するとかの軽作業が必要だ。しかしこの少年院には一頭のブタもいず、農地もない。ほんの数坪の野菜畑があるばかりだ。唯、一棟だけ実科教室が建っている。その片隅に旋盤がそなえつけてある。しかしこの少年院の窪地まで三相交流の電線がひきいれられていないので、旋盤は死んだまま埃りをかぶっている。この少年院の敷地自体、その中央を市民たちの通行する舗道がつらぬいているのである。この種の異様さをかぞえあげてゆけば際限はないであろう。もっとも異様なそれをつけ加えれば、琉球鑑別所には少女たちのための施設がない。だからといって鑑別所におくられてくる少女たちがいないというのではない。非行少女たちは、那覇市の女子刑務所におくられる。少女たちは、犯罪をおかした成人女子の服役している刑務所の、しかもおなじ建物に、ただ廊下をへだてて間借りし、そこで保護観察(!)されているのだということだ。

しかしこのようにも徹底した悪条件のもとにありながら、まずまず琉球少年院は苦闘してその機能を果しているように思われた。なにがそれを可能としているか。それは唯、ここで働く若い教官たちの努力にかかっているというのが僕の印象である。定員の倍の非行少年をつめこんだ少年院で、暴動をひきおこそうとすれば、それは容易であろう。しかし少年たちが、非行少年には非行少年なりに要求できる権利があることを主張せず、あの貧弱な設備を忍耐して、少年院生活にしたがっていることの背後には、そうした教官たちへの男らしい友情が働いているというべきではあるまいか?

僕が会って話した教官たちは、少年院においても鑑別所においても、ほぼ三十代なかばの年齢に属する人々であった。あの戦争の時代に、ここに収容されている非行少年たちとほぼおなじ年齢の時期をすごした人々である。後述するがこの年代の沖縄の知識人たちはみな、そろってストイックな責任感の持主のように思われる。少年院でも鑑別所でも、教官たちは施設の実状について説明しながら、時どき言葉をのみこんで、なんとなく奇妙に翳りのある微笑を浮べるのだった。その風変りな微笑は僕をとらえた。かれらはこれらの施設の設備がいかに手薄であり、基準を下まわっているかを訴えている。そして不意に、まったくこのように最悪な条件で、いったいどうなることだろう、といった風に、すっかり閉口してしまった奇妙な微笑をもらすのである。その実、かれらは絶対にかれらの仕事を投げていない。仕事をないがしろにするどころか、かれらの人間的努力において、欠けている敷地、欠けている建物、欠けている医者、欠けている三相交流、欠けているブタと耕地などなどのすべての穴ぼこを、補塡すべく志しているように感じられるのである。むしろかれらは非行少年たちに深く切実な負い目の意識をいだいている。

たとえば鑑別所の教官は、少年たちの知能指数の表を示しながら、そこにあげられた沖縄の非行少年たちの知能指数が、本土の非行少年たちのそれより平均して10点程度下まわることを急いで説明しようとする、自分の弟の不成績を弁解する兄のような切実さにおいて。沖縄の鑑別所では設備と人手不足のために、非行少年たちの知能検査は、すべて集団式でやるほかなく、個別検査は不可能である。もし個別検査がおこなわれれば沖縄の非行少年の知能指数は本土の非行少年の平均に迫るだろう。

しばらく前、沖縄でも少年法を適用する非行少年たちの年齢を切りさげようという政治家たちの動きがあった。しかし現場の教官たちは、社会の矛盾あるいは貧困を少年たちの肩の上に皺よせすることはできないと反対した。沖縄で、このような言葉が発せられるとき、それは社会教育家の道徳主義をこえた、まさに現実的な重みをもった意味を響かせるように思われる。

施設や設備の絶対量の不足を、戦後世代の最上層ともいうべき年代の人々がストイックな熱情において補塡してゆくことで、やっと平衡がたもたれているという実状に、僕は沖縄でたびたびめぐりあうことになる。琉球少年院、少年鑑別所がその最初の出会いの場所であった。あの教官たちの奇妙に胸をうつ風変りな微笑、おとなしく忍耐している非行少年たち。

とらわれた少年たちは沈黙している。壁の外の同世代たちはどのように考えているか？　ほぼかれらと同世代の少年たちとして、僕は二つの高等学校の生徒たちの声を聞き、かれらよりやや上廻る年齢の学生たちの声として琉球大学の青年たちの意見を聞いた。

那覇市の沖縄水産高等学校は、本土への就職もふくめて完全就職できる、そうした性格の学校である。穏和で明るい印象の少年たちには屈託したところがなかった。もっとも、かれらのうちに次のような詩を書いて生徒会誌に発表する少年もいるのである。この詩には、日本本土の人間の沖縄についての無理解、無知についての批評と、沖縄の人間自身の生活についてのユーモラスに裏がえされた自己批評があるというべきであろう。少年詩人は経営科の生徒で陸上部のキャプテンだ。この春、本土へ修学旅行した。

汽車の中での事である。

きれいな女の子がきつそうに立っていた。当然ながら紳士然たる我々は席をあけた。そして話ははずむ。

彼女が聞く。

沖縄ってどんなとこ?

すると答えた、空と海が美しく、ハワイのようにロマンチックな島で、ハンサムな男性が多く。街には高層建築が立ち並び、日常語は英語を使い学校では国語の中に日本語があるだけさ、すると女の子は感心したように、

それにしては日本語上手ね、だとさ。

かれら海の少年たちとくらべれば基地の市、コザ高等学校の生徒たちの意識は複雑である。もっとも基地の市だからということで、コザにとくに非行少年が増えるということはなかった、それは少年院、少年鑑別所の記録が示している。コザ市よりも那覇市、すなわち沖縄最大の都市に非行少年たちの最大の温床がある。むしろコザ高等学校の生徒たちは、基地のなかに住んでいることに由来する特殊事情を前向きに活用しようとしている。たとえば、かれらは米軍人の子弟たち、すなわち鉄条網の向うの美しい学校で学ぶ若いアメリカ人たちと積極的に接触し話しあう。本土の高校生をふくめてかれらは、日本人の高校生中の最尖鋭の知米派というべきであろう。したがってかれら独自の、およそ日本復帰運動の一般的感情とはまさに逆の意見が聞かれることになる。

少年たちは一九四七、八年生れの年代であり、沖縄での戦争とまったく切り離された世代である。五、六年までは、と戦中派の教師がいう。生徒たちも、赤んぼうの自分が、なにか暗く恐しく、凄じい音のする所を逃げまわった記憶をもち、あれがなんであったのかということを実感をこめて疑っていた。しかしいまや、生徒たちは戦争からまったく切り離された、すくなくとも過去の戦争からは。そこで教師は生徒たちと自分とのあいだに断絶を見出す。生徒たちがじつに開放的に僕と語ってくれる脇で、この生徒たちの声を額面どおりにうけとらないように、と教師たちのひとりが注意する。かれにとってかつて同志だった生徒たちは、いま断絶している。

アメリカ人の高校生たちは、と率直な生徒が話す。沖縄と日本とを決して一緒に考えていない。沖縄へやってきて、これらコザ市の商店街の子息たちとふれあう若いアメリカ兵自体、沖縄へついてはじめて、沖縄が日本の一部であることを知り、いわば日本連邦の沖縄州という形で理解する。アメリカ人の高校生と話していて、自分がJapan, Okinawaに属するというと、アメリカの少年は、きみは混血児か、と訊ねるという。そこでひるがえって考えてみると、とコザ高校生はいうのである。《たしかに歴史を見ても沖縄人は日本人です。しかし日本のなかの、独立した州のような沖縄という考えがなければならない。日本に同化されてはならないし、アメリカナイズされてもならない。》もうひとりの生徒はいう。《われわれは、感情としては日本人の感覚をもっていません。理性、教養によって日本人だと思うだけです。》

このタイプの考え方の生徒たちの意見に、生徒たちが、父親の世代から聞いた、本土における沖縄人への差別という観念がしのびこんでくる。《父は、沖縄がはじめは支那に、あとではヤマトに支配されてきたのだ、といいます。そこで沖縄は本当に日本か、われわれは本当に日本人かと疑うことがある。戦前の人たちが差別された記憶が、僕の潜在意識にのこっているのです。僕はいまも自分のまわりのみんなが、本当に自分を日本人だと感じているのかどうか疑う。逆に兵隊たちがヴィエトナムに行くとコザ市のセンター街はさびれてしまうのだから、それを見ると、金銭的には、日本に復帰しないほうがいいと思う。現状に順応して、いまのままでいいと思う。》そしてこのタイプの考え方の究極の意見は、もし復帰するとして、なぜ日本にのみ復帰しなければならないか？という疑問である、《沖縄は独立できません、そこでアメリカよりむしろ日本に、ということなんでしょう。僕はまだ日本国民になったことはありません、日本人という意識が強いとすれば、それは父兄の影響のせいです。プロレスのテレビ中継があると、おばあちゃんだって日本人に応援しますし、オリンピックで日本が勝ったとき、いちばん喜んだのは沖縄のこうした人たちだったんですから。もし占領のはじめから、アメリカが沖縄をアメリカのものにしようと心がけていたなら、僕のような若い沖縄人はアメリカを祖国と思うようになったでしょう。いまでも、僕らの教育をハワイみたいにすっかりアメリカ式に変えてしまえば、沖縄の若い人間はアメリカに愛着をもち、アメリカに復帰するでしょう。》

もちろんコザ高校生のなかにも民族主義派はいる。かれらはこの意見に終始、反撥した。これは女生徒の声であるが、彼女は日の丸に愛着をもつという。《それは外国で見た日の丸への感情のようなものかもしれませんが、以前、日の丸をあげてはいけない時には、海軍旗をあげたんです。星条旗と日の丸とをひとつのものに考える人たちもいますが、私はちがいます。天

皇家の人たちを尊敬してはいませんが、とにかく沖縄へは、天皇家の人たちの誰かが、いちどは来るべきだと思います。》

僕が最後に、こうしたインターナショナリズム派とナショナリズム派のどちらがわに自分の意見が近いか、とすべての生徒たちに問いかけたとき、生徒たちの反応はほぼフィフティ・フィフティだった。しかし、すべての生徒たちは《われわれが日本人だという確実なものはなにもない》という考え方において全員一致するのであった。

生徒たちと話したあと、僕は航空兵だった教師にみちびかれてかれの教室を見に行った。校舎の天井は無残に破れはてていて荒涼としている。突然に、教師は昂奮する。《政府がこの天井をどうしても修理してくれません、これでは生徒たちに申しわけがありません、このままでは生徒たちはパンさえくれればそちらへ、という考えになってしまいます。》

戦争末期に負傷し、それで特攻隊出撃をまぬがれた教師は、少年院、少年鑑別所の教官たちがそうであったように、琉球政府の充たしえない部分について自分ですっかり責任をとってしまっている。かれは生徒たちの半数が同意した、あのインターナショナルな意見の印象を、僕の内部において、より軽くあまり重要でないものへと転換すべく試みているのだが、その意図と離れて昂奮したかれの、いかにも自分自身を恥じている響きにおいての《これでは生徒たちに申しわけがありません》という言葉には、僕を感動させるところのものがある。あの沖縄の戦中派たち、戦争において自分たちがもっとも徹底した犠牲をはらいながら、戦後のいまなお、もっとも重く責任をとろうとしている人々、かれらの意識の構造を僕はどう呼べばいいだろうか？

琉球大学の若者たちは、ほぼ一九四〇年から四三年のあたりに生れた青年たちである。かれらもまたほとんど戦争についての記憶をもっていない。ひとり沖縄攻撃の砲火がじつに美しかったことについて記憶している青年がいたくらいだ。かれらの最初の記憶は、戦争直後にはじまっている。食糧難、そこへアメリカ軍が放出した豊かな物資、乾燥ポテト、アイスクリーム、ビタミン剤。アメリカ人が、かれらの専用海浜で西瓜を食べている。かれらにむかって金網にすがりついた子供たちが、ワンニンカマセーと沖縄方言で叫びながら無心する。小学校の向かいに米軍の兵舎がある、そこから飛んできたゴルフ・ボールをとどけにいって菓子をもらい得意になって戻ってくる生徒を、教師が涙を流して叱りつける。はじめて「君が代」を習うが、大きい声で歌ってはならないと感じ、物かげにかくれてひそかに歌ってみる。朝鮮戦争がはじまり嘉手納基地から朝鮮にむかう爆撃機を見るようになる。夕暮に出発し未明に戻ってくる爆撃機、もし朝鮮戦争にアメリカが負ければ、沖縄の子供たちも鼻に穴をあけられ、ソビエトにつれてゆかれて働かされるという噂、爆撃機の事故爆発。

このようにしてかれらは成長してきたのだが、その地域差にしたがって、かれらの基地沖縄の発見に、大幅な時のひらきがある。離島から琉球大学にやってきた学生たちは、いわば沖縄本島に到着してはじめて、かれらの沖縄が米軍の基地であることを実感するのである。コザ市のような、基地のなかの基地で暮す若者たちには、コザ高校生たちの率直な表現を信ずるならば、すでに高校生の年齢で、沖縄が基地であることに鈍感になってしまうところすらある。なにしろ、もの心ついた時以来、かれらの周囲にはアメリカ兵たちがみちみちていたのだから、むしろかれらにとって沖縄は基地であることこそが常態なのだ。しかし、八重山諸島のような、ほとんど米軍人の駐屯していない離島で育ち、はじめて琉球大学生として、基地のただなかにいる自分自身を認識する学生たちにとっては、事情はおなじでない。

僕の会った琉球大学生のうち、宮古島出身の法政学科生も、沖縄本島にやってきてはじめて基地を発見し、学生運動に興味をもった。『琉大新聞』の指導者が、キャラウエイ高等弁務官の強権政治の時期の、あるエピソードを話したが、それもまた八重山諸島の小さな離れ島からやってきた女子学生の話である。はじめて基地におおわれた沖縄本島と、数知れない外国人たちを見て、きわめて感じやすくなった彼女は、キャラウエイ高等弁務官が沖縄人をばかにしているという強迫観念のとりことなり、新聞を読むことはおろか、それを見ることさえ恐れるようになった、そして不眠症。そういうものを一挙に克服しようとして女子学生は新聞部に入ることを希望したのだった。『琉大新聞』は、一般に次のような小事件をひきおこすような受けとられかたをしている新聞であることを、ここにつけ加えておくべきかもしれない。すなわち、もうひとつ別のエピソードだが、コザ市の基地に就職して軍作業をしているひとりの青年が新聞の指導者の所へやってきて、かれの弟を新聞部から退部させてくれるように頼んだ。かれは弟がそこに所属して進歩派の学生と目され、その結果、自分が基地の軍作業からしめだされるのではないかと憂えたのであった。

もっとも、離島からきた学生たちも、やがては本島の生活に慣れるのであるから、『琉大新聞』の学生編集者たちは、この基地の沖縄の日常生活にすっかりなじんでしまう学生たちをめざめさせ、めざめつづけさせることを望んでいる。基地に原子力潜水艦がはいってきても鈍感に沈黙している学生たちに、かれらは焦慮している。最近、ひとつの基地反対デモがおこなわれた日、たまたま、那覇の港に軍艦が入ってきて一般の見物客に公開された。『琉大新聞』の編集者たちは、デモ隊か軍艦見物か、そのどちらにより多くの学生たちがあつまるかを、きわめて重要な賭けの感情においで見守ったが、デモ隊に参加したのはごくわずかの学生にすぎず、『琉大新聞』の学生たちは失望した。

沖縄の日本復帰運動について、琉大生たちはどう考えているか？　ここにも、コザ高校生たちにおいてとおなじように、インターナショナル派とナショナル派の対立があって議論が白熱する。そこでかれらの、統一されないままの考え方をつたえるほかない。しかもこの不統一、不整合は、若者たちの同一人の内部にもまた存在していたように感じられるのである。

もっとも民族的なるものを主張したのは国文学科の女子学生で、彼女はこのまえの夏休みに台湾を旅行しての体験を話した。台湾の、中国人たちが彼女たちをかこんで懇談会をひらいてくれたのであるが、ひとりの中国人が沖縄の独立をすすめた。沖縄人もまた漢民族である、とかれはいった。なぜ独立して、われら台湾の中国人とともに、自分の足で歩かないのか？　沖縄の学生たちはその意見に深く反撥した。東京で僕もまた琉大に、沖縄独立運動を主唱する学生たちがいるということを聞いてきたのであるが、僕の会った学生たちは、琉球国民党という小さな政党に、台湾との金の関係と、そうした政見があるということを話してくれただけで、こうした噂を真面目にうけとってはいない模様だった。

逆に、復帰運動にもっとも懐疑的な学生は、日本ユートピア説こそが沖縄の貧困を助長している、と主張するのである。日本本土でおこなわれることをすべて美化し、それに追随する、たとえば教育についても、すぐ〝人づくり〟方針をとりいれる。日本のものはすべて良い、そこでこれらの人々の頭はまさに保守的になる。もし、早急な日本復帰がおこなわれれば、沖縄の旧世代は、日本でもっとも保守的な地方を形成することになるだろうではないか？

そして、この学生は、自分がたしかに本土の人間と似た容貌をもち、おなじ言葉をつかいはするものの、じつは日本人であることを実感したことはなく日本人意識、祖国意識はない、と告白する。東京へ旅行したかれは、周囲のすべての日本人たちに脅やかされているような気分になって大急ぎで沖縄へ逃げかえった。なぜ東京へ行ったか、それは日本へ個人的になりと復帰しようとしたのではない、ただ単に、《外へ出て行きたい》という意識が、たまたま東京にむかったにすぎない。かれはひたすら沖縄から《外へ出て行きたい》とねがってきた。

この学生ほど典型的ではないにしても、自分の持っている日本人意識は、現実生活から生みだされたものでなく、叩きこまれたものだ、と感じている学生がいる。そして、復帰については、基地依存の人々など、日本に復帰しても基地は残してもらいたいと考えているのであり、それぞれの沖縄の人間の個人的な利害関係にしたがって十人十色だという。すなわち民族的なるもの、という風に美化されてはいるが、個々の心のなかでは、保障などの利害関係においてのみ復帰のプログラムが現実的になるのだ。なかには日本政府への深い不信感をもって、復帰後の生活に不安を感じている学生もいる。このままの状態では国際的にあまりに弱いからという理由で、日本に復帰したいと考えながらも、日本に復帰すればするで今度は日本人から虐められるのではないか？　日本は果してあたたかいふところか、日本人は同民族としての沖縄人にたいして本当に寛容か？　民族感情があるにしても、それはオリンピックで日本人が勝てば喜ぶといった程度のものであって、現実生活においてはまた事情がちがうのではないか？　日の丸は好きだ、日の丸を見るとかきたてられる、しかし日の丸への熱情と日本の現実への態度とは別ではないか？　日の丸好きの日本嫌いというべき人々は少なくない。そして、この学生は、復帰しても日本政府に頼るほかないのが沖縄の人間だとすれば、こんどはアメリカのかわりに日本に、タスケテクレというだけのことで、同胞のもとにかえり、自立するという感覚は持てない、というのであった。

《外へ出て行きたい》という感情につきうごかされて東京へ苦しい旅をした学生、かれは琉球大学の学生たちのごく一般的な感情を表現した青年であるように思われる。現在、沖縄の若者たちはアメリカ留学、本土留学についてかなり広い機会にめぐまれている。高校生たちにとって、米留あるいは本土留学の国費留学生に選ばれるための競争は、いわば本土の高校生たちが東大入学を競う状態に似ている。もっとも、しだいに自費留学生のうちに優秀な学生たちがふくまれるようになっているが、それは留学後、国に縛られることを嫌ってのことだ。ともかく数多くの青年たちが沖縄から外へ向って出発する。そして毎年五百人もの学生たちが再び沖縄に戻ってくるのであるが、決して沖縄へ帰らない者たちもいる。留学後、国に縛られることを望まないというのは、すなわち強制的に沖縄への帰郷を義務づけられるのを望まない、ということである。かれらは沖縄へ帰ることが自分の将来性の幅を狭めることだという風に考えているわけであろう。

そこで琉球大学の《外へ出て行きたい》と感じている学生たちのジレンマがはじまる。かれらは米留、本土への国費、自費留学におもむく学生たちによって、沖縄へ置きざりにされたと感じている。沖縄の現実生活がおもしろくなく、息苦しくてたまらず、そして自分がそこに縛りつけられている沖縄が、伝統的に貧しい土地であり、将来は不安の霧に閉ざされている、と感じる。

こうした気分が一般的な底流なら、次には琉球大学を卒業したあとのアメリカ留学制度という存在が、かれらの心理状態に大きい影をおとす筈であろう。僕はこれと別の機会に、琉球大学の英文学科の学生たちの訪問をうけたが、かれらは『ユニヴァシティ・リヴィユ』という英字紙の編集者たちだった。この新聞の最近号のトップ記事は、次のようにはじまっている。《アメリカと台湾からの留学生が当大学に学び、学生生活を楽しんでいるが、台湾からの最新の留学生は、ユ・ジン・ミン君で、かれは台湾政府の公務員であった経歴をもち現在、英文科に学んでいる。》僕にむかって学生記者は、沖縄をえがく日本人の小説がすべて暗く惨めであることを非難し、作家は現代の沖縄をしっかり見つめて小説を書けと要望した。しかし、僕はごく短い会話のあと、この学生もまた現代の沖縄の暗く惨めな矛盾の存在を否定できないことを確かめたが、ともかくかれは、そのように要望すべくアメリカ人の教師とともに僕を訪ねてきたのだった。そして実に率直に、自分が卒業後のアメリカ留学を熱望して、こうした英語習得のためのクラブ活動をおこなっているのだと話した。いわばかれは琉大生のうちひとつの陽のあたるタイプの学生であろう。そして僕に《外へ出て行きたい》コンプレクスについて語った学生は、琉大生の、より暗いがわのタイプであろう。

現にかれは米留制度こそが、現在の琉球大学の学生運動の沈滞をもたらした癌だという。この学生が学生運動に入ろうとした時、かれときわめて親しい同級生は米留のための準備をしていた。そしてかれに、きみが学生運動をやるのは自由だが、それが間接的に、きみのもっとも親しい友人である自分のパスポート問題を束縛することになる、と消極的な抗議をした。たしかに米留にあたっての様ざまな調査にパスするためには学生たちはおとなしい学園生活をおくらねばならない。そこでかれらの心理的償いは米留から帰ってくれば、そうした政治問題に参加して働こう、ということである。学生運動をやりたいがアメリカへの留学の夢も棄てきれないというジレンマがそのように内攻してやっとつかのまの平衡を見出すわけであるのだろう。

こうした学生たちの現実への態度、関心を琉球大学の教師たちはどう見ているか？　僕は琉球大学の三人の助教授たちに会った。かれらはいわば沖縄の戦後世代の最上層を構成する人々である。かれらは沖縄の戦争にあたって幼ない腕でみずから戦った体験をもっている。しかもこの戦いはじつになみたいていの戦いでない。沖縄の知識人たちは、かれらの戦争体験についてじつに寡黙であるが、いったんかれらがその記憶をかたりはじめると、かれらの温厚な沈黙の重さとにがさに圧倒されないではいない。

新聞学の大田昌秀助教授は一九二五年生れであるが、沖縄の戦争にあたっては健児隊の一員として戦った。かれの年度の一二〇名の沖縄師範学校同期生のうち、生きのこりが二十八名であることを考えあわせれば、あの健児隊が、どのように悪しき戦闘をおこなわなければならなかったかあきらかであろう。大田助教授が、もっとも若い青年としてあの戦争を体験したとすれば、一九三〇、三一年生れの心理学者、東江平之《あがりえなりゆき》助教授、政治学者、比嘉幹郎助教授は、ともに鉄血勤皇隊に属する少年兵士としておなじ体験に参加したのだった。

かれらはともに生き残りである。生き残ったかれらは戦後の激動期の沖縄でストイックに勉強し、アメリカ留学のあと、本土の大学で研究して沖縄にかえり、現在、琉球大学のアカデミズムを支えている。秀れた少壮学者として学生たちと相対している。

したがって助教授たちの関心の焦点は、当然かれらの戦争体験、戦後体験を現在の学生たちにどうつなぐか、ということでなければならない。戦争を体験しなかったために基地についての危機感を深くもつことができない、そうした今日の学生たちと、まさに戦火のさなかに青少年期をすごしたかれら自身の戦後体験を、いかにして共有するか？　助教授たちの言葉は切実をきわめている。

今日の学生たちのうちにも尖鋭な政治意識をもつ者たちはいる。しかしかれらは狭い場所にとじこもって危機意識をもちつづけるうちに、その重みでへたばってしまう。たとえばノイローゼにかかり田舎で高校教師をしながら立ちなおろうとしている学生たちが数多くいる、と大田助教授はいう。へたばらず危機感を持続することがもっとも肝要なのだが、それができにくい。そして片方には危機的なるものにすっかり鈍感な学生たちの大群がいて、そこに横のつながりを見出すことができず、孤立した危機感の持主は、かれのノイローゼからたちなおる手だてがない。現在の学生たちにも、その兄や姉が沖縄の戦争で死亡した者たちはいるのであるが、それをすでになにごとでもないと感じる鈍感さすら育ってきているというのである。戦後体験の共有を学生たちと自分の世代をつなぐ橋としようと志しながら、大田助教授は、ほとんど絶望的にさえみえる。

このような学生の世代、戦争についての危機感覚が、過去の沖縄戦に関わっても、現在の基地とその向うのヴィエトナム戦争に関しても、ともに欠落している学生の世代が、大田助教授たちの世代を跳びこえて旧世代と野合したとすればどういうことになるだろう？

大田助教授が沖縄の今日の実力者層である旧世代に対していだく批判の中軸は、かれらが戦争責任を追及されることなしに戦後を生きのびたことに関わっている。沖縄の実力者層は、あの最悪の沖縄戦がまるでなかったとでもいうように、戦前から戦後へ、いわばひとつの連続性において生きのびてき、現在のもっとも保守的な日本復帰論のにない手となった。そこで戦争責任を追及さるべき旧メンバーそのままの実力者層による、もっぱらかれらむきの日本復帰がおこなわれようとしているのではないか？　そうなるとすれば、まさに沖縄の戦後は夢、幻影にすぎない。そして戦後の危機意識を共有しない若い世代が、鈍感にかれらに追随してゆくとするなら、大田助教授たちの世代はまったく孤立するほかないであろう。

本土では、まがりなりにも戦争責任の追及がおこなわれた、と大田助教授はいう。しかし沖縄で追放されたのはじつに、ただ二人にすぎない。比嘉助教授によれば、それは占領軍が、沖縄を台湾、朝鮮とおなじく被害者たちの土地とみなし、民主化運動の懲罰の枠外においたからである。確かに戦後をずっと無傷ですごした実力者たち中心の復帰がおこなわれかねないのが現状だとすれば、大田助教授たちにとっては、戦後世代が過去と現実を批判的に整理して、そこから、助教授たちと共有すべき危機意識をくみとり、旧世代と確執をかもすことのみが希望であろう。

沖縄でこれまでおこなわれてきた、いわば民衆のなかの戦争責任の追及の実状を示すものとして東江助教授がかたるのは次のようなエピソードである。沖縄戦争のもっとも悲惨な時期、戦場へ女子師範学校の生徒たちをつれて行った教師たちのひとりが、戦場ですでに団体行動をとれない状態に到ったと判断して解散した。しかし、なおも教師にしたがってゆこうとする不安な女生徒たちをなかなかふりきれなかった教師は、石を投げて、かれにつきしたがおうとする女生徒たちを追いはらった。生きのびた教師は戦後二十年その重荷を背おった。確かにかれが投じた小石は卑劣な礫である。しかし同時に、女生徒たちの面倒を最後までみたということで逆に評価されている他の教師たちにも、事の大筋であるところの、数百人にものぼる子供たちを戦場につれだしたことへの責任は追及されるべきではないか？　そういう論理的な不徹底が、沖縄の戦争責任追及のすべての側面をおおっているのではないか？

さて、沖縄の人間と、本土の人間の心理関係ということがある。たとえばコザ高校の生徒たちのなかには、父親たちがつたえる、戦前の本土における沖縄人の被差別という問題に深く印象づけられているものがいた。ああした傾向は琉球大学においてどうだろうか。助教授たちによれば、むしろコザ高校生の声は例外であって、琉大生たちにはそうした隠微な被差別意識はなくなったのではないかということである。僕の会った琉大生が、本土の人間に虐められることになる復帰とか、復帰によってもあらためられない沖縄の伝統的な貧困に茫然とするといったのも、確かにいわゆる被差別意識とはちがうようだ。その意識を持つには沖縄の戦後世代はこの二十年間、現実的に日本本土の人間と接触することがなかった。コザ高校の生徒たちのそれも、いわば想像力の世界に属している。助教授たちは、むしろ戦前の日本人に対する意識が、現在のアメリカ人に対する意識にくらがえされているのではないかというのである。すくなくともアメリカ人と自分たちの差は、本土の人間と自分たちの差をちっぽけなものに感じさせる。むしろ逆に、いまや沖縄エリートがアメリカ人との接触をとおして日本人に優越感をもつということさえありうるだろう。そこで心理的な問題は克服されることになる。しかし学生たちは一般に日本復帰問題に無関心だ。あえて反対はしないが、切実に復帰したいと考えているようではない、と比嘉助教授はいう。すくなくとも、祖国意識というようなものはきわめて稀薄なのだ。戦中世代の中にも、このようなコスモポリタン的な新風土ができあがっている時、なぜ復帰しなければならないか、と疑う声がある。

ところが旧世代のうちには、筋のとおった理論なしに復帰を望む考え方が支配的であり、また、単に復帰に反対してはまずいというネガティヴな発想から、その考え方に和する多くの人たちがいる、というのが東江助教授の観察である。日本の国旗をふって紀元節を謳歌することを復帰運動と関係づけたい人たちがいる。また、基地はそのままにして利益は吸いとりつづけながら、政権だけは復帰しようという与党の政治家たちがいる。柳田国男は戦前の沖縄について、上層が自分たちのためにのみ奔走することを指摘しているが、戦後にもその傾向は残っていると東江助教授はいうのである。そしてこうした旧世代の実力者たちの態度を支えるものとして、沖縄での戦争責任の非追及ということが作用したのであろう。

そこで助教授たち自身の、いわば第三の声ともいうべき復帰への考え方はどうかといえば、大田助教授は、まず日本政府の沖縄への態度とは無関係に、どんな身分においてでも復帰しよう、という一般的趨勢に、反対である。日本政府が沖縄についてどのような新しい政治をおこなうか、ということに見とおしをつけてからの復帰でなければならない。日本への沖縄の復帰が、そのまま憲法改悪派の足場にひとつ礎石をおくといった復帰であってはならない。したがって大田助教授は、まずそうした復帰をまねきかねない沖縄の旧世代を戦争責任の名において告発しなければならず、無関心派の新世代に対しては、次の戦争あるいは沖縄を基地とする現在の戦争、ヴィエトナムへの、持続的な危機感の共有をなかだちとして、日本政府に対する批判をふくんだ正統的な復帰論を呼びかけねばならぬであろう。そういう時、琉球大学の学生層が危機についてますます鈍感になってゆくように感じられるとすれば、助教授のジレンマはきわめて深刻となる。

比嘉助教授は、復帰の問題と、自治権の拡大の問題を、ふたつの政治の筋として分けて考えるのがもっとも新しい態度だろうという。すなわち、国民が沖縄の主権者となること(復帰)があり、そしてはじめて自治権は拡大されるのであって、その逆ではない。僕はこうした考え方に、戦争直後に中等教育をうけた世代である僕自身を、もっともひきつける憲法感覚を感じるものである。新憲法によってまもられることもっとも少なかった沖縄の戦争直後世代の憲法感覚、それは感動的ではないか。

ここにあげた琉球大学の三人の助教授は、揃って金門《ゴールデン・ゲイト》クラブのメンバーである。東京ですでに僕は金門クラブの噂をたびたび聞いたものだった。それはアメリカ留学した沖縄の新しいエリートの牙城である。高等弁務官はクラブの例会でもっとも重要な声明をだし、琉球開発公社総裁に若い金門クラブ員が抜擢されたりする。沖縄についてからも、羨望や反感のこもった様ざまの噂を聞いたものだ、琉大生のひとりはこういった、あのクラブはきらびやかな宮廷みたいで、自分にはいつまでも関係ないだろう……

僕は金門クラブの会長にも会ったが、ここでは、これら三人の信頼すべき琉大助教授たちが、かれら自身をふくむ金門クラブの性格と役割をどう考えているか、ということを紹介しておきたいと思う。比嘉助教授は、金門クラブがアメリカ追従的であり、アメリカ側のいいなりになる、といった本土での報道には歪みがありすぎる、という。金門クラブにもイエス・マンがいないわけではないが、一般にはむしろアメリカに対して批判的である。それはあらゆる植民地的状況の土地の知識人に共通の性格であろう。金門クラブの中心メンバーたちは単に沖縄から米留して帰ってきた人々というのでなく、本土教育をうけ、補足的にアメリカの教育をうけたのだから、自然アメリカ批判の眼はそなえている筈である。

大田助教授によれば、かつて米留経験者の親睦団体にすぎなかった金門クラブが、こうした性格のものに発展した端緒は、一九五七年、沖縄の若いエリートたちとアメリカ側の指導者とが対等に話しあう機会をつくろうという意図でおこなわれた、領事館でのガーデン・パーティだった。その後金門クラブが、当時アメリカ人専用であった、ハーバーヴィユー・クラブで例会を開くというようなことになり、誤解されて仕方のないところもでてきたわけである。もっとも比嘉助教授のいうとおり、本土の教育と米留での補足的な教育で批判的な眼をやしなった正統派たちは、決してアメリカかぶれというのではない。もしそうした形容があたるとすれば高校を卒業してすぐ短い米留をした若者たちがそうかもしれない。ただ、最近、ワトソン高等弁務官のおこなった金門クラブでのスピーチは、クラブのメンバーたちが民衆から遊離しているという批判であった。大田助教授は、金門クラブのメンバーたちが、とくに秀れている特徴として、適応性《アダプタビリティ》と、明治維新の若い知識人たちの持っていたような、実学の能力をあげる。しかしイデオロギーあるいは意識の面にもろい実学派は、若い世代をどのように指導してゆくかという点では弱い。次の世代に、実感をとおさないで、危機感覚をつたえるというむつかしい作業がかれらにできるかどうかわからない。すなわちそれが大田助教授の、金門クラブ員仲間への批判であるだろう。かれは若いエリートの教育的役割について敏感だ。基地沖縄における経済的安定と政治的無関心のぬるま湯にひたる民衆に対して、若いエリートが危機感覚を教育しないとすればどうなるか？　危機感覚の共有というテーマは、かつての健児隊員の生き残りである少壮学者にとって、そのすべての考え方の軸であるように思われた。

これら琉大助教授の若く有能なエリートたちの世代と、かれらの教え子である、すくなくとも表面は、危機意識から遠ざかった、おとなしい、現在の琉大生たちとのあいだをうずめる世代は、どのような戦後世代であるか？　この数年の琉球大学の学生運動の歴史は、ほとんど閉塞状態にあるように見える。しかし、かつてそこに激しい抗議の意志が結集したことが決してなかったのではない。それら嵐の時期の、それこそ大田助教授のいわゆる危機感覚の共有のためのなかだちとなるべき存在であった、活動家の学生たちはどこへ行ったか？　現在かれらは沖縄社会のどういう場所で、どういう働きをしているのか？　僕はかれらとめぐりあいたいとねがい、そして琉球大学の様ざまな嵐の時期をそれぞれに体験した、三人の青年たちに会うことができたのであった。琉大生のひとりが憂えたように、学生運動をおこなうことは、確かに金門クラブ員へのエスカレーター・コースに適当でないのだろう。かれらは、誰も金門クラブ員ではなかった。しかしかれらはノイローゼになやまされて地方に隠栖しているのでもなかった。かれらのひとりは、沖縄本島から四五〇キロも離れた石垣島に追放されていたが、しかも地道に仕事をつづけている不屈のタイプだった。あとのふたりもそれぞれの場所で、かれら独自の仕事をつづけて、おたがいに、危機感覚を共有しあっている、真の戦後世代であったのである。

僕はまず石垣島に渡った。夜がふけると、島はじつに真暗になってしまう。黒暗々とした舗道を子供たちの群が走り去る。沖縄本島のそれよりはるかに小規模ながら、静かで確実な存在感をもった門中墓が、わずかに白く浮びあがる。真昼、島はパパイヤや椰子の緑のあざやかな南の島だが、このまさに暗い夜の印象は八重山民俗学のイメージを喚起する。われわれの死者の魂《たま》がこの島周辺の海にかえり、再びわれわれの赤んぼうの肉体にやどるべくここから海をつたわってくるというのは、真実であろうという気がする。そういう石垣島の暗闇。

今、この島に常駐して、周辺の離島をめぐっては、それらの風土記を書きつづけている『沖縄タイムス』の記者が、かつて琉球大学の学生運動の本拠であった『琉大文学』に属する詩人として、次の一章に始まる、戦闘的な『有色人種抄』という詩を書いたのであった。

　ボクらの皮膚は白ではない。
　ぶよ　ぶよ　産毛の生えた　白　ではない。
　太陽に灼かれ　台風に叩かれ
　塩粒を含んだ南国の海風に曝された
　底光りのする小麦色だ。
　だが　白い人種は
　ぶよ　ぶよと産毛の生えた白い人種は
　このボクらの島にオネスト・ジョンを運び込み
　ボクらの主人面をして　島をのし歩く

白い人種は
ボクらのことを　黄色人種《イエロー》　と呼ぶ。
ボクらのことを　黄色人種《イエロー》　と呼ぶ。

詩人は、白人たちに対して、自分はイエローで沢山だ、イエロー・フェローで沢山だ、という。自分たちの《くずれぬ拳の節くれだった美しさを知れ》という。そして駐留黒人兵にむかって、《この黒いキミたちと／黄色いボクら。／有名人種のキミたちとボクらだ》という言葉を、《そのようなキミたちとボクら。／ブラック・アンド・イエロー!》という言葉を捧げる。詩人はまた、悪しき黄色人種を告発し、自分が善き黄色人種であることに誇りを持っていることを主張する。そして、黒人兵に問いかけるのである。

だが、キミたちよ。
考えたことはあるのか。この黄色、ボクらの前で。

詩人、新川《あらかわ》明氏は一九三一年生れで、一九五〇年の琉球大学第一回入学生であった。まだ本土から切り離されていた奄美大島出身の学生たちもふくめて、ほとんど大学の体裁もととのえていない、できたばかりの琉球大学で新川明氏たちは学びはじめた。図書館すらもなく教科書もない大学。新川氏たちが三年生になってはじめて各学科の区別がはっきりしてきた、そういう草創期の大学。それが充実してくるのは、沖縄出身の若い学者たち、あの大田助教授たちのような人々がアメリカ留学や、本土の大学院での研究をおえて戻ってくるようになってからである。新川氏たち、初期の学生にとって琉球大学は、政府の米留、本土留学の試験のための予備校のようなものだった。当時、本土の大学に入るためには試験によって選抜される国費留学によるほかなく、自由に本土へむかうことは許されていなかった。確かに、琉球大学『十周年記念誌』によれば、一九五五年にいたっても学生会の活動方針に、大学の自主制の確立というスローガンにならんで、予備校的存在からの脱皮、が叫ばれている具合だ。もっとも新川氏は、いかなる留学も望んでいなかった。留学こそが琉大生たちの具体的な唯一の希望のイメージだったのだが。当時、高校を卒業しても就職口は絶対になく、軍作業に行くくらいが関の山だったので、琉大に入ったといってもいいくらいだった。そうしたタイプの学生たちがあつまって『琉大文学』を出すことになる。出発当時、この雑誌は暗く絶望的な退廃的な気分の雑誌であった。もっとも創刊号の出た一九五三年七月、すでに琉球大学では、学生運動の最初の兆候があらわれていたのである。この年の春、生活擁護委員会の学生たちが、那覇市の街頭に、『アサヒ・グラフ』の切抜きをかかげて、原爆展をおこなった。経済クラブの学生たちは機関誌『自由』を発行した。大学側はこれらの学生たちが教官と大学の指導と許可をうけていないという理由で、四名の学生を謹慎処分にした。それが始まりだった。学生たちはメーデー大会にこれを訴え、メーデー大会代表が大学に抗議した。ところが大学側はそれを学生たちの謹慎処分への反抗とみなして、あらためて四人の学生を退学処分に決定したのであった。

このような学生運動の動きが『琉大文学』に影響をあたえた。本土の大学を卒業して『沖縄タイムス』に入った新聞記者との読書会などもひらかれ、一九五四年のうちには、『琉大文学』は性格をあらためて、次第に反米的な色彩を濃くしていたのである。そして一九五六年の、沖縄全島民の戦後はじめての総合的な抵抗運動であった、米軍の土地接収をめぐる、いわゆる土地問題闘争がおこり、それにかかわって六名の退学処分がおこなわれ、一名が謹慎処分に附されたが、そのうち四名までが、『琉大文学』の同人だった。すなわち、その時までに『琉大文学』は反米的な沖縄の学生運動の拠点となっていたのであり、この処分が、反米的な学生雑誌をおしつぶすための意図によって、つらぬかれていたことさえあきらかだ。

この処分にあたってはじめ大学理事会は、退学処分よりも軽い処罰が妥当だと考えていた。アメリカからの大学への援助打ちきりの声明が理事会を屈伏させ、学生たちは追放された。若手の政、経学部の助教授たちが理事会に反省をもとめたがそのままになって終った。こうして処分された学生のうちには、ただ『沖縄タイムス』に土地闘争をめぐるひとつの投書をしたということで処分の対象になったものがいる。僕はかれの投書のタイトルが好きだ、《窮鼠、猫を咬む!》ここには抵抗する弱者のユーモアが滲んでいる。

新川明氏はこの年すでに琉球大学を卒業して新聞社に就職し、琉大担当記者となっているのであるが、かれは『琉大文学』に先にかかげた詩を発表した。それは『琉大文学』が、単に学内の雑誌にとどまらず、一般的な広がりをもちはじめていたことを示すだろう。それにしても、沖縄の出版物が米軍による事前検閲をうけることを考えてみるまでもなく、この詩の出版は勇敢な、勇敢すぎるほどの冒険だった。『琉大文学』の同人たちは、検閲手続きを無視してこの号を出版し、発禁処分に附された。僕の手許にある『琉大文学』の綴じこみの、この次の号の後記には、《前号から一年と一月を経て、ようやく雑誌に陽の目を見せることができた。学内、学外の鬱屈とした状勢は、本誌との関連も多少に有していたし、一学期間の休刊処分ともからんで、昨年は文学外の障害のために止むなき状態を見送らねばならなかった》と、この詩に由来する受難と、四人の同人のこうむった災厄について穏やかに匂わせている。そしていまや、《暗やみの中から、首をもたげる》とつづける。新川明氏の詩の最後の一節。

キミたちの上におゝいかぶさり
キミたちを圧しつぶそうとする全べてを
焼きつくせ！

新川明氏たちの卒業のあと『琉大文学』とそれを中核とする学生運動とを受けついだ下級生のひとりが、一九三五年生れの伊礼孝氏である。かれはいま、那覇市役所の広報係につとめている。土地問題の島ぐるみ闘争にあたって学生たちのデモ隊が組織された時、かれはひとつの分隊の副隊長だった。沖縄人の警察にはデモ隊を鎮圧する力はなかった。CIDのアメリカ人の焚くフラッシュのみが威圧的だった。デモ隊は沖縄の人間がはじめて叫ぶ、ヤンキー・ゴー・ホーム！という叫び声をあげた。伊礼孝氏はその最初の叫び手のひとりだ。かれらは結局、友人たちの処分を撤回させることができなかった点で、このデモンストレーションの後始末に敗れたわけだが、処分決定にあたって大学理事会を圧迫した直接の責任者である、アメリカ人の教育行政官に対してまったく反撃しなかったのではなかった。この教育行政担当者が大学を去るにあたって、琉球大学は人道博士号をおくることにしたが、学生たちは、前夜ひそかに檄をとばした。翌日、授賞式のおこなわれる講堂に学生はひとりもあらわれず、ただ遠方から沈黙してそれを眺めている眼があるだけだった。この抵抗もまた、《窮鼠、猫を咬む！》のひとつだったであろう。

伊礼孝氏は教師となることを望んでいたが、卒業にあたってどこの学校からも一様にことわられた。この活動的な学生運動家を、市役所が採用したのは、たまたま革新派の市長が那覇市で選ばれた時期だったからである。そしていま伊礼氏は自治労沖縄の組合員として、地道で根強い活動をつづけながら、市役所の広報の仕事をおこなっているわけだ。

伊礼孝氏は日本復帰について、もし日米行政協定で日本に帰るというふうなことであれば、それは日本が沖縄にあたえた歪みをとりかえせるものであるどころか、沖縄人が薩摩の侵入以来体験してきた、同化であって解放でない、そういう復帰にすぎない、という意見である。《その歪みを止揚するために復帰が日本の解放にむかう主体的なものにむすびつかなければ、現在の沖縄の歴史的歪みをいつまでも訂正できない。日本の反体制運動の中に帰るというのでなければならないので、ある朝、突然アメリカが沖縄を放りだしたというので日本に帰るのじゃ、アホみたいなことになるよ！》

僕が会った沖縄の戦後世代のうち、もっとも左翼的な人間である、那覇市の広報係は、《沖縄の戦後意識と本土の戦後意識とはちがう、それはおなじ二十年の戦後意識ではない》というかれの確信を、僕に理解させようとした。そしてかれは、子供の自分が離島でむかえた敗戦の日前後の記憶をかたった。僕が四国の山村でむかえた敗戦の日、かれと僕とはおなじ一九三五年生れながら、まさにすっかり性質のちがう体験をしたのだ。僕がここで伊礼孝氏の離島の正確な名をしるさないのは、かれとの約束にもとづく。すなわち、かれの島ではこれから記録する戦後体験は、いまなお過去のものとなっていず、現にその結果に束縛されて生きている人々がいるからである。

さて、十歳の伊礼少年は、僕もまたそうであったように、戦時の国民学校教育によって、世界に冠たる日本人の優越というものを教えこまれていた。アメリカ人をふくめて眼の青い連中を、島の言葉でウランダーといい、ウランダーは夜闇のなかでは視力をうしなうから、しのびよって竹槍でつけばいいというのが、少年たちにあたえられた戦術であった。そして実際に、ウランダーが不時着し、村役場にひきたてられるという事件がおこる。その時、島には、日本軍の特攻隊員で、故意に飛行機を故障させて滞在している五人の兵隊がいた。また沖縄本島の国頭《くにがみ》から、クリ舟で逃亡してきた六人の兵隊もいた。奇妙な話だが、こうした逃亡兵士が、島では素封家に泊り、女教師をはじめとするちゃんとした娘たちを仮りの妻に提供され、盆踊りには軍刀をぬいて川中島を舞ったりした。

さて、とらえられたウランダーは、伊礼少年の家につれてこられ、粥をふるまわれた。伊礼少年は猫を飼っていて、猫を呼ぶときには、ケロ、ケロ！　と呼ぶのだった。かれにならってウランダーがケロ、ケロ！　と呼ぶと、猫はこの若いアメリカ人の膝にあがった。軍国少年はまったく震撼された。ウランダーとかれとにどこか共通なものがある！　アメリカ兵は、日本人の逃亡兵に誘われ浜に出て、たまたま漂着していた米軍のゴム・ボートを示された。それに乗って島を去ることを許されたと思った兵士は、喜んでボートに空気をいれはじめた。しかし伊礼少年は、川中島を舞った逃亡兵が日本刀を麻のタワラでまき水に濡らしているのを見て、怯えきり家に戻った。少年のおじいちゃんが、ウランダーの最期を見た。かれがうしろから切り殺されたとき、ゴム・ボートにはまだ、ほんの二分の一しか空気がはいっていなかった。このようにして五人のウランダーが次つぎに不時着しては、日本人逃亡兵に殺戮された。島の浜には時どき罐詰や酒のたぐいが漂着した。伊礼少年はそれを拾うことを楽しみにしていた。ある朝、少年とおじいちゃんは、真新しい靴を見つけた。拾ってみると、足首がつまっていた。敗戦をむかえて、どのようにニュースが伝わったのかはわからないが、島の人々は、逃亡日本兵を船に乗せると与論島まで送ってやった。仮りの妻たちはみな島に残った。

　伊礼少年は、その逃亡兵たちがかれとは異なった人間たちであること、その種の人間たちは与論島より向うに去ってゆくのであり、自分たちは去って行く人間たちによって残酷きわまりないことがおこなわれた島に残るほかないのであることを、骨身にしみて理解した筈である。日本人の優越というものはじつは本当に自分たちの島の人間のものではないことをさとった筈である。それは、戦場から逃亡してき、島の素封家の家に、女教師を妻として住み、かれらの盆踊りに割りこんで刀をふりまわし、そして捕えられたウランダーを殺戮したあと、与論島の向うの安全な所へ去ってゆく本土の人間たちのものだったのだ。伊礼少年は、そのようなにがい認識とともに島に残った。そして戦後二十年、かれのにがい認識を訂正するに足るほどのことを、われわれの政府は決してしなかったのである。確かに伊礼青年のいうとおり、《沖縄の戦後意識と本土の戦後意識とはちがう、それはおなじ二十年の戦後意識ではない》ということを、僕は理解するほかない。

　現在の沈滞におちいる前の、沖縄の学生運動の最後のめざましい動きは、安保闘争の時期においてであった。本土の運動に呼応してもりあがった運動を、琉球大学の学生会長として指導したのが、一九三八年生れの幸喜良秀《こうきりょうしゅう》氏である。幸喜氏は、現在、コザ市の中学校の教師だ。そして同時に、一九六一年に創立された新劇団『創造』のリーダーである。沖縄で唯一の新劇活動を持続している『創造』の初公演は、ふじた・あさやの『太陽の影』であった。祖国に反逆するフランス人をとおして、祖国を考えなおす、しかも鋭くつきはなして考えなおす、というのが幸喜氏の意図だった。それ以後つねに『創造』は戦争とかかわるテーマを選んできた。昨年の『アンネの日記』は五十セントの入場料で九千人の観客をあつめた。いまも再演の要望があるが、『創造』のリーダーは、むしろ創作劇を上演したいと考えている。沖縄の観客は、なにを求めているのかはっきりしない。求めている、求めているというだけだ、と幸喜氏はいう。おそらくかれはいま、『アンネの日記』よりもっと沖縄の現実に結びついた演劇を求めてもらいたいと希望しているのだろう。

幸喜氏が最近感動したのは、ひとりの青年の粗暴な行為である。青年は、ひめゆりの塔をぶちこわせ！と叫んで、実際に塔の一部を損傷し、批判をあびているのだが、幸喜氏は、このような荒あらしい形であれ、ひめゆりの塔より、それを生きのびた沖縄の人間の二十年間のほうが大切だと確認したいのである。本土からきた高校生を、幸喜氏がひめゆりの塔に案内すると、高校生は、《ヘンなことをしたなあ！》といってさびしそうな顔をした。それにも幸喜氏は感動した。逆に塔のまえで〝海ゆかば〟を合唱する一団がいたりすると、幸喜氏はこの塔のすぐ傍で石を掘ったり根っこをつきだしたりして生きている農民の貧困を見せねばならないと考える。

幸喜氏も、日本復帰についてこのまま復帰すれば、沖縄県が日本のもっとも右翼的な地方、自民党の温床である地方となるのではないかと疑い、日本の政体が変るのでなければ、沖縄の人間は、復帰して絶対に裏切られると考えるタイプである。すでに本土資本の沖縄攻勢は始まっている、本土の文化ときたら、手に白い粉をぬったオオカミみたいに猫なで声で入りこもうとする、と幸喜氏は反撥する。《祖国にかえる運動は、祖国反逆の戦いでなくてはならないと思います。旧世代は自分たちのことを日本人だと強調しますが、じつはかれらが、それをもっとも深く疑っている。私は、日本人だなんて、強く感じたこともなければ、強く疑ったこともない。若い学生たちもみなそうですよ。そこで旧世代との断絶があらわれるんです。私は中学教師ですが、「期待される人間像」の、ナショナリズムをもたないことは世界を憎むことだという風な考え方に、いちばん反撥しました。沖縄では、天皇を敬愛することが国を……などといっても成立しないのが確実です。その点、子供らの意識は健全に育っています。国の実体は国民だと、自分だとみんな知っていますよ。》

僕が琉大助教授たちと琉大生のあいだの危機意識の共有と持続のための、なかだちの橋として擬するのは、あるいは離島の新聞記者、あるいは市役所の広報係、また地方の中学教師兼演出家として、基地沖縄の特殊性にもとづく花やかなエスカレーターとは別のところで地道な志をいだきつづける、これらの戦後世代である。かれらこそは、あのコザ市の少年院の独房の暗い獣じみた少年とおなじ顔かたちの個性をもちながら、まさにそのまま、もっとも昂然として魅力的な沖縄の男の風貌をそなえた青年たちであった。

僕が沖縄を発つ前日、幸喜氏はかれの仲間の高校、中学教師たちと一緒に、雨の降りしきるコザ市郊外、具志川の、荒野のようにも広大な塵芥焼却場に案内してくれた。かれらは沖縄をもっとも端的に表現する場所として、コザ基地から排出される厖大な量の塵芥がすべて運びこまれ、選別処理され焼却される塵芥の荒野を選び、僕をそこへつれてきてくれたのであった。塵芥を焼く淡青の煙と臭気とがたちこめ、霧のようだ。その煙と臭気の底で人々が働いている。かれらは、基地の米軍が塵芥として棄てたもののうちから、なお再生できるものを選びだす。空きカンのおびただしい数がつくりあげている丘、それはめざましい色彩にかざられている。箱の山、古靴に便器、フットボールの装備などなどの山。一望、塵芥だけの焼却場のはるか向うの谷間を、学校を怠けてきたとおぼしい少年たちが漁って歩いている。そのあたりには、ラジオやテレビ、ハイ・ファイ装置の廃物がひとまとめに棄てられているのだ。少年たちは真空管やらバリコンやらを拾いあげては検討してみている。塵芥を満載して入ってくるトラック、それに再生すべき塵芥を満載して出てゆくトラックが、塵芥の荒野の窪地で、ゆらゆら揺れながらすれちがう。この厖大な塵芥はそれだけでコザを基地とするアメリカ人兵士たちの数の厖大さをあきらかにしているし、かれらの棄てた塵芥が、沖縄の人間のかくも徹底した選択の対象となっているということは、沖縄の貧困の一側面に鋭い照明をあたえるだろう。

僕は四人の教師たちと一緒に、ただ茫然と塵芥の荒野を眺めるだけだった。もっとも、帰りの車のなかでかれらの少年期の思い出を聞くと、あらためて深刻に茫然とせざるをえなかったのである。一九三八年生れの中学教師は沖縄戦の日々、父親の制止の眼をぬすんで姉の女学生が友達と一緒に弾運びに行くのを見おくり、その姉はついに還らなかった。一九三三年生れの高校教師は、戦争がおわってもなおコザ市から三里の山奥に家族とともにたてこもり、そこから市街に降りてきては米軍キャンプの物資を盗みだして、それは当時、戦果《いい》をあげるという風にいわれていたものだが、再び山の中の母親たちの所へ戻って行った。このようにして、かれは家族を支えながら抵抗していたのである。そしてもうひとりの高校教師は一九三五年生れであるが、かれは集団自殺のおこなわれた慶良間《けらま》諸島の悲惨を体験した。祖父と一緒にこもっていた防空壕の隣りの防空壕で、かれは子供の胸を踏んづけた父親が血まみれの武器をふるいつづけるのを覗き見た。そして自分たちの防空壕に、それがはじまるまえに祖父とふたりで山へむかって逃亡したのである。慶良間諸島でおこなわれた悲惨、それをわれわれは二十年の時間と、この島とわれわれの都市のあいだをへだてる広い海の力に援けられて忘れさろうとし、現に正確にそれをつたえ聞いてさえいないが、いま沖縄の農林学校で働いている教師が、その体験をかれの寡黙な胸の奥に内攻させつづけているのだということまで、忘れるわけにはゆかない。なぜ慶良間諸島在住の島民が集団自殺しなければならなかったかについての、ひとつの解釈は、本土からの軍人たちが食糧不足を惧れて、島民たちの集団自殺を村長たちに命じたのだということである。その苛酷な悲惨のあと、二十年間の責任回避があってしかもなお慶良間の島民たちが、本土の人間を信頼するとしても、それがどのようにに《ヽ》が《ヽ》い《ヽ》信頼であるかについては、われわれもおそらくいつまでも頰かぶりしているわけにはゆかないだろう。

沖縄滞在のあいだ、僕は本土からきた旅行者として、沖縄の人々のつねに寛大な微笑にかこまれていたものだ。しかし、ただいちどだけ、本土の人間への絶対的な不信の感情を自制することのできかねる、そういう婦人に会わねばならなかった。そして彼女が僕に示した不信の感情は、まさに正当なものであった。彼女は広島で原爆の被害をうけ、沖縄にかえった婦人で、沖縄原水協の調査において判明したかぎりでも、一三五名を数える、沖縄の被爆者のひとりであった。日本政府は、戦後二十年間、沖縄の被爆者に積極的な関心を示したことがいちどもなかった。沖縄の被爆者たちは、躰の不調と不安にかりたてられても、すくなくともこの島の上にいるかぎり、原爆症を的確に診断し治療することのできる唯ひとりの医者を見出すこともできなかったのである。沖縄の被爆者のうち原爆症を発した人間が、どのような死にざまを示さねばならなかったか。その例は数多くあるが、一例をあげるだけですでに僕は暗然として力をうしなう。長崎の軍需工場で被爆した青年がいた。かれは躰の頑健なタイプで、沖縄相撲をとらせると八重山諸島で横綱をはるほどの壮漢だった。ところが一九五六年、不意に、半身不随がかれをみまった。かれは自分で放射能障害ではないかと疑ったが、石垣島の医者にも沖縄本島の医者にも、なにひとつ手をうつことはできなかった。ただ、そのままにしておくほかない。やがてかれの躰はもの凄く腫れあがり、かつての壮漢は坐ったまま動けなくなり、一九六二年、バケツに半分も血を嘔いて死んだ。そしてあいかわらず医者にはなにひとつ正確なことはわからなかった。

僕に本土の人間への不信をうったえた真喜志夫人にしても、疲れやすく心臓に異常を感じて、医者に診断をあおぐたびに、医者にわかることは、彼女がひどく疲労しておりノイローゼぎみだということ位にすぎないのである。原爆症に関するかぎり、広島・長崎の原爆病院の専門医に診察してもらうほか、いかなる確実な方途もない。しかし二十年間、沖縄の被爆者たちにその機会はおとずれなかったのである。しかもかれらは、公然たる原水爆兵器の基地に同居していなければならず、抗議する声すらあたえられていない。それは幾重にもかさなる屈辱というべきではないか?

この三月二十六日、政府は沖縄に住んでいる広島・長崎の原爆被爆者に対する医学調査団を四月中に派遣することを発表した。調査のあと、入院の必要をみとめられたものについては、厚相の諮問機関である原爆医療審議会にはかって広島・長崎の原爆病院に入院させるという。二十年間のまったき放置のあと、いま初めて沖縄の原爆被爆者たちへの窓がひらかれたのであるが、それはまだ単なる窓にすぎない。僕は、沖縄のひとりの被爆者が、広島の原爆病院への入院をすすめられながら、踏みきれない理由として、もしかれが沖縄を去れば、かれの家族たちがたちまち生活に困窮するという一例を聞いた。沖縄の医療福祉の不備はすでに広く知られている。現在の沖縄の水準の医療保障であるかぎり、被爆者たちが沖縄で放射能障害の治療をおこなうことは、もし専門医が常駐してもなお、重い困難をともなうことであろう。ここで僕は真喜志夫人の鋭い棘にみちた言葉を書きとめておくほかに、さしあたってなにひとつできないことを恥じるのみである。《日本人はもっと誠意をもってもらいたい。いつもアメリカのご機嫌をとっていて、人間の問題を放置している。もし、やるつもりがあるなら、すぐにもやってくれ、すぐさま行動に示してくれ。それがみんなの心です。》

沖縄の戦後世代について語った文章を、この言葉で閉じるのは不適当であるかもしれない。しかしこれよりもっと切実に、かつ率直に沖縄の戦後がどういう二十年であったかを表現している叫び声を、沖縄滞在のあいだ、僕はついに聞くことがなかったのである。

〔一九六五年〕

すべての日本人にとっての沖縄

那覇のホテルでなやまされた悪夢。暗いみどりと黄の迷彩をほどこした、厚いテント地の防護服を着て、嵩《かさ》ばるカカシみたいに立っている僕に、軍用犬が咬みかかる。米軍のヴィエトナム作戦用に訓練されるシェパードのための、咬まれ役を志願した沖縄の基地労務者であるらしい僕を、恐ろしい犬の大きく重い躰が押倒す。

この夢は、沖縄についた日の真夜中、中部の基地の町コザの、米兵のための歓楽街で聞いた軍用犬訓練の話にもとづいている。また、そこで感じた、ペシミスティックな現実嫌悪感にむすびついている。

僕は一九六五年春にも、真夜中のコザを見た。あの時すでにヴィエトナム戦争は、新しい泥沼にはいっていたが、今度見たコザの夜の印象の、底びえのするような気分はまだそこにはなかったと思う。端的にその気分をあらわしているのは、「刺繍《ししゅう》屋」とでもいうか、米兵のジャンパーに極彩色のアップリケをぬいつける店の飾り窓である。軒なみの飾り窓に濃いみどりの軍服に赤い口をひらいた米兵が、痩せてみにくいチビの東洋人を銃剣で串刺しにし、大量の真赤な血を流させている図柄のアップリケがとりそろえられている。

おそらくそれは、日本人の手がつくったものだ。デッサンはアメリカ風だが、彩色は、懐しい村の寺の、鬼が童子をいじめる地獄絵の思い出につながるものだから。そしてそのアップリケは、さまざまの厭戦的な気分の言葉で飾られているのである。

幼な顔の残った白人の兵隊が、なんとなく荒涼とさびれた「刺繍屋」の一軒にはいって、アップリケの仕上りをじっと待っているのを見ると、かれはいったいどういうつもりなんだろう、と厭世的な気分になる。

　一般にさびれている米兵のための街並みでも黒人兵たちのための一郭では、もっと陽気な雰囲気が、かれら若い黒人たち自身の身についた資質によってかもしだされているが、そこで貧しい食物や少量の飲みもので、深夜いつまでも、いつまでも、笑ったり叫んだりしている青年たちを見ていると、おなじ気分が湧いてくる。かれらの注文をうけ、給仕し、猥《みだ》らで激しいからかいを、荒あらしくはねつけては、店をやっているのは、黒人との混血の少女である。そこへ、黒人たちの新しい一団と、なんとなくつかず離れずの、沖縄の日本人たるひとりの娘がはいってくる。彼女は酔っぱらっているばかりでなく、はじめは怯えておかしくなっているのかと思えたほどにも、ヒステリックに昂奮していた。

　その娘が店のすみのわれわれの所へくると、《２ドルひろったよ、あの黒い人が落したんだろ！》とどなるようにいうのである。それより他のことは、ボキ、ボキ折れるような荒あらしい話しぶりで意味がわからない。それは失語症の人間が、狂躁状態におちいった印象である。「沖縄失語症」ということを現地の言語学者がいっている。それは方言へのコンプレックスと標準語のボキャブラリーの少なさからくる、一種の失語症だが、この娘はそれをなお過激にしたような印象であった。他のところでも、暴力団の若いメンバーであるとおぼしいタクシー運転手の青年たちや、われわれが、豚の足をにたアシテビチや内臓をきざんで吸物にしたナカミを食べていた屋台に、隣接する売春地帯吉原から、真夜中の食事をとりにきた娘たちが同じ調子で話した。

　もちろん僕は沖縄の離島をふくめた小、中学校、また高校で、言葉の内容も形もみごとに話す子供たちに繰りかえし出会った。それは僕に直接、自分が戦後すぐに経験した民主主義教育が、いまここに生きていると深く感じとらせる率直さに、力をあたえられているものであった。それは、あらゆる学校での小学生から高校生にいたるまでが、日の丸を妥当に評価しながらも、こぞって天皇家には冷淡であることと共に、あらためて民主主義にもとづく教育が子供をいかに自由に解放して環境への抵抗力をあたえるかということを考えしめる力をそなえていた。

したがって黒人兵の落した2ドルで昂奮している娘の「沖縄失語症」は、逆になお重い不幸の印象をあたえ、彼女の恐ろしい不安定さは、ますます僕を厭世的にした。僕は彼女がコザのそのようなタイプの新世代の大群の、ひとつの露頭であることをもまた認めざるをえないからである。

戦争直後、廃墟に基地のための歓楽街がいっせいにあらわれた突然の市街コザで、私財とすべての労力を投じて非行少女の施設をつくり、その仕事をいまなお持続している老婦人から示された、ある年の収容児童一覧表を見るだけでわれわれは多くの不幸なことをさとる。(次頁の表はその一部。)

僕はたまたまこうしたリストのうちのひとりの娘が収容施設を出て、あらためてその人生の責任を独力でとっている現場にいあわせたわけであろう。ここにつけくわえておかねばならないが、外人、黒人、沖縄人という売春相手の分類のうちに、いまや本土からの日本人相手の売春という項目を強調しなければならない。紅型《びんがた》の琉装で働く沖縄料理の店のひとりの娘が、《本土からの日本人は、女と外国製品だけがめあてです。台湾ではこんな面白い体験をしたと猥らなことを大声で話しては、わたしたちの反応をうかがっている。あ

氏名	年齢	学歴	過去の行動と悪癖	保護者の職業
S子	13歳	小一退	放浪、嘘言、窃盗、性行為 外人相手売春	小作農
M子	13歳	小五在	嘘言癖 黒人相手売春	軍作業
N子	14歳	中二在	家出 沖縄人相手売春	軍作業
Z子	15歳	小六退	放浪、怠惰 黒人相手売春	大工
T子	15歳	不就学	放浪、窃盗、性行為 精薄	農業
K子	17歳	中一退	嘘言、売春 同棲経験者	軍作業

の人たちにとって、沖縄はただ享楽の島です》といった。この悲しく憤激しての証言によるまでもなく、本土の高名な作家がこう書いている。

《ああ夢ではないか。この値段。沖縄では、七二〇円で女が抱けるのだ。二、一六〇円で、女と泊れるのだ！……いずれにしろ、沖縄が男性の天国であることは間違いない。諸君。香港やハワイへ行くぐらいなら、沖縄へ行って大いにドルを落して遊んでくるがよい。私が保障する。》

沖縄の人間らしいひかえめな穏やかさで、ほとんど他人の土地のことをしゃべるように現地のジャーナリストは、この作家の文章について批評する。《沖縄で買った女が、異様に毛深いとか、沖縄方言で猥語を叫んだとか書いているのを見ると、明治三十六年に大阪の博覧会で沖縄婦人が陳列された人類館事件の、差別感覚がよみがえったのじゃないかと思いますよ。近ごろの人権問題の傾向として、ヴィエトナム帰りの米兵が、店頭のものを持っていったり、タクシーを乗りにげしたりすることを、なんとも思っていない鈍感さがあらわれて、沖縄人が迷惑をこうむっているということがありますが、この作家の態度もそれと同じじゃないでしょうか？　二十二年間の沖縄放置になれた日本人の鈍感さをあらわしているのじゃないでしょうか、差別の復活とまではあえていわないにしても？》

　そこで僕は本土からきた日本人としての「沖縄失語症」にかからざるをえない。厭らしい臭いは、本土の日本人たる僕の内部からたちのぼって、行き場のない現実嫌悪をかたまらせる。そこで僕の悪夢は、二重、三重に恐ろしく厭らしくならざるをえなかったのである。

　夢を支配する犬に倒された防護服の僕は、再び起きあがらねばならぬ。ヴィエトナムのジャングルでの戦闘のために、沖縄で訓練されるシェパードは、数多いのだから。

　悪夢がかさなるうち、汗みずくで恐怖と嫌悪に歯がみしつつ、嵩ばるカカシさながら逃走する僕を、追いかける犬の正体はあきらかとなった。沖縄で様ざまな民衆の声を聞いてあるきつづけたことで、やがて僕を苦しめる犬は沖縄の日本人をこのような状況のうちにおいて鈍感におちついている本土の「日本人であること」にほかならないと感じられたのである。

　コザの美東《びとう》中学校のある女子生徒の最近の作文が、本土の日本人として沖縄に滞在している僕の夢のうちにあらわれたものを端的にあきらかにしている。

《祖国復帰についてどう思うかということですが、私の考えとしては復帰しない方がいいと思いました。

　でも今、全琉いや全国で祖国復帰についての話が盛上がっています。全国といってもその中には、関係ないという顔をする人もいるかもしれませんが！　沖縄は、いろいろな問題があります。……裁判というと、民間同士におこった事件、外人と沖縄人の間におこった事件などでも、高等弁務官の口ひとつですぐ、米民政府裁判所にうつすことができるのです。そして、その結果もだいたいが、沖縄側のくやし泣きです。それに、大統領行政命令の中には、「沖縄の男性が米国の婦人に対して乱暴すると、死刑」という法律があるそうです。でも、実際には、この反対のものが多いのです。

……子供っぽい考え方と思うかもしれませんが、なぜ、私たちだけが戦争したのでもないのに、私たち沖縄人だけが犠牲にならなければならないのでしょう。それも、今までは誰のせいでもないという顔をして、沖縄を今ごろ二十二年間もほっておきながら、今ごろから祖国復帰だという、日本の人をにくらしくてたまりません。私の友人が、私が高校を卒業したら本土へゆきたいと何回もいうと、「日本って、そんなにいい所かな、私、日本ってきらいだな」なんていっていました。あなたたち日本人はこのことばを聞いて、どう思いますか。なにか感じませんか。……「祖国全面復帰」……これは、すぐ、全面つまり何もかも教育、政治権などが、復帰することだそうです。

そうなると、今まで日本や米国の援助で、のんびりと暮してきた沖縄が、開国した当時の日本のようにてんやわんやになるような気がします。すると、商売がへたな沖縄人の中に、商売などがうまい本土の人が入ってきてどうなるかと思うと心配になってきます。……結論として、私の返事としては祖国復帰してもしなくてもいいということです。自分のことだのに、無責任なというかもしれませんが、現在の私としてはそういう他はありません。私のような一中学生が、大きな声で叫んでも、大人の政治家には通じません。今から、どのように意見が変るかもしれませんが、私は大人のひとにも正々堂々といえるような、私なりのしっかりした意見を持つようにしたいと思います。》

やはりコザのとくに黒人たちが集ってくる地域を校区とする安慶田《あげだ》小学校は、校門のすぐ傍のアパートに真昼から古物キャデラックに乗った黒人兵が女に会いに来るような所である。そこに学ぶ小学生たちが僕との話合いで、しばしば、沖縄人を差別するな、と本土の人間にいいたい、と話したのはなぜだろうか？ それは戦前の差別については、わずかな知識しかもたぬ子供たちに、戦後のかれらの沖縄での日常生活自体がそういう不安の感覚をそだてたということであろう。

それは本土の小学生との文通で、沖縄では英語を話すのか？ とか、安い舶来万年筆を送ってくれないか？ とかいう手紙をもらい、幼い心を傷つけられたことがあるというようなことよりも、むしろ今日の支配者アメリカ人のイメージがそのまま、明日の支配者、本土の日本人というイメージを、かれらの素直な頭につくったからではないだろうか？ そして本土の日本人はこのイメージをうちくだくに充分な努力をはらわなかったということではないだろうか？

しかしこのような辛い意見を、自由に生きいきとかたる、眼のまえの小学生たちは美しく無垢であって、僕はこの地域からも、あの暗い収容生徒一覧表に載るような不幸な子供たちが出ているにちがいないことを、じつは考えてみもしなかった。そしてそのような悪環境下の子供の伸びやかさを保障しているのは、教育施設の貧しさをはじめとする困難に、自分の躰をつっぱるようにしている沖縄の教師たちの尋常でない努力である。

「教育公務員二法案」という、うしろ向きの点で本土と「一体化」する法律の決議に抵抗している現場の教師のもっとも素朴な次の言葉は、かぎりなく重い抗議をはらんでいる。

《沖縄の教師は、能力と体力の限界をこえて働いているものばかりじゃないでしょうか。その教師たちにどのような勤務評定ができるでしょうか？　誰もが義務の数倍も、仕事をしているんです。》

沖縄の教師たちの胸ポケットには、憲法の小冊子がおさめられていることが多い。あきらかにかれらはまたそれを熟読している。教師のみならず沖縄の中学生や高校生は、しばしば憲法をひいて語る。小学生もごく自然に基本的人権とか戦争放棄とかに敏感である。

軍作業の労務者たちが、労働時間の短縮と給料の削減に反対して、ガジュマルの木に旗をかかげ決起大会をしていた夕暮れのコザの中学校運動場で会った、まだ二十歳そこそこの軍作業員、基地からの給料で若い妻との生活を支えながらもはっきり基地が撤廃されることを望んでいる宮城島《みやぐすく》出身の電気工（そこはアメリカの石油会社ガルフが九十九カ年の土地賃借契約をむすぼうとしている島である）、かれもまた復帰すれば「健康で文化的な最低限度の生活を営む権利」（憲法二十五条）が保障されるから軍作業のように不安定でない確かな将来のプランがたてられるだろうと語って、かれのりりしい笑顔を見かえす勇気を、その憲法下でくらす僕にうしなわせた。おそらく沖縄は、日本のあらゆる場所のうち、もっともひんぱんに憲法が日常生活の会話にのぼるところであるだろう。しかしそれは《自分の国の憲法によって護られていない人間の無力さと惨めさを、いやというほど味わわされて》きた人々が、憲法について語る会話なのである。

そこで沖縄でまっとうな仕事をしている人々につい

てかたることとは、異邦人の支配下で憲法の庇護なしに、なんとか日本の沖縄をもちこたえさせている人たちについてかたることとである。しかもそういう人たちの、ほとんどつねにいかにも沖縄の人間らしい穏和で、篤実な微笑のむこうには、戦争時の酷《むご》たらしい経験を忘れられぬ心と、見はなされた二十二年の体験をつみかさねてきた心が実在しており、温厚な表情の奥に戦前の本土の人間による差別の記憶を現在の状況においてあらためて本土の人間の態度に見ている「醒めた眼」がひそんでいることもしばしばである。

那覇の市街を見おろす丘陵地帯が、かつての都、首里であるが、そのめだたぬ路地の奥にデイゴやゾーゲンビリアの幼くもみずみずしい茂りのあるおちついた庭をひかえた部屋で、まことに穏やかな国文学者が、静かに感情を制御してほほえみながら次のようにいう時、そうだ、この人にとって沖縄は、いまなお血なまぐさい戦場なのだ、それに耐えて生きのびるかれの「志」はまさにこのような言葉をかたりつづることなのだと、粛然として僕はさとった。

いま沖縄にいる米兵が、自分たちはおまえらのためにのみ遠方からやってきて戦っているのだ、というが、それは沖縄戦時に、本土からきた日本兵がいっていたことである。いまもまた沖縄問題は、結局本土の安全保障を中心にすべてが考えられている。それは沖縄戦の末期、軍が首里の陣地に踏みとどまって戦うかわりに南部の島尻まで後退し、そこで戦いをさけた民衆たちまでみちづれにしてしまった時、これは本土作戦を有利にするための犠牲なのだとうそぶいた、司令官の態度にそのまままつながっているではないか？

国文学者は二十二年前、若い国語教師であった。そしてその幻の本土作戦の悲惨すぎる棄て石たちの大量にたおれた南部の戦場を、看護要員として軍に加わらせられながらもついには軍から見棄てられた十三名の女子学生と共に放浪して《知恵があった、勇気があったというのではない、落着いていたというのでもない。運命のようなものだ、生きているのが偶然のように感じられる》生還をした人である。

おなじく女子学生たちを戦場につれだし、混乱した絶望的な敗走の時に、解散を宣し、なおもあとをしたってくる女子学生たちに石を投げて追いはらった教師もいた凄じい潰滅の戦いである。しかし敵弾に傷つきながら青年教師は、かりあつめた三個の手榴弾におりかさなって自決しようと死に急ぐ十三名の女子学生たちを、海にひらいた断崖のもとのアダンの葉かげに生きのびさせ、ついに彼女たちともども俘虜となって、いまはみな母親たちである娘たちの生命をたもった。それでもかれの教え子たちで、この惨めな戦いに死んだ者たちの数はおそろしいほどである。

国文学者はそのように辛くも生きのびて、沖縄の苦しい経験をうずもれさせたくないとねがい生きつづけてきたが、しかもなお二十二年間にわたって基地の島である沖縄とは、なんという苦しい島なのかと嘆じるのである。戦後のみに限っても沖縄の知的なエネルギーが「復帰」のためにどれだけ空費されたか、沖縄の人間の自主性が基地経済と援助にたよることによってどれだけ失われたか、それはまことに償いがたいではないか？　この国文学者は、広島の悲惨をもっとも深いところまで自分の経験のように感じとる力をもった日本人であろうが、実際に広島を訪れた時には、《いま広島に核基地があるとしたら、あなたがたはどのように感じるか？　沖縄で、われわれが体験しつづけているのは、まさにそのようなことです》とあえていわざるをえなかったのである。

この穏やかな国文学者と深夜の立法院で「佐藤訪米

の欺瞞と陰謀に抗議し、その取止めを要求する決議案」のための激しい演説をおこなった人民党議員とが、似かよった印象をそなえているのは不思議なことだ。それは自分とおなじ状況のうちにあって、自分よりもっと惨めな生きかたをしている者らのための「志」をそなえながら、それを穏やかにおさえて生きており、ただしばしば訴えのこもった暗く強い眼によって人を見ることにおいてのみ、異様な感じがあるという印象である。沖縄戦においてかれらはふたりとも生命の危機から偶然に生き残った人々であるが、その経験が、つねに巨大な暗闇からの牽引力をかれらにおよぼしている。しかもなおそれに耐えて生きる者のみが、このような印象の持主となるのであろう。

さて、その人民党議員が、赤褐色の肌に濃い眉とまつげのきわだつ、少年時代の面影をやどした顔をうつむけ、むごい回想のうちに躰をのめりこませるようにして、次のように語っていた間〟かれの肩ごしには、晴れわたった空にはためく民政府の星条旗が見えていた。われわれは、その入口では復帰協の人々が佐藤訪米に「期待」をかけてハンストしている立法院の議員室で話していたのである。

沖縄師範一年生のかれが鉄血勤皇隊の少年兵として戦いながら、ついに摩文仁《まぶに》まで追いつめられ、壕の奥で手榴弾を見つめては、生きのびたいという素直な感情と、頭にたたきこまれている〈敵に屈することはできない〉という教育とのジレンマに苦しんでいた時、きみたちは生きのびねばならぬ、という校長からの伝言が来た。翌夕刻、国頭《くにがみ》の、すなわち北部の森林地帯の故郷にかえるべく、すでに占拠された中部の前線を突破しようとして、少年はポケットの手榴弾に指をふれたまま、不意に米兵に銃をつきつけられて俘虜となった。

鉄血勤皇隊員たる少年は戦闘帽に半ズボン、半ソデのシャツを着ている。そこで俘虜のかれは兵隊とみなされた。夏のさかりの収容所から縄バシゴづたいにセメント輸送船に乗せられ、甲板で海水を浴びると、素裸のまま俘虜たちは、セメント粉まみれの鉄板張り船倉にすしづめにされた。そのあとではじめて通訳があらわれて、このまま目的地にゆくこと、躰の毛をすべて切りとることを訓示する。小柄で発育の遅い少年には、《ほとんど切りとるべき毛もなかったのですが。》

素裸でかたまっている俘虜たちの汗が鉄板のミゾにつたわって小さな流れをつくるような船倉で、少年と仲間の俘虜たちはハワイに到る永い航海をしたのである。船がつけば自分たちは、奴隷にされるのだと、かれらを戦場にかりたてた教育のおしえたところのことを少年は、ずっと信じていた。それはまことに最悪の旅であっただろう。

このような犠牲をみずからはらって日本人全体のために獲得した憲法から、かれ自身はまもられていない。かれの属する人民党の瀬長委員長があじわわされてきたところのことは沖縄に無関心な者すら、すでにそれを知っている。かれは人民党議員のひとりとして日夜働きつづけざるをえないではないか。戦後すぐ様ざまな困難をのりこえ、あえて戦災孤児をよそおって抜け穴をさがしてまで本土留学したかれのめざしていたのは、法律家たることであったが。

かれらよりもっと若い人たちもまた、もっと地道な現場で、まさにかれら自身の肉体の個人的な犠牲によって公的な憲法不在の穴ボコを埋めている。そしてそのような犠牲的な役割をになわされているそれぞれの職場で個々の力をつくしながらも、自分の力の総量では穴ボコを埋めきれないことをみとめざるをえず、結局は日本復帰に切実な「期待」をかけることによっておたがいにむすびついている。しかも現場でくりかえし困難に出会うことによってきたえられた「醒めた眼」によって、自分の「期待」の隙間風の吹く裏側をもまたリアリスティックに見きわめている点で、かれらはおたがいにむすびついてもいるのである。このようにして協力しあっている復帰運動の若い支え手たちに、自然に生じざるをえない、本土のわれわれへの心理的な複雑さをあきらかにすることをもまた望んで僕はかれらの肖像をスケッチする。

コザのある中学校教師。かれは安保のころ琉球大学で学生会長をしていた。かれより十歳から五歳はど年上の琉大卒業生からは学者として母校に戻った人たちが多い。しかしこの中学教師たちの時代に学生運動にはげんだ者たちは、鋭く優秀な青年たちではあるが、たとえばかれの場合のように中学校で教えるといったポストしか見出しえなかった。しかし、いったんそれを選ぶと、かれらはまことに誠実な力をそこにそそいでいるのである。

かれは教師であると共に、仲間たちと演劇サークルをつくって永く活動してきた。具志川の基地に近い農業高校で、移民するためにスペイン語や農業技術を学ぶ生徒たちを教えている教師も、かれの劇団に属している。生れてからいちども日本人としての正当な国籍をもったことがないままに、移民してゆこうとしている少年たちの教師が、そうした信頼にたる沖縄の戦後世代であることは、わずかながらも救いである。

中学教師は教職員会の一員として復帰運動に参加しているが、佐藤訪米の成果については、もっとも「醒めた眼」をそなえているリアリストである。むしろかれは、望ましい日本復帰にむかって、いま沖縄の人間が日本の政府をつうじてなしとげうるなにごとかがあるとは信じていない。沖縄の民衆をあおりたてている幻影の正体を見きわめるために、復帰運動に加わっているのだ、とかれはいう。しかも運動ではいっとう危険な役まわりをひきうけているのが、かれらの仲間である。「核つき返還」という考え方こそ、本土の支配層が百年をこえる差別にくわえて、また沖縄戦時の犠牲と戦後なおも償われるどころか深まるのみの犠牲の上に、あらためて沖縄をもっとも恐ろしいイケニエとするものではないか？　アメリカ人のみならず、日本人にもあらためて認められ、引きうけられた核基地としての沖縄。中学教師は逆に沖縄を「平和」そのものの拠点として日本に「返してやる」ことを、かれのイメージのうちなる日本復帰と考えているのだ。

中学教師はこの考え方をずっと持続しながら現場でしっかり仕事をしてきた青年であるが、硬化した確信家ではない。土地問題の渦中の宮城島にゆき、アメリカの石油会社の進出を待ちうけている賛成派の農民に

《おまえはなにもいうな、なにも聞くな、ヨソモノは口も耳もふさいでいろ、おまえが自分たちを救ってくれるのか？》と嚇《おど》かされて、辛く惨めな気分のうちに戻ってきた。

その中学教師と僕とがかれの学校の運動場を歩いていると、自転車を押している子供をつれた警官がかれ自身なんとも困惑した様子で校門を入ってきた。沖縄人権協会には（それもまた憲法の欠落の穴ボコを埋めるために民間でつくられた機関である。復帰協の人たちはまたこの協会で働いている人たちでもある）、警官による暴行の訴えかけが多いが、無責任な眼で、わが友と、そのうちしおれた警官とを見くらべると、教公二法が強行採決されそうだったこの二月、立法院をかこむ教師たちによって逆に警官たちがゴボウぬきされ、なかには《すみません、もう警官はいたしません》と泣いてあやまるものまで出たという噂の沖縄の教師

たちのしたたかさが実感されて微笑してしまう。

しかしその少年を見つめているうち、やはり憂鬱にくもってくる中学教師の表情と、その言葉少ない説明はたちまち僕の微笑を凍りつかせた。少年の父はアルコール中毒で、母は精神病質だ。そして兄は唖。しかも少年自身、心臓に欠陥をもっており、手術しなければならないのに、かれの極貧の家庭にも教師たらにも結局は彼を放置しておくほかに力をもたない。少年は非行化して教室によりつかず、今日も自転車を校庭から盗みだしたところで警官につかまったのだが、教師も警官もこの少年を妥当に処罰することはできないのである。

この少年は沖縄に憲法二十五条が存在しないということがどういう現実なのかを、その痩せこけた全身をもってまったく典型的に表現している。僕はほんのわずかなりと事実を歪めて再構成しているのではない、眼と耳にしたままの事実をつたえているのである。

まず狂気。沖縄には精神障害者が、比率にして本土の二倍いるが、その多くが施設に収容されず街を歩いている。病院にはいった少数者にとってもアフター・ケア、リハビリテーションの施設はない。島の肥沃な方の二分の一をすっぽり基地にとられている伊江島への船着場で、連絡船からおろされる肢を縛ったブタの叫喚にいらだって、船員やブタどもを叱咤していた、肥満して髪だけ童女みたいなふたりの狂女を僕が見た朝の新聞は、《酒を飲むと凶暴になって父親をせっかんする精神異常のむすこにいたたまれず、むすこの留守をみはからって家から逃げだしてきた下半身不随の老人が自宅から百五十メートルくらい離れた空地で、五十人くらいの弥次馬に囲まれてとほうにくれているのを通行人の通報で十一日午後五時三十分ごろ那覇署が保護した》というニュースをつたえていた。

そして少年非行。嘉手納飛行場の爆音とコザの繁華の光が収容者をいらだたせる琉球少年院の非行少年の数はうなぎのぼりである。二年前に訪れた時、やはり東京の家庭裁判所からきていた調査官が、ここでは非行少年を監禁しているだけだ、更生のための教育がほとんどなされていない、と批判するのを聞きながらも、僕はその貧しい施設に定員の二倍におよぶ荒あらしい少年たちを収容してなお、琉球少年院がなりたっているのには、戦争を体験した教官たちの非常な献身に少年たちが共感していることによるのではないか、と感じたものであった。

しかしあらためてそこを訪れると、あの危険な均衡はくずれさっていて、今年すでに三十五件、一四九名にのぼる脱走があったと聞くまでもなく、すでに教官たちが非行少年の抵抗を手にあまるものに感じはじめているという印象をもたざるをえなかった。院を囲む金網がひどくあからさまに大きく破られ、なんとか修復されている。それは暴力団が、かれらの大切な働き手をとり戻すために堂々とやってきたあとを示す。

沖縄の少年犯罪の近来の特徴はあざとく暴力団との関係が表面にでてきたことである。収容されている少年たちのうちひとめで暴力団の若い衆とわかる、刺青をした不逞のつらがまえに対して教官はなんともひかえめにみえる。若者たちはいまや金網の中でかれらを指導してくれる教官より、金網を大きく破って呼びかけてくれる暴力団の先輩たちを、あからさまに敬愛しているように見える。苦しい戦争を生きのびて弟の世代を救助することに熱情をかたむけていた教官たち。しかしかれらも、このようにコミュニケーションのとだえた世代を相手ではどうすることができるだろう。少年法の改正まで迫られるいま、教官たちはみな、かれらの追いつめられた状況の打開を日本復帰にかけていると感じられる。

心臓障害の問題についてはまず、さいわいにも本土へ渡って心臓手術をする資力にめぐまれた、例外的な少年の文章をひくことにする。《ぼくのびょうさをなおすには、おきなわではできないそうです。おかあさんの話ではおきなわのびょういんは、せつびがじゅうぶんできていないからだそうです。……わるいとわかっても、なおすことができない子どもが大ぜいいるのです。本土へ行ってにゅういんするには、多くのお金がかかります。また、知っている人がいないと、すぐにはにゅういんできないそうです。》

やはりわが中学教師の劇団仲間で、コザ市役所につとめ福祉関係の仕事をしている青年は、かれのあつめた資料だけでもこの一、二年のうちに手術しなければならぬ心臓畸型児が一五〇名内外いるのに、やっと琉球政府が二十名にたいしてだけ重い腰をあげたところであること、鹿児島で手術する子供のために、沖縄の親類縁者からの血を集め、全日空が無料で運ぶ約束をし技術の問題も解決したのに、沖縄が外国あつかいであるため、日本税関から血をもちこむことを拒否され、手術計画がくつがえったことを語る。

この若い市役所員は《社会福祉はゼロといったほうがいい》沖縄において、政府の対策の穴ボコを、自治体に働く者の力でうずめようとしている熱情的な働き手なのである。とくに非行少年や特殊婦人の問題をはじめ基地によってひずみをあたえられた福祉関係のありとあらゆる問題が、集中しているコザ市において。

復帰協の、右から左まで総ぐるみの広い運動方針の先行きには不安と無力感をもち、個人的には、かれの劇団サークル仲間同様「解放された日本」に復帰することのみを望みながらも、このように切実な緊急さにせきたてられて、《どんな条件でもいい、復帰しなければ……》といいだしそうな青年の顔に見つめられると、僕は佐藤訪米に（われわれはまさに首相がジョンソン大統領と会っている、その時間に、市役所の隅で話しあっていたのである）自分としては暗い見とおしをしかもたないとうちあけることがはばかられた。

かれのように現場で社会福祉の仕事をつづけながら、かれの接触する、市内でも電気さえなしに住むような貧困者層と共に唯一の救いとして復帰を望んでいる三十代の声を聞くと、おなじく社会福祉の仕事をやっていた職場から、機敏に転身して、いまやコザ商工会議所の有力者であり、同時に即時復帰反対協議会のリーダーである四十代の人物の、まだ復帰は早すぎる、《われわれがドルの実力をもっているうちに》本土政府が沖縄の経済調査をして、われわれにどういう所へ投資しておけばいいかを教えてくれなければ、復帰後の本土資本の攻勢にひどいめにあうだろうという意見は、現実的ではあるにしても幾分いかがわしく聞こえた。

沖縄の日本人の憲法感覚は本土の人間を憲法への初心にかえすものだ。僕は本土に盛んなアメリカによる「押しつけ憲法」論の信奉者たちにこう質《たず》ねかけたい。沖縄のあの人たちは当のアメリカ人の支配のもとにありながら、この憲法をあのようにも求め、つきつめればそのためにこそ日本復帰を望んでいるではないか？

沖縄の人間にとっては「食《ムヌ》あたえるもの《クスドゥ》我《ワー》が御主《ウシュウ》」という考えかたが、ぬぐいようもなくしみついているのだと、世界最大の蛾のいる与那国島からきた戦後生れの少年から、沖縄戦生き残りの那覇の学者までが、しばしば自己批判した。それを事大主義的な処世観というとすれば、穏やかに眼をふせながらそのように自分を批評する態度から、沖縄の人間は自己卑下の念が強いという、もうひとつの沖縄観も、そこにはおのずから証明されているというべきかもしれない。そうだとすればこの沖縄の日本人の自己批評は、そのまま本土の日本人への、辛く痛い批評の棘をもあわせそなえているものである。明治百年の空さわぎに即していえば、沖縄の明治百年とは「琉球人《リキジン》と朝鮮人おことわり!」という言葉が端的に差別を代表した戦前から、大量の犠牲者の屍にのりかかった戦時、そして生き残ったかれらを異邦人の支配下に見棄てて、その苦境を横目にみながらも、そこにある基地をひそかに頼りにしてあぐらをかいていた本土の日本人が、まさにそのような人間たるほかない所へ穏和な沖縄の日本人を追いつめたのである。

沖縄の声が遠慮深く屈折してあらわれるままに、それを歪んだ本土の耳がどのようにエゴイスティックに無視してきたかの例はいくらでもあるが、なかでもきわめて微妙な例をあげよう。沖縄本島の最北端たる辺《へ》戸《ど》岬で、強い風にねじまがった夾竹桃にデイゴ、木麻《もくま》黄《おう》の点在する芝の生えた断崖に立つ者は、すぐまぢかに「日本」を、二十七度線によってへだてられる与論島を見る。

四月二十八日には毎年、サンフランシスコ平和条約第三条が沖縄とそこに住む日本人とを本土と憲法から切りはなして、異邦人の手にゆだねた日に怒りをあらたにすべく、本土と沖縄から海にでたそれぞれの船が二十七度線上に出会う。ある年、沖縄がわの船が一束の砂糖キビを、日本がわの船に手わたした。切実な期待をこめていても、それをあからさまに示すことを気恥ずかしく思うような、沖縄の復帰運動家は黙って微笑して、砂糖キビの束を乗せた本土の平和運動家の船が与論島にかえってゆくのを見送った。それはどのような期待をこめた砂糖キビだったか?

これはたとえ一束なりと、植物検疫をへていない密輸の砂糖キビである。一束の砂糖キビをたずさえた者が本土の税関でつかまるなら、それをきっかけに、いまやマスコミが関心をうしないかけた四・二八行事に一般の注目があつまるだろう。そのような期待の麦の一粒がまかれていたのである。しかし本土から来て中心行事をすませた人々は良識を働かせた。砂糖キビは与論島で農民からもらった一束ということにされて税関では問題にもならなかったのである。税関にもちこまれることすらなかったであろう、与論島は「日本」なのだから。もちろんかれら二十七度線にまでくる人々は、本土において沖縄にもっとも深い関心をよせているタイプの日本人である。かれらは同情心にあふれている。しかし沖縄の日本人に連帯するとは本土の日本人が自分もともども、沖縄の特殊事情に由来する厄介事をせおいこむことではないか。かれらが本土に持ちかえった砂糖キビは苦い味はしなかったか？

貧しい日本の尻尾のような与論
手を伸ばせば届きそうな所にあるが
無頼の顔をそむけている

沖縄の戦後世代の詩人によって書かれたこの一節は本土から二十七度線にくる人々を当惑させ、時には不機嫌にするという。それは言葉による「苦い砂糖キビ」だからだろう。この詩人は現地の新聞記者として、僕の二度の沖縄旅行のたびごとに、石垣島の空港に地道な仕事を持続しているものの顔をあらわした。かれは最南端から「沖縄と本土」のすべての日本人を見つめている鋭い眼だ。かれはおよそ沖縄的な屈折なしに、沖縄自身にも本土にもはっきりと苦いものは苦いというのだが、もっとも屈折の激しい旧世代から、そうした率直さの新世代にいたるまで、沖縄の人々が、佐藤訪米にたくした「期待」の意味はじつに多様だったと思われる。

沖縄の日本人のおかれている状況を小説化して本土でも広く知られている作家は、沖縄の返還が至急に必要だということだけが完全にわかっているが、沖縄返還のために安全保障が必要であるのかないのか、そして核もちこみが必要であるのかないのか、よくわからない、といっていた。

防衛のための国民的同意《ナショナル・コンセンサス》について積極的に考える現実派ということでは、本土の新しい保守派とつながりをもっているが、本土のそうした現実派がたいていスレッカラシのボンボンの印象であるのにくらべて、沖縄の日々のジレンマを体験しつづけることによって陰翳をそなえた、ある若い政治学者は、核兵器をふくむ基地撤廃の狭い原理を、沖縄にもちこんでくる本土の革新に疑いをもつといった。

実際そのような原理にもとづく沖縄返還の見とおしは暗いし、本土ですら現実にそうしたインパクトが政治をうごかしてはいないではないか？　本土の選挙を見てきたが、そこで革新が政権をもつ日が近いとは思えなかった。したがって厳格な平和主義の狭い原理による考え方をつうじては、基地沖縄の現実を耐えて生きている沖縄人と、その犠牲によって核基地なしの本土に居すわり、注文だけ出していることのできる革新との間には、まともな対話は生じないだろう。そこで狭い原理を沖縄人におしつける本土の革新に反撥し、かれらを他人だと感じる。その気持をはじめから理解してくれないのでは話にならないではないか？　もっともこうした考え方に本土の右翼的なものが便乗してこないかというジレンマはある。

宮古島で生れ洞穴に逃げこんで戦争を生きのび、戦後すぐ、琉球大学ができるという噂を聞くとポンポン船に乗って本島にわたり、宮古島の若者にも窓をひらけと陳情した少年がいた。かれはその後本土とアメリカで勉強してかえり、農業協同組合の仕事をしながら、ずっと自費で沖縄人文図書館をひらいてきた。この農業経済の専門家もまた沖縄の穴ボコを個人の力でうずめようとする「志」をそなえた人であるが、かれの意見にもまた苦渋がにじみでていた。復帰運動にブレーキをかけるものだという声があるだろうが、自分としては基地と観光によってなりたっている沖縄経済が、復帰後どうなるかを考えざるをえない。貧しく不安定な農民をかかえた沖縄の地域格差をうずめてくれるだけに、本土政府は資本を出すのだろうか？　基地保障以上の金の投入を考えているのだろうか？

戦争末期、特攻隊から戦線離脱してきた兵士が離島で権力をふるった。たまたまそこに米兵が不時着したりすると、かれは軍刀で処刑してなおさら奇妙に暴力的な権威をたかめた。しかし敗戦の日がくると、もう自分の軍隊から追求されることのない兵士は、島でおこなったすべての恐ろしいことの責任を島民におっかぶせて自分たちだけ本土に帰っていった。その一部始終を島の子供の眼で見つめていた青年が、いま那覇市役所の市民税課で働いている。

かれは東北地方まで復帰運動のオルグとして旅行してきたところだった。そこで味わった深い失望から、かれは語りはじめた。沖縄についての基本的な知識が高校生にすら欠けている、まず地図を書いて、沖縄がどこにあるかを説明しなければならない、それはあきらかに教育のブランクによるだろう。しかしそれよりも本土でたびたび、どのような返還がいいか？　と親切顔に聞かれることほど腹立たしいことはなかった。選択的な様ざまの返還の形式の思いつきなどは本土の人間のものだ。沖縄の人間の心では、返還というひとつの実体に考えが集中しているのだ。沖縄現地ではどういう考え方が多いか、などと余裕をもって打診するようなことをするな。本土の人間にとってどういう「沖縄ぐるみの日本」が望ましいかを考えて沖縄の人間の考え方に出会うのが、まっとうな態度じゃないのか？　自分たちは核兵器の基地と同居するよりほかの暮しはしたことがないのだから、とりわけ「核基地つき返還」について心理的な問題はないといったとしたら、本土の日本人はいったいどのように反応するつもりなのか？

石垣島には過ぎさった夏がふたたびあらわれる。赤瓦を漆喰《しっくい》でかためた屋根が、ネズミやハブのひそむ石垣の向うからのぞく民家。フクギの群生、野菜がわりの実をつけたパパイヤ、もっと小さい島からの移民の子が誇っているガジュマルの巨木。パインと砂糖キビの畑を生きいきと力づよく飛翔する蝶。濃い紅の花をひらく仏桑華《ぶっそうげ》、ここは基地のない島だ。それがいかに深ぶかとした解放感をあたえることか。沖縄本島では、東海岸北部の森森地帯すらもゲリラ訓練所である。山の根に、荒い海にむかっている亀甲墓すらも、そこから米兵が人骨をとりだし、キャンプにもちかえることがあって、祖先崇拝の念の厚い沖縄の人びとを茫然とさせる……

小・中学校が同居している、島で平均的なある教員室で、戦争中は青年学校の教師だった校長は、一日も早く復帰を熱望している、と語った。運動会に万国旗をあげれば、子供たちも日の丸のときにきわだって感動する。日本人意識がそのように激しいのだと。

ところが髪重く、眼は深ぶかと黒く、しっかりした強い口をもった、愛らしい戦時生れの社会科の女教師は「沖縄の民主主義感覚」をあらためて印象づける率直さで、この校長を前にしながらこう反論するのである。私の教えている子供たちにも二人の復帰反対派がいる。いまのままがいい、アメリカがいた方が道が良くなるではないかといっている。沖縄が本当に返るときには、アメリカと日本が戦争しなくてはならないのじゃないか、と心配している子供もいる。

私自身としては、高等弁務官の独裁や人権無視の不都合の数かずに接するたびに、憲法のもとにかえりたいという願いはもつが、それを民族感情とはみなされたくない。むしろ、かつては中国、それに日本、そしていまは、アメリカと強国に寄生しないでは生きられなかった沖縄、ということを考えてみるのだ。感情的には、日本人という意識よりも沖縄人としての意識を大切にしたいとはっきりねがっているのが私だ。

琉球大学の学生運動家たちのうち本土の反日共系の学生たちに親近感をよせるグループ。ひとりの死者を出した羽田デモにもかれらは代表たちを送って参加していたのだった。佐藤訪米の際にも羽田周辺で懸命に走りまわり、自衛と攻撃の意志をこめた石と角材で闘った者たちのうちにもポケットにパスポートをひそめた、かれら沖縄からの参加者が見られるはずである。かれらはいくらか年長の石垣の女教師ともども日本人としての民族感情を否定するが、沖縄人たることにアクセントをおきもしない。かれらは広く人民のあいだの連帯をもとめているのである。

激しく盛りあがった十一月二日の復帰大会で、高校生たちの参加者すらも反米を叫んだが、かれらのみは決してそのような声はあげなかった。アメリカの人民たる兵士たちに英文のビラをくばっては、連帯を呼びかけてきたのもかれらのみである。かれらは嘲笑しながら僕に教えた、きみが羽田で死んだ学生をめぐって佐藤と民衆のあいだのコミュニケーションの断絶を嘆くのは、そもそも最初からまちがっているのだと。力の論理よりほかにそうしたコミュニケーションなどは絶対にありはしないのだと。僕はかれらの、しかも二十二年放置された沖縄にのみ生きてきた二十歳前後のかれらによって、そのように批判される時、自分のもつ政治家と民衆のコミュニケーションの夢についてあらためて話してみる気力をもたない。

佐藤訪米の日の羽田周辺で大量に出るであろう若い負傷者たちのことを考え、これらの若者もまたそうしたひとりとなるかもしれぬと考えては、暗然とするのみである。

これらの戦争を知らぬ世代に、自分が鉄血勤皇隊の少年兵として戦った悲惨をつたえようとねがってきた琉大助教授。かれは《沖縄人のこうした生活態度もしくは行動様式――外面では極度に事大主義的で、内面では自己卑下となって表現される――は、何に起因するのか》を差別の歴史のうちにあとづけてきた社会学者であるが、琉大の学生運動家たちは、かれの伝えようとするところのものを受けつごうとしてはいなかった。ともに反戦の「志」をいだきながらも。かれらの間のコミュニケーションすらも切れているのだ。しかし僕が再度の沖縄旅行であらためて確認したのは、沖縄の様ざまなものの考え方をむすびつける核として、もっとも妥当なのは、やはり沖縄戦に少年あるいは少女として参加し、戦後二十二年をその惨めな戦闘のつづきとして認識しながら生きてきた人々の考え方だということである。

佐藤訪米にむかって復帰への意欲をそそられ客観的にものを考えられなくなっている、いまの沖縄の民衆に、復帰優先か、そうでないか？　という二者択一の問いつめかたをすることは酷だ、と社会学者はいうのである。

二十二年の苦しみを体験してきた沖縄人に、一日も早く帰りたいという心と、核兵器つき基地の自由使用を惧れる心のジレンマがあるのが確かである以上、どちらを選ぶか？　と追いつめないでもらいたい。素朴な民衆の心にそいながら、どのようにして平和憲法のもとに戻るかを考える対外折衝こそをやってもらいたい。沖縄の日本復帰が、もし核基地つきの再軍備に本土と沖縄を押しやるとすれば、そのときふたたび悲惨な前線となるのは、やはり沖縄ではないか。一九四五年の沖縄とヒロシマとを、あらためて同時に再現するような、最悪の悲惨を経験するのは沖縄人ではないか。そのためにのみ日本へ復帰したのだとでもいうように……

沖縄での三週間に、僕のインタビューをうけていただいたすべての方がたに、それではきみは沖縄の日本復帰についてどう考えるのか、と問いかえされながら返事を猶予してもらってきました。いま僕は、現実に出てきた佐藤・ジョンソン会談の結果に暗く惨めな失望感をいだいて那覇をたとうとしながら、この手紙でお答えしようと思います。失望？　佐藤政府の性格を知っていれば、そんなことは、はじめから予期していた筈じゃないのか？　という声が、とくに本土から僕にかえってくるような気がしますが、沖縄の方たちのうちには、僕の失望を理解していただける方がいると信じます。

僕自身、あらためて沖縄へくるまでは、佐藤訪米に積極的な期待をかけていなかったのです。ところが本土においてより沖縄においての方が、当然ずっとリアリスティックな「醒めた眼」によって仔細に沖縄問題を見すえている人びとが多いにかかわらず、そこには佐藤首相に「期待」する熱い雰囲気があり、ぼくはいつのまにかそこに同化している感情をいだいて、佐藤・ジョンソン会談を待ちうける心をもったのでした。

それは沖縄における返還世論の実態を分析する学者たちのいうとおり、沖縄の日本復帰の世論が、沖縄の教職員会や労働組合や学生や、立法院議員たちが、現地の新聞ともども、まず本土の新聞、革新団体、野党議員、政府にはたらきかけ、その上でやっと日本政府がアメリカ政府に働きかけられる、という間接的な一方交通の性格のものだからです。沖縄から直接、民衆の声がアメリカ政府にとどくということはないわけです。そこで、日本政府がアメリカ政府に交渉している間は、どのように佐藤首相の意図をいかがわしく感じていても、それに「期待」をかけていなければならない。その「期待」の窓を閉じることは、沖縄の民衆が、自分で自分の頭上にひらいた唯一の明り窓をとざすことになるからです。

しかし同時に、そうした「期待」をもつという道しかないゆえに、あえて信じこんでいるふりをしなければならない佐藤首相への不信感、疑惑というものは「期待」の仮面をつけた沖縄の日本人の素顔にはじつに強く現実的でもあるのです。「期待」する、といいながらも、同時に「醒めた眼」で佐藤首相の言動を注視している、それが沖縄の民衆の一般的な態度ではなかったでしょうか？　念をおせば、「醒めた眼」で佐藤首相の信頼しがたい陰の部分を見つめているからといって、その眼をもった人々の「期待」の念がニセだったというのではない。それよりほかにはアメリカ政府への呼びかけようが絶対にないとしたら、どんなに小さな詰ったパイプにすらまじめな「期待」をかけてみるほかはないのです。

この三週間で沖縄の民衆がもっともあからさまに怒りをあらわしたのは、喜屋武《きやん》復帰協会長たちの直訴団に、はじめのうち首相が会わないといっていた時だったと思います。あの時こそは危機でした。しかもそういう仕うちのみならず、沖縄の警察力を強化するべく指示するという、公然たる挑戦をうけた復帰協の人たちが佐藤首相を信頼していたとは思いません。それにもかかわらず、佐藤・ジョンソン共同声明にせっした瞬間、すぐさま立ちなおって新しい運動方針をうちだしたとはいえ、あのようにも深い失望感が復帰協の幹部たちの集った部屋をうずめたのか、それは僕がのべてきた、沖縄の民衆の「期待」と「醒めた眼」の二重構造になった心のしからしめるものではないでしょうか？

そして僕は佐藤首相が涙を流したり、「沖縄問題が解決しないかぎり戦後は終らない」などと誠実きわまる言葉をはいては、たちまち沖縄の民衆を蹴とばすようなことをくりかえすのは、かれが沖縄の民衆のかれに「期待」している柔順な態度のみを見て、おなじ人間の「醒めた眼」に気づかないでいるために、沖縄の民衆を見くびっているせいではないかと思います。そしてその鈍感さは厭な話ですが、南部戦跡へわれわれをみちびく戦前派のタクシー運転手の苦い言葉をかりれば、沖縄人はおとなしく犠牲にたえる弱者だという首相の心に戦前・戦中から根ざしている差別意識に発しているのではないかと思うのです。

僕がさきほどから、なぜ、「事大主義で自己卑下の念の強い沖縄人」などという言葉を持ちだしてきたか、というと、じつは僕は沖縄の民衆の意識の特性について、それと深く関りつつ、しかもそれとは異った観察をしてきたからです。すなわち沖縄の人々は、自分たちがそうした性格をもっているのだと自己批判する、強い潔癖さ、道徳的な内省癖をもった民衆だ、というのが僕の考えなのです。モラリティーの感覚が強く、自他をつねにモラリティーの規範にてらしながら、判断する性癖のある人々が沖縄の民衆だ、というのが僕の二度の沖縄旅行での結論なのです。「核つき返還」の問題を、それが本土の人間への一方的な罪悪でもあるかのようにモラリティーの痛みを示すことなしに語る人はいませんでした。基地経済の繁栄による歪みを、かれらみんなに共通なひとつの根深い「恥」として自分のモラリティーにかかわりながら話さぬ人は、いませんでした。

したがって佐藤首相と下田駐米大使とが沖縄返還をめぐってうちあげた空鉄砲を、いま「期待」の幻影がすっかり消えたあと「醒めた眼」によってふりかえる沖縄の人々は、そのモラリティーを根本から揺さぶるような怒りと恥ずかしさを感じているにちがいありません。とくに「段階的復帰」の道があるかもしれないと、そういう妥協をすることを二十二年間も苦難に耐えた自分自身に恥ずかしく思いながらも、つい浮足だって夢想してしまった、善良な民衆の大方は、いまそういう自分にたいして複雑な怒りと恥とを感じている筈です。いったいこういう人物は、なんという酷たらしいことをする政治家なのでしょうか。しかも沖縄からの「期待」をすべて踏みにじった後、当の沖縄の民衆にたいする伝言として《一歩前進したと確信するので、困難に耐えて一体化を進めてほしい》としゃべったというのですから、これは沖縄の民衆をかさねがさね愚弄するものだといわれても仕方がないと思います。

「期待」の幻影がついえたあと、沖縄では復帰協を中心に新しく初心に戻って「全面即時返還」の運動が盛りかえされようとしています。今度のそれはただ「醒めた眼」のみによって支えられている運動であって、沖縄にジョンソンとの共同声明の説明団を出そうなどといっている佐藤政府は、その見くびった懐柔策を一挙にはねつけられることでしょう。また「期待」

していた態度がまったく幻滅しかあたえられなかったのを認めざるをえない以上、これからは「期待」の窓口をとおさないで、沖縄から直接アメリカ政府、アメリカ世論に、働きかける運動に転換しようという動きがあらわれることもまた、あきらかでしょう。

アジアの問題につねに明敏な『ル・モンド』紙が《沖縄住民のサボタージュや米軍との摩擦は、ヴィエトナム戦争遂行上、米にとり新たな障害になろう》とのべていることは、注目されなければならない。

すでに佐藤・ジョンソン会談の大詰の日、沖縄の新聞は、ふたつの暗示的なニュースをのせていました。ひとつは、米陸軍が、読谷村《よみたん》楚辺にある黙認耕作地の農作物を撤去するように通告してきたというニュース。本来は自分の土地でありながら、基地に接収されたために、金網をくぐるパスをもらってそこを農耕していた農民たちの百世帯が、たちまち、その生活を根底から揺さぶられたのです。豚や牛馬の飼料をもとめる場所がなくなることで、それらをただちに手放さねばならず、あらためて耕作を許可されても重機でかためられた畑を耕やすには永い時がかかる、と農民たちは嘆いています。かれらのみならず、おなじ読谷村で二千六百世帯もの農家が、黙認耕作地に生計をかけているのですが、かれらの生活とは《軍が必要と認めるときはいつでも農耕地を明渡さねばならない。黙認耕作地内での物件補償、事故にたいする責任はおわない》という証書にサインした上でのまことに不安定なものなのです。

もうひとつのニュースは、雨の日にもグアム島からのB52が北ヴィエトナムを渡洋爆撃できるようにするためのレーダー基地をつくろうとして軍が接収しようとしていた喜屋武地区の農地が、農民たちの根強い抵抗によってついに接収中止になったらしい、というニュース。

このふたつのニュースを「醒めた眼」で並べて読めば、結局、米軍へのはかない「期待」によっている立場がいかに頼りにならないかということと、なんとか抵抗することによって農民にも自分たちの権利がまもられるということの、あいかさなりあうイメージが生れてくるのではないでしょうか？　おのずからそこには佐藤訪米の成果に惨めに幻滅した農民たちに暗示をあたえる力があるはずです。

それよりほかに生きぬきようがないことを「醒めた眼」でついに見きわめようとする人々がそれを見逃がすことはありえないでしょう。

すなわち沖縄は確かにまったく新しい局面を、沖縄の人間自身の手によってひらかれようとしている、という予感をもまた持って、僕は那覇をたとうとしているのです。僕は沖縄でお会いした人たちみなの、より困難な明日への御健康をいま祈らざるをえないのですが、顔をまっすぐあげたままではそうすることができません。

貧しくはあるが率直な生命力にあふれた与儀の農連市場で、そこに働く人たちには名高いソバをうちながら、《自分の経済状態がひっくりかえるにしても、子供の教育のことを考えれば復帰せねばなりません》と語ったあなた、市場に村や離島から出てくる人たちの楽しみたる、蛇皮線の胴をニシキヘビで張りかえながら、復帰の夢を語ってくれたあなた、小さな山羊料理の店で、沖縄戦のとき赤んぼうを抱いて戦野をさまよっていると、赤んぼうの泣き声がアメリカ機のレーダーにとらえられるといわれ周囲から石を投げられたことを語り、やっとのことで成人したその娘の生む子供のためにも復帰したいと希望をのべた未亡人のあなた、そうした素朴な感情をこめた声を思いだすたびに僕は頭をたれてしまうほかありません。
台風の接近している石垣島、雨風をおかして砂糖キビ畑を見まわっていられるであろうあなたは、長崎で被爆したあとの躰で過重な農作業をひとり支えており、悪化した肝臓を発見した医者から入院を強くすすめられているにもかかわらず、家族をまもるために朝から夜まで畑に出ていられました。僕は奥さんが、パイン畑に肥料を運んで行ったあなたの健康をきづかいながら《復帰しなければ、原爆病の治療費も、農家のさきゆきもただ暗いだけですよ》といわれた言葉にたいして、いまはもう暗然と黙るのみです。

〔一九六七年〕

II
沖縄ノート

そしてどのようにして正気でいることができよう
血の赤い糸がなおわれらを固く歴史に縛りつけているのに？
虎よ、おまえはすべてのわれらの過去と未来を彷徨する
子供らの眠りをさまたげ
われらの果樹園の夢を横切って忌わしい跡をのこす

ジュディス・ライト『汽車』

プロローグ　死者の怒りを
共有することによって悼む

一九六九年一月九日未明、沖縄県人会事務局長であり、かれを知る者にはつねにそれ以上の人間であった古堅宗憲《ふるげんそうけん》氏が、日本青年館において急死した。日本青年館は、古堅さんが生涯をかけた沖縄返還運動の拠点であったし、古堅さんがその未明の火災に出会わざるをえなかったのは、前日深夜まで、沖縄から上京した古堅さんの同志たちとの話合いがつづいたためである以上、古堅さんは、かれが生涯をかけた闘いの、戦場において斃れたといわねばならない。

ここに古堅さんの死を悼む文章を書こうとして僕は、古堅さんの鎮魂をねがうのではない。古堅さんの魂を鎮めることはできない。僕はむしろ古堅さんに次のように呼びかける心において、この償いがたい死者を悼むのである。死者よ、怒りをこめてわれわれのうちに生きつづけてください、怯懦《きょうだ》なる生者われわれのうちに怒りをかきたてつづけてください。

古堅さんの死は、火災によって青年館五階に充満した煙にまかれての、一酸化炭素による中毒死であった。古堅さんは一瞬、深い眠りと昨夜の酔いから覚醒して、いまかれを襲おうとしている具体的な死をまっすぐ見すえる時をもった筈である。古堅さんの死のしらせに接して僕はただちに、あの童児のようなかたちの奥から永年の疲労が暗くにじみでている、しかも善意と優しさがそれに拮抗している独特の顔と、あきらかに肥りすぎで丸っこい胴体に手も足もユーモラスに短かく感じられた躰のイメージにとらえられた。その古堅さんの肉体が、すでに煙につつまれたベッドの上で、はっきりと意識を覚醒させた時、かれを襲ったであろう狼狽、恐怖心、無力感のそれらすべてをこめて、瀕死の古堅さんのイメージが僕をがっしりとらえて、僕はながく涙をとどめえなかった。

しかし僕の想像力にかかる瀕死の古堅さんのイメージは、本質においてあやまっていたと、しだいに認識された。古堅さんの生涯の最後の瞬間に、覚醒した意識を占めつくしていたのは、狼狽でも、恐怖でも無力感でもなかったのである。それは怒り、猛然たる怒りであったにちがいない。その憤怒のまえに、僕が悲しみに流した涙などは、まことに、灼熱した鉄片にはじかれて雲散霧消する水滴のごとくであろう。

僕がこの認識にいたったのは、古堅さんの令兄、宗《そう》淳《じゅん》氏が、通夜と告別式とにおいて、おそるべきストイシズムによってみずからを抑制しつつも、一度ずつ激しく鋭くほとばしらせた怒りの声にみちびかれてであった。古堅さんの死を真に悼むことは、古堅さんの怒りを共有すべくつとめることによってのみ可能であると感じられる。しかし、それ自体がそのままもっとも意識的な沖縄県民の怒りであるところの、瀕死の古堅さんに集約される怒りは、そのもっとも重く鋭い鉾先が、ほかならぬ本土の日本人たるわれわれにむけられている怒りである。古堅さんの生涯の三十八年をかえりみようとする者の誰が、それを認めないでいられるだろうか？　われわれの古堅さんの死を悼む心は、まさに恥の心にかさなるほどにも暗然たる、惨澹たる深みに沈みこまざるをえない。

この恥という言葉を、僕は古堅宗淳氏の唇から発せられた、その響きと意味あいにおいて用いたい。常楽寺の通夜において、古堅宗淳氏は、飾られた花輪のすぐ傍に正坐していられた。しかも花輪の花のむらがりのなかに顔を突っこんでしまおうとしているとでもいうように、しばしば花にむかって顔をおしつけてじっとしていられた。それは異様で、胸をうった。激甚な悲しみがそのような姿勢をとらせることを感じて、僕は眼をそむけないではいられなかった。しかし、それは悲しみの発作によってでなく怒りの意志においての姿勢だったのである。やがて古堅宗淳氏は挨拶に立って、その「弟であり同志であった宗憲君」が、永いあいだ暮してきた常楽寺で、「最後の足を洗ってもらったこと」を感謝する、ということをいわれた。その表現は感銘深いものであったが、通夜につらなっていた者たちは、つづいてそれよりもなお深く、すなわち穏やかにひかえめに声を制しながらも古堅宗淳氏が、沖縄現地および本土で接した報道に、古堅さんが「焼死体」となったと、事実に反する発表をされたことに抗議する言葉に揺さぶられた。

告別式においてもまた古堅宗淳氏は、挨拶を終えて参列者の前を横切られる時、強くおさえようとしながらしかも喉にこみあげる嗚咽の声を発したが、それは挨拶の終りに、やはり「焼死体」という誤報への抗議をのべた時、氏を内側から揺さぶりつづけていた怒りの力が、そのように穏やかで意志鞏固な氏を嗚咽せしめたのである。

古堅さんは沖縄返還運動に参加してから、十六年、そのまことに言いようもなく早すぎる死の時のいたるまで、その生家で「一食、一睡」もとることがなかった。その古堅さんの一酸化炭素中毒による被害者としての無念きわまる死を、報道がこぞって焼死と書き、あたかも火災の原因と死者とをむすびつけるかのごとくであったのは、報道にたずさわった日本人みなの「恥」ではないか、と古堅宗淳氏は篤実に告発したのである。この誤報に抗議してみたもののなお、はかばかしい訂正の動きがないのは、「日本国《クニ》の恥」ではないかと怒りをこめて再び語ったのである。

古堅宗淳氏は、伊江《いえ》島の農民である。家の負債を支払うために、労役の子供として糸満《いとまん》漁師に身売りさせられようとしたが、泳ぐ力も弱く、したがって糸満での死よりは、と追いつめられた心で、湿った樹幹に生えるキノコを大量に食ったが嘔いてしまって目的を果たせず、床の下にもぐって泣いている所を、いったんはあきらめて長男を見棄てようとした母親の必死の決意によって救われた、幼年期の経験をもつ人である。そしてその大家族が生きのびるために、四反の田畑を売ってその八倍の荒地を買いもとめ、苛酷な労働をかされ野菜栽培にわずかに活路を見出した農民である。

氏の犠牲にたった期待にこたえて、次男の宗明氏は八重山高等農林学校にすすみ、学問的にのみならず学生活動にもすぐれた結果をのこしたが、現地召集されて沖縄戦に斃れた。そして十五歳で鉄血勤皇学徒隊に加わり辛くも生きのびた三男を、沖縄開洋高等学校、辺土名《へんとな》高等学校の教師に育て、その三男があらためて本土にまなぶことを決意すると、そのまま送り出してやった兄、しかも三男が学生運動に参加したことで帰省するための「旅券」を拒否され、そのまま、まさに論理的に一貫して、十六年間におよぶ沖縄返還運動に身を投じている間、島のなかばを基地にうばわれた伊江島で貧しい農民としての実生活を維持しつづけていた兄、このようにも典型的に沖縄の状況を体現している人間である古堅宗淳氏が、その沖縄返還運動にすべての青春を投入し、それがついには全生涯ともなった弟の、死にかかわる汚名をそそごうとして怒りの声を発したのである。

もしその怒りの声に、自分自身の根底を激しく揺さぶられることのない日本人が、沖縄の今日の状況について考えようとするなら、それは死んだ古堅さんのめざしていたようなかたちにおいての、沖縄の状況の中軸にふれることはついにできないであろう。古堅さん自身の瀕死の時の怒りをつうじて、沖縄県民の真の内奥に実在する暗く重い怒りの深みまで、想像力の錘りをおろすことはできないであろう。

なぜなら古堅さんは、政治的な状況を、そうした人間のモラリティーの問題として受けとめ、本質的な行動の軸とする型の実践家であったと思われるからである。古堅さんよりも、もっと政治的に機敏な活動家は数多いであろう。しかし、僕自身の貧しい経験をつうじて証言するなら、古堅さんは右にあげたような、根本的に人間そのものに発したものとしてのみ行動をおこなう実践家として、僕には、しばしば出会うことのできる魅力的で有能で積極的で、いかにもしたたかないかなる実践家よりも、重要な人間だったのである。またそれゆえに古堅さんの不慮の死がいかにも償いがたく感じられ、瀕死の古堅さんの怒りが、僕自身の根本的な根にむかって、のがれがたく辛い打撃をあたえつづけるのである。

あらためて僕個人についていうことを許されるなら、古堅さんは政治的な現場での仕事を、きわめて人間的な仕事としてやわらかく受けとめさせてくれる緩衝体として、努力をはらってくれる人であった。もとより僕が沖縄の政治的状況に関わってなにほどのことをしたか、それをかえりみて恥を新たにするが、そのような恥の感覚すらも、古堅さんはまともに受けとめてくれる人だったのである。僕はとくに広島について、また沖縄について、本土で生き延びている人間としての自分のいやらしさを意識しないでは、すなわち端的な恥かしさやためらいをおぼえることなしには人前で話すことができない。しかし、はじめての主席公選における、屋良《やら》革新候補の勝利のための、沖縄と東京の集会でいくたびか貧しい意見を話した時、僕は古堅さんをパイプにして演壇に立つことによって、その恥かしさやためらいを無理やりおしつぶすことを必要とせずに、いわばそれらと共に話すことができたし、自然な勇気をあたえられる感情において、とくに沖縄の聴衆の反応を受けとめることができたのであった。それは端的にいって古堅さんの優しさに支えられてのことであったということを、いまあらためて認めないではいられない。そして古堅さんが、その優しさの底に、もっとも鋭く激しい怒りを据えていたのだという事実をもまた、確認せざるをえないのである。

古堅さんに永く友人としての親しみを感じてきた、といいながら、僕がかれの生前にその大酒家であることを知らなかったというたびに、おおかたの古堅さんの同志たちは奇異の念をあらわした。僕もまた、しばしば泥酔する人間である。そして僕は自分の泥酔の根拠として、スーダンの荒野の集落で泥酔さわぎがくりかえされることを語った探検家の《何か欠けるものがあること、絶望的な自暴自棄へ人々を追いこむ根源的な不満があることを示している》という言葉をあてはめてみざるをえないことがある。沖縄にたまたま帰省して、しかしその、すでにのべたように切実なきずなにむすばれた家族とは波止場で会うのみ、というような活動をつづけていた古堅さんと那覇のホテルで深夜まで話したことがあり、東京ではもとよりしばしば会いながら、しかし僕は古堅さんといちども共に酒を飲んだことがなかった。

それはなぜだったろうか。なにを誠実めかしたことをいうのか、という嘲弄の声をあらかじめ予測しながらもあえていうならば、本土の人間たる僕にとって、古堅さんにたいして酒を飲みながら沖縄の問題をかたることはできなかったのである、すくなくとも泥酔するほどにも飲みつづける予感と共には、そうすることができなかったのである。古堅さんの急死の後、かれがしばしば訪れたという数軒の酒場をたずねた僕は、酔った古堅さんが執拗な怒れる議論家であったことを知らされた。僕はひとり泡盛を飲み、急速に酔って、憤怒する古堅さんの幻を見た。しかも当の僕自身に向って深甚な怒りをこめて告発する、古堅さんの幻をありありと見た。僕との限られたつきあいでの古堅さんの様ざまな優しさの思い出が、それぞれにくっきりと怒りの影をおびて再びあらわれた。

もとより古堅さんが常連であった沖縄料理屋、泡盛の酒場で僕が採集した古堅さんをめぐる情報は、当然のことながら単に怒れる議論家としての古堅さんの肖像にとどまらない。古堅さんに直接は学ばなかったが、その受持学級の一級上の生徒だった、そして上京後ずっと古堅さんにみちびかれてきた一婦人は、沖縄外語中等教員養成所で沖縄戦直後にまなび、教師となった古堅さんが、まことに山積する悪条件をへてきたにもかかわらず、秀れた教師であったことを証言する。若き古堅先生は、自然科学の教師として植物の新種をひとつ発見すらしたということである。

「鉄の暴風」に灼きつくされて荒廃をきわめる沖縄の土地に、新しい植物を発見するということの意味あいの重さに思いをひそめよ。それは古堅さんの志のむかうところをかたるに充分な挿話であると信じる。

しかし若い教師は二十二歳の夏に、あらためて新しい学問へ発心して上京し、二つの大学にまなび、それぞれ中退した。すなわち明治学院大学と東京外国語大学がそれであるが、両大学はこの沖縄出身の学生が学力不足によって中退したのでなく、プライス勧告反対・四原則貫徹国民大会を組織して、本土における沖縄返還運動の口火を切り、その実践をそのまま持続し、生涯をかけて前におしすすめるために学園を去ったのであることを認める光栄をもつであろう。

そして一九六九年一月九日未明、ついに三十八歳の生涯を終えるにいたるまで、古堅さんがただそれのみに熱中した沖縄返還運動の現場での活動のいちいちについては、まことに数多くの証言をみちびくことができる。そしてその証言はすべて、瀕死の古堅さんの怒りをわけもち、あるいはわけもつことを希望する者たちの声によってなされなければならぬ。したがって、僕はひとつだけ沖縄返還運動の現場での、古堅さんの仕事についての証拠物件を提出するにとどめて充分であろう。それは沖縄現地にむかって、日本国憲法を印刷した文書を大量に送りこむ努力を、熱情をこめておこなったのが古堅さんであったという事実である。今日、憲法にまもられぬ沖縄に、武器として憲法を政治的想像力の根底にすえる態度が広くしみわたっている現実を考えれば、沖縄にむかって憲法文書を発送するために地道に働きつづけた古堅さんの内部に、辺土名高校の二十歳になったばかりの自然科学の教師として、焼土にわずかに芽ぶくもののうちに、しかも新種の植物を発見するまで持続的であった強靱な志が、なお生きつづけていたことを誰が認めないでいることができよう？

それはまた、焼土に新しい植物をもとめる激しい情念をそなえた若い教師の魂を、しばしばたぎらせたであろう絶望的な怒りが、現実には憲法にまもられぬ沖縄に、そこへ切りはなされ放置された同胞へ連帯の手をさしのべることを拒むことによってのみ、憲法の体裁をいちおうはととのえつづけることに成功しているかにみえる本土から、あえて憲法文書を送り出しつづける若い実践家の内部を燃えひろがっていたにちがいない、暗く孤独な怒りの火をあらためて確認することでないであろうか？

恥と共にそれらをあらためて認め、確認しようとする者に対して、怒れる死者の呼びかける声は、自分が煙の充満した部屋で見ひらいた瀕死の眼をもって、屋良主席を選ぶことで明瞭に意志表示し、B52爆発炎上を具体的な恐怖と共にかれら自身の土地に見て、その撤退を要求するゼネストへの動きをおこしている核基地沖縄の民衆を見つめよ、という声である。その民衆の「いのちを守る」自衛のための最小限の行動に、総合労働布令で全面的な拒否をつきつけるアメリカの強権を見つめよ、そしてそれにまけずおとらず臆面なく、沖縄の民衆の意志と、今日と明日の生活のかれら自身による方向づけをまっこうから否定する態度を、いまやあくまでもあからさまに誇示するわが国の駐米大使、外相、首相、すなわち日本国の強権を見つめよ、という声である。

その日本国の選挙権を有する民衆として、われわれが古堅さんの死を悼むことは、組踊《くみおどり》『大川敵討《おおかわてきうち》』の「死にゆ死《じ》にゆも、是や気にかかて行《い》きゆむ」という言葉を喚起する、この死者のもっとも暗澹たる怒りを、恥の自覚とともに共有すべくつとめることのほかの、なんでありうるだろうか？　しかもその怒りのもっとも重く鋭い鋒先を、われわれ自身にむけることでなくてなんでありうるだろうか。しかしそれによって古堅宗憲氏の鎮魂がなされうるというのではない。

―〔六九年一月〕―

日本が沖縄に属する

僕は沖縄へなんのために行くのか、という僕自身の内部の声は、きみは沖縄へなんのために来るのか、という沖縄からの拒絶の声にかさなりあって、つねに僕をひき裂いている。穀つぶしめが、とふたつの声が同時にいう。そのように沖縄へ行く(来る)ことはやさしいのか、と問いつめつづける。いや、僕にとって沖縄へ行くことはやさしくはない、と僕はひそかに考える。沖縄へ行くたびに、そこから僕を拒絶すべく吹きつけてくる圧力は、日ましに強くなると感じられる。この拒絶の圧力をかたちづくっているもの、それは歴史であり現在の状況、人間、事物であり、明日のすべてであるが、その圧力の焦点には、いくたびかの沖縄への旅行で、僕がもっとも愛するようになった人々の、絶対的な優しさとかさなりあった、したたかな拒絶があるから、問題は困難なのだ。

僕はかれらをなお深く知るために沖縄へ行こうとする。しかしかれらをより深く知ることとは、かれらが優しく、かつ確固として僕を拒絶していることを、絶望的なほどにもはっきりと認識することなのだ。それでもなお僕は、沖縄へ行こうとする。その自分を僕は、時どき、まったく客観的に自分の視野にとらえると感じることがある。逃げだしてゆく自分の背を、自分の眼で眺めているように。あの穀つぶしは、と僕は冷静な観察をおこなう。憐れにも、みすぼらしい徒手空拳で、つみかさねた学殖もなく行動によって現実の壁をのりこえた経験もなく、ただ熱病によって衰弱しつつもなお駆りたてられるような状態で、日本人とはなにか、このような日本人ではないところの日本人へと自分をかえることはできないか、と思いつめて走り廻っているのだ。自分の勢力範囲《テリトリー》からとうのむかしに跳びだしてしまったドブ鼠たるあいつは、広場のまんなかで、みっともなくへたばってしまうだろう。滑稽な話だ。しかし個人的な事情によって、自分自身を転覆せしめかねない状態で、したがって計算された勘定書の総計は、みなあいつのところにくるシステムで、あいつがよたよた走り廻っている以上、あいつの頭のなかの命題がどんなに身のほどしらぬ大袈裟なものでも、それはあの穀つぶしの自由だ。

実際に僕はこの数年、とくにこの一年はよりしばしば、非力な臆病者が痩せた毛脛をむきだして、見ぐるしい開きなおりかたをするような具合に、日本人とはなにか、このような日本人ではないところの日本人へと自分をかえることはできないか、と考えこんでいる自分を見出した。そのとき鏡をのぞいたとしたら、貧血しているような、また昂揚からではなく衰弱から、熱にうかされているような顔がうつって、僕はこそこそと鏡から離れたことだったろう。茫然と、あるいは暗然と、日本人とはなにか、このような日本人ではないところの日本人へと自分をかえることはできないか、と考えこんでいる自分に気づいた時、自分でもいやらしく感じる薄笑いを浮べてしまうことを禁じえなかったこともある。また、ある夜明け方、それは沖縄で生れ、沖縄を生き、その死によってもまた、はっきりと沖縄を提示した、古堅宗憲氏の唐突な死の報に接した朝であったが、僕は自分自身の死について考え、まぢかにその友人の死のような不慮の死が僕を待ちかまえている可能性はおおいにあると考え、それから不意に、その死のいたる時までに、日本人とはなにか、このような日本人ではないところの日本人へと自分をかえることはできないか、という命題に自分だけの答をひきだしていることができるだろうかと、ほとんど死の恐怖と同一の恐怖、無力感、孤立している感覚、ペシミズムに首筋をおさえこまれて考え、みすぼらしい涙を流した。

　なぜ、僕がいまこのようなことを書くか。それは僕が沖縄にむかって旅だつ時、日本人とはなにか、このような日本人ではないところの日本人へと自分をかえることはできないか、という命題をかかえこんでいる、といっても、それは右にのべたような日常生活的な次元に属するものであることを、種あかししておきたいからである。そしてまた、それゆえにこそ僕個人にとっては、沖縄へ内部の逡巡の声と、外部からの拒絶の声にさからって、あるいはその抵抗感覚をたよりにしてとさえいっていいかもしれないところの、旅をくりかえすことが切実に必要であると感じられる、といっておきたいからである。いうまでもなく、僕はこのように書きはじめることによって、いかなる意味の免罪符をも自分のために準備しようとはしない。また、悔いあらためた者の懺悔の様式でこの文章を書きつづけようとするのでもない。沖縄の現状がつづくかぎり、公的に本土の日本人が、沖縄とそこに住む人間にたいして免罪符をあがなうことはできないし、まっとうな懺悔をおこないうるということもない。沖縄からの拒絶の声とは、そのようなにせの免罪符はもとより、べったりとからみついてくる懺悔の意志をもまた、潔癖に峻拒するところの声である。そして、個人的にもまた僕は、自分が沖縄とそこに住む人間についてなにごとかを書くたびにくりかえす錯誤について、意識しないではいられないのである。沖縄の、琉球処分以後の近代、現代史にかぎっても、沖縄とそこに住む人間とにたいする本土の日本人の観察と批評の積みかさねには、まことに大量の、意識的、無意識的とをとわぬ恥知らずな歪曲と錯誤とがある。それは沖縄への差別であることにちがいはないが、それにもまして、日本人のもっとも厭らしい属性について自己宣伝するたぐいの、歪曲と錯誤である。

もとよりその日本人の属性にかかわる歪曲と錯誤について、僕は自分がそれらから自由であるということはできない。端的にいって、沖縄について恥知らずな観察と批評がおこなわれるたびに、あれが僕自身の観察だ、あれが僕自身の批評だ、と僕の認めざるをえない経験はしばしばあった。その意味においても、僕が沖縄へ旅行することは、ついに個人的な展望を出ないことは確かであるにしても、日本人とはなにか、このような日本人ではないところの日本人へと自分をかえることはできないか、とそこから浮上することのむつかしいペシミズムの淵の底を蹴りつつ考えることなのである。

もっとも、僕がはじめて沖縄に旅行した、一九六五年春、すくなくとも那覇にむかう飛行機のうえの僕自身は、無知からの、また概念として知っているものに実体を充分にあたええない想像力の欠如からの、そして人間的なつながりが、これから着陸しようとする土地に住む人々とのあいだに、まだ開拓されていないことからの防禦網によって、自分の内部における逡巡、沖縄からの拒絶を、はっきりと意識することをまぬがれていた。やがてその揺り戻しによって、くりかえし恥かしい自省の時をすごさなければならなくなることにすらも気づいていない、無邪気な旅行者であった。

しかし僕はこの旅行の、あらかじめきめられたスケジュールを終えたあと、なお無邪気な旅行者でありつづけることはできなかった。僕はひとり那覇に残って、次のような言葉からはじまる文章を書いた。その時すでに、いま沖縄との相関において僕をとらえているところの、日本人とはなにか、このような日本人ではないところの日本人へと自分をかえることはできないか、という自分自身への問いかけが、萌芽のかたちでそこにあるのを僕はいま認める。《どのような国、どのような地方においても、その土地の人間が、もっとも昂然として美しいとき、かれの美しさは、おおいに、かれの骨格や容貌の地域的な特質にかかわっている。いかにもその地方の人間らしい地域的な個性が、かれの魅力の表面にきわだってくる。逆に、その土地の人間が、もっとも萎縮して醜いとき、かれの醜さは、おなじく、かれの骨格や容貌の地域的個性にかかわってくる。すなわち、ある国、ある地方の地域的個性というものは、その地域の人間の美しさと醜さについて、楯の両面のように緊密にかかわった特質なのであろう。われわれが美しいとすれば、それは日本という一地域の個性にかかわって美しいのであるし、われわれが醜いとき、それは日本人の地域的個性の負の要因すべてを結集して、いかにも日本人らしく、あまりにも日本人らしく醜いのである。》

僕はやがてこの、日本人らしく醜い、という言葉を、単なる容貌の範囲をはるかにこえて、認識してゆくことになった。そしてそれは沖縄こそが、僕をそのような認識にみちびいたのだと、そしてその認識が、より多くのことどもにかかわって僕を、日本人とはなにか、このような日本人ではないところの日本人へと自分をかえることはできないか、という無力な嘆きのような、出口なしのつきあたりでの思考へと追いやっているのだと、あらためて僕のいま考える、そもそもの端緒であった。

この文章は、僕がコザ市の琉球少年院の、独房の剝きだしの板床にじっと坐っている少年を教官とともに覗き窓から見て（やがてあの覗き窓から見たというそのこと自体の記憶が、僕をしばしば落ちつかぬ気分にさせることになったが）、教官がきみはなぜ独房にいれられたのか、と問いかけるのに対して、《反抗しました》とこたえる少年の声を聞いた時、僕をとらえた感慨をかたろうとして書きはじめた一節である。そして僕は、リハビリテイションへの設備に欠けていることはもとより、定員の二倍をこえる少年たちが収容されている、琉球少年院の傷だらけの金網のなかの秩序が、なんとか保たれていることとの根拠として、そこに収容されている少年たちの年齢においては、沖縄戦で絶望的な潰滅の戦闘に加わらねばならなかった者たちである、教官たちの異様な努力と、それにこたえる非行少年たちのストイシズムとがあるのではないかと空想した。

《定員の倍の非行少年をつめこんだ少年院で、暴動をひきおこそうとすれば、それは容易であろう。しかし少年たちが、非行少年には非行少年なりに要求できる権利があることを主張せず、あの貧弱な設備を忍耐して、少年院生活にしたがっていることの背後には、そうした教官たちへの男らしい友情が働いているというべきではあるまいか？》と僕は書いたのである。このセンチメンタルな祈念のあらわな文章においての、僕の錯誤は、一九六七年秋にあらためて沖縄をおとずれた僕が、たちまち自分の手によって訂正しなければならぬものであった。僕は次のように書いて、自分の錯誤とともにセンチメンタルな祈念をもみずから葬った。《あの危険な均衡はくずれさっていて、今年すでに三十五件、一四九名にのぼる脱走があったと聞くまでもなく、すでに教官たちが非行少年の抵抗を手にあまるものに感じはじめているという印象をもたざるをえなかった。院を囲む金網がひどくあからさまに大きく破られ、なんとか修復されている。それは暴力団が、

かれらの大切な働き手をとり戻すために堂々とやってきたあとを示す。》

いうまでもなくこのように錯誤を訂正する文章を書きくわえるだけで、僕がこの錯誤の釘によって思いがけなく自分の皮膚をかきむしられるように、二度目の少年院で、はっきり受けとめずにはいられなかった問いかけにまで答を出したことにはならない。僕は自分のこの錯誤から、無傷で逃れることはできなかった。那覇のホテルで、この琉球少年院再訪のあと、僕がノートに書きつけた様ざまな断片を読みかえすと、僕がその夜、自分をとらえている混乱にかたちをあたえるべく、小説のエスキースのごときものを試みて不眠の永い時をすごしたことが、あきらかに思い出されてくる。僕はいったん小説を書きはじめようとすると、自分が不十分な徒弟修業しかすごしてきていない未熟練者として、この仕事にたずさわっていることを、くりかえし認めざるをえないにかかわらず、自分の内部の暗闇をなんとか克服したいとねがう時に、小説を書く人間としての自分の、いわば職業的なルーティンに頼っている僕自身を見出すのである。

ともかく僕は、自分がコザか那覇の街角で、あの《反抗しました》と鈍い眼をあげてこたえた独房の少年にめぐりあう、という設定をノートに書きしるしたのであった。かつて僕が、かれの醜さの根源に見た、沖縄の人間の地域的個性は、いま、きらきら光る眼とともに、その非行少年の容貌の美しさを端的に構成している。僕がいちど、独房におしこまれているかれを覗き窓から見おろした以上、僕にはかれが僕の肩をがっしりと摑《つか》えて論争をしかけてくるのを拒む権利はない。本当におまえは、非行少年には非行少年なりに要求できる権利があるのに、それをおれたちが主張せず、忍耐していると考えたのか、なぜおれたちはそれを忍耐しなければならないのかね？　なぜおれたちが、おれたちを閉じこめている教官に男らしい友情を感じなければならないのかね？　なぜ、おれたちが容易な暴動をひきおこさずに、独房で坐っていなければならないのかね？　おまえは本土の日本人の薄汚ない魂の平安のために、沖縄の非行少年たるおれたちが暴動をおこさず、いかなる権利も主張せず、なにもかもを忍耐して、おれたちを閉じこめている教官に対してすら、友情を感じている、というフィクションを必要としたにすぎないのではないかね？

僕は現実には、この告発する非行少年にめぐりあうことなしにすんだけれども、その具体的な細部をはっきりそなえている幻に、まことに酷似している沖縄の少年たちを見るたびに、この告発の声が自分の内部であらたにこだまするのを聞かないわけにはゆかなかったのである。この春、すなわち一九六九年四月、僕は船で沖縄にむかった。僕と船室を共同使用するアメリカ人は、ほとんどいかなる者の眼にもあきらかであろうところの性的倒錯者であった。僕は性的倒錯そのものを非難しようとするものではない。かれらにはかれらの自由と地獄があるだろう。しかしこの東京で語学教育のプログラムにたずさわっていると称する男がやっていたことは、沖縄から本土へ集団就職した職場の休暇によってか、単なる旅行のかえり道か、ともかくすでに社会に出て働いている少年たちの集団の、数人を船室に誘いこんで、はじめは漠然と、そしてしだいに明確な誘いかけを試みることであった。

僕は自分のベッドのまわりを囲ったカーテンのなかで、その誘惑劇の不思議な言葉のゆきかいを聞いていた。はじめ単純な英語の会話がおこなわれる。それが撒き餌だ。それから語学教育のプログラムの専門家は、会話を日本語にきりかえる。そして誘いかけはより露骨になる。その時、ひとりの沖縄の少年がどういう理由によるのか、おそらくその誘惑者の態度に不安をかきたてる種子を見出して、船室そのものにうさんくさい感覚をかぎとったのであろう、僕のベッドのカーテンを開いて覗きこんだ。たまたま誘惑者は、小道具のコカコーラと罐ビールを買いたしに船室を出ていた。僕はそこに残っている沖縄の少年たちに注意をあたえようとした。しかしかれらは端的に僕を拒絶した。そして沖縄方言での会話をはじめて、やがて戻ってきた誘惑者が、より露骨になるたびに、そのすばやい方言での会話によってお互いの不安と勇気とを確かめながらも、そこに居残りつづけたのである。もっとも罐ビールを飲みすぎた少年が嘔き、その機会に僕が船室係を呼ぶボタンを押したので、一応のところ情熱の劇は不燃焼のままに終った。僕はこのアメリカ人が実際に、単なる言葉での誘惑をこえて、沖縄の少年に性倒錯の初歩訓練でもはじめるとすれば黙っていないつもりで待機していたのであった。しかし少年たちには、そのいかがわしい暗示にみちた誘いかけをするアメリカ人のほうが、かれらにあの男は風変りな性的嗜好をそなえた人間だ、きみたちは襲われようとしている小娘みたいなものだ、と警告を発する本土の日本人たる僕よりも身近だったのである。そして少年たちが異様な雰囲気をかぎつけた時、かれらは僕に救助をもとめるのとはまったく逆に、僕の理解を拒む方言によって、お互いに情報を交換しあい、緊張をうながしあったのである。

それはあの非行少年の幻にたくして言葉にかえせしめるとすれば、おまえはおれたちが、このアメリカ人とコカコーラに罐ビールでちょっと楽しむのを妨害するところの、道徳的な権利があると思っているのか？おまえは本気でおれたちが、このアメリカ人との関係であぶないめにあうのを救ってくれるつもりなのかね？　それよりも、そもそもいったいなにをおまえは憂い顔してそこにひそんでいるんだ？　という問いかけとなったかも知れない。その沖縄の少年たちは、故郷にかえるために着かざっている新流行のシャツやズボンが、まったく花やかに似あっている美しい少年たちであったし、客観的にみればその小冒険を楽しんでいる気配もまた十分にあったのである。

この六月十七日の新聞は、全軍労ストを力でおしつぶそうとした米兵の銃剣に刺傷された者たちのために、また、その銃剣がほかならぬ自分たち自身を狙っている現実への抗議のために、「全軍労への武力弾圧に対する抗議県民大会」が開かれたこと、そして《初めて本格的にゲバ棒を使用した学生約百人と一部組合員は司令部への突入をはかって激しく投石、機動隊と衝突を繰返し、けが人が続出した》ことを報道した。初めて本格的に使用されたゲバ棒が、沖縄の民衆を銃剣による刺傷がみまう前でなく、それに抗議するための集会においてであったことは、記憶に明瞭にきざまれなければならないであろう。しかし、いま僕が注意を喚起したいのは、おなじ日付の新聞の社会面の「沖縄の三少年が強盗」という記事についてである。

かれらは独房のあの非行少年の年齢にひとしく、性倒錯のアメリカ人の誘惑劇に助演した少年たちの年齢にひとしい。那覇市出身のかれらは、本土のたいていの地方出身者同様には標準語を話しうるはずの少年たちである。かれらは横浜の鉄工所に、集団就職した。新聞のかたるところによれば、《しかし、ことばが違うことや、同寮の工員と気分的にしっくりいかないことでいや気がさし》鉄工所をとび出して新宿に来た。かれらは、この東京の新しい消費文化の中心地で金銭を必要とし、自分たちが工場でつくった手製ナイフで通行人を威嚇し傷つけさえもして、いくばくかの金銭をうばった。

言葉が違うこと、と報道者が単純に記述するところに僕はたちどまらざるをえない。那覇市と横浜市の少年たちの「言葉」は違わない。原理的に違わない。しかし那覇市からきた少年たちを、同寮の工員仲間から孤立させ、かれらのみでかたまらせ、そこではじめてかれらよりほかの者たちを拒絶するために、あらためて沖縄方言が、かれら孤立した者たちの内部のみのコミュニケイションの方法として採用されたのである。それは僕が沖縄への船のなかで経験した奇妙な出来事から、そのまま類推しうることであるし、おそらくそれは現実にそくした類推でもあるであろう。少年たちは本土の日本人すべてを拒絶したのである。そしてかれらは、自分たちから絶対にうばいさられているところの、「繁栄する日本の消費文化」への市民権をかちとるべく、かれらが孤立して働く鉄工所で、かれら自身によって作られたナイフをつきつけたのである。僕はその手製ナイフが、僕自身につきつけられたナイフであるように感じる。

そしてあの幻の非行少年のイメージが、いったい、きみたちは御自慢の強大な警察力でやすやすと逮捕した、この少年たちをどうするつもりかね？ と僕に問いかけるのだ。この新規の非行少年たちを沖縄におくりかえして、脱走さわぎがくりかえされる琉球少年院に閉じこめるつもりかね？ かれらも手製ナイフの作り方だけは自分のものにしたわけなんだが、いったいこれらの少年たちにとって、日本とはどのような現実の場であっただろうかね？ おれは米兵が銃剣をふるって沖縄の人間につたえたメッセージを、あの少年たちが本土の日本人に、手製のナイフで、伝達しようとしたのじゃないか、と錯覚したくらいなんだがね。しかし本当に、「沖縄」が「日本」をナイフで切りつけたのかね？　その逆の関係ではなかっただろうかね？

日本よ
祖国よ
そこまできている日本は
ぼくらの叫びに
無頼の顔をそむけ
沖縄の海
日本の海
それを区切る
北緯二十七度線は
波に溶け
ジャックナイフのように
ぼくらの心に
切りつけてくる。

僕がこの詩の作者にめぐり会いえたのも、一九六五年春のはじめての沖縄への旅においてであった。沖縄へ旅立つまえに僕は、この詩人についてわずかながら情報を持っていた。かれは一九五〇年につくられた琉球大学の第一回入学生であった。「アメリカの安全保障の線はアリューシャン列島、日本、沖縄、フィリッピンである」というむねの演説をアチソン国務長官がおこない、そして朝鮮戦争がはじまって沖縄がまことに剝きだしな「アメリカの安全保障」の基地として新しく重い役割を課せられた年に、いわば学生のがわから琉球大学を作りあげる者たちのひとりとして、この詩人がそこに入学していったことは象徴的である。かれは『琉大文学』の創刊に参加して、そこで詩人としてのかれ自身を見出し、それ以上のものをかれ自身のうちに認識してゆくことになる。

核基地としての沖縄において、広島、長崎において経験されたところの原爆の悲惨を(沖縄からそこへ働きにゆき、被爆して故郷に戻り、そして原爆にかかわる疾病の専門的な治療から絶対的に隔絶された多くの人々が生き証人としていたわけではあるが、かれらは原爆症について正確な知識をえる手だてを持たなかったし、ほとんどの沖縄の被爆者が沈黙していた。沈黙のうちに、新たなる核戦争を準備する基地たる沖縄で、死んでいった償いがたい被爆者がいることもまたいうまでもない)、那覇市の街頭の原爆展をつうじて、はじめてあきらかにしたのは琉球大学の学生たちであった。沖縄の民衆の戦後はじめての、綜合的な抵抗運動であった一九五六年の土地問題闘争において、琉球大学の学生が六名退学処分をうけ、一名が謹慎処分を受けたが、『琉大文学』はそのうちの四名を同人につらねているところの、そのような雑誌であった。

詩人はこの琉球大学と『琉大文学』から、沖縄現地の新聞社に巣立ったのであるが、僕がかれとはじめて会った石垣島で、新聞の支局の責任をとっていたかれは、『琉大文学』に詩を書いていた時代から、その石垣島を拠点として離島をめぐり、それらの島々の風土記を書き、喜舎場《きしゃば》永珣《えいじゅん》氏の綜合的な『八重山民謡誌』に協力している、その一九六五年現在にいたるまで、まことに一貫して生きてきた人間であることをただちに理解せしめる個性であった。

詩人は、沖縄の復帰運動の本質的な意味あいについて無知にひとしかった僕にたいして、当時はまだ石垣島のみならず沖縄本島においてもまた、なお克服されてはいなかったところの「母親のふところにかえる」といった考え方が、歴史的にも、現実に即しても、未来の展望のありようにかかわっても、欺瞞にすぎないことを確実な言葉で語った。また、詩人のかつての同僚に片親が本土出身である青年がいて、しばしばその青年は沖縄の血に属する自分より、京都あるいは奈良あたりの血に属する自分を、自分自身の核心とみなしたがっていた、という話を、決して酷たらしくはないが鋭い嫌悪感をこめて話した。詩人自身が、本土出身の教育者である母親を持っていた。そしてかれは沖縄の人間としてのかれ自身を正面からひきうけて生きている、しかも石垣島の拠点から、沖縄本島を、そして日本列島を、はっきり見すえつづけながら生きている人間なのであった。

　日没後は真の暗闇で、柳田国男や折口信夫の、また伊波普猷《いはふゆう》の想像力と、そこに住む民衆の共同の想像力が、渾然として暗闇とそのむこうの海の波音のうちにあらわれるのを経験すると感じられるような、八重山の夜更けに、僕がこの詩人から受けとった感銘はなおみずみずしくよみがえってくる。沖縄で昼のメーデー集会が禁止されていた間、人々は夜にはいってから集ってメーデーを祝した。詩人が歌う、その暗闇のうちなるメーデーは、僕の内部で、あの石垣島の絶対的な暗闇につらなり、おそらくかれが打電するのであろう石垣島に荒れくるう台風情報をラジオに聞く真夜中などには、いつまでも僕を摑まえて離さぬところのものであった。

　くらやみの中で
旗がふられる。
うるしをぬりこめた
かなしみの旗が
夜に同化された憎しみをささげて
うちふられる。
雨は
夜を更にくらくするために

流れとなっておち
闇より黒い夜をつくる。
この時
屈辱の歴史をめくる
旗は暗い　くらい
夜の重さに耐えてはためき
つぶてのような雨をうちかえし
赤い血を自《み》ずからの掌にとりもどす
ために顔をあげて
歌のないマーチを斉唱するのだ。

　僕は一九六七年秋にも再び石垣島にわたったが、最初の旅において僕のおかした様ざまな錯誤を訂正しつづけねばならなかった、この辛い第二の旅でも、詩人についての印象にかかわるかぎりはいささかも、考えかたをあらためる必要がないのを認めた。かれは持続していた。穏やかに、しかし強靱に持続しつづけていた。

　僕はかれのジープに乗せられて、銭湯の罐に重油を燃やす労働をしている四十五歳の被爆者に会いに行った。海軍から長崎の魚雷工場に派遣されて働くうちに被爆したこと、躰じゅうにガラスの破片が入りこんでいて、故郷の多良間《たらま》島の痩せた土地をたがやす重労働には耐えられないこと、そこでコンクリート・ミキサーの仕事を試みたあといまは銭湯の罐たきなのだと、漆喰でかためた赤瓦の屋根と、竹でおさえたカヤぶき屋根と、黒い石垣の限っている濃紺の海を見やりながら、ほとんど被爆者手帳を活用できぬ環境の被爆者は話した。

　また長崎で被爆し、肝臓障害を発しながらも、パイン畑、砂糖キビ畑、それに水田と家畜の世話を放棄して広島の原爆病院にゆくことは経済的な自殺である、五十一歳の農民の被爆者のことを、フクギの群生のもとで草を食っている裸馬の世話をしながら、その妻が話した。現にそのとき太平洋をへだてては、佐藤・ジョンソン会談がおこなわれていたのであるが、復帰問題についてはもとより、これらの被爆者が現実の状況として、原爆症の本格的な治療の機会をあたえられぬまま生きつづけている沖縄の、ほかならぬその土地にある核基地の問題についても、明るい見とおしを抱くことのできぬ僕は、その被爆者と家族、そしていかなる幻影も持たず石垣島から、沖縄本島、日本列島を直視している詩人とのあいだにはさまれて、いかに自分を無力な穀つぶしに感じざるをえなかったことだろう。この春、あらためて僕が会った詩人は、なおかれの持続をおしすすめながら、拒絶することが必要なのだ、日本を、日本人を拒絶しなければならないのだといった。きみはなんのために沖縄へ来るのか、という問いかけが、ほかならぬ拒絶という言葉で表現されるべきものであることを、僕にはっきりと示したのは、この持続する詩人だ。醜い日本人、という告発も、連帯をもとめての擬態にすぎない。拒絶すること、それが出発点だ、と詩人は優しい微笑とともにいい、僕は微笑をうしなって、したたかな打撃としてのそのメッセージを受けとめた。

僕はかつてアメリカで、核戦略の専門家と話していた時の奇妙な経験を思い出す。かれは鉛筆で極東の地図を描いたが、その地図において日本列島は、沖縄の十分の一にもみたない小っぽけさなのだ。考えてみれば核戦略家の頭のなかで、それはまことに自然な地図のかたちであったにちがいない。核時代の今日を生きる犠牲と差別の総量において、まことに沖縄は日本全体をかこいこんだにひとしく、しかもなおそれをこえて厖大な重荷を支えている。石垣島から、いかなる幻影も見ない拒絶の眼で東方を見わたす、醒めた詩人の意識においてもまた、今日の日本の実体は、沖縄の存在のかげにかくれて、ひそかに沖縄に属することによってのみ、いまかくのごとくにせの自立を示しえているのだと透視されるであろう。日本人とはなにか、このような日本人ではないところの日本人へと自分をかえることはできないか、と貧しい心で考えあぐねつつ僕が沖縄の空港に、港におりたつ時、僕の意識にある地図においてもまた、日本は沖縄に属する。

—〔六九年六月〕—

『八重山民謡誌』'69

石垣島から沖縄本島、そして日本列島を見つめている詩人であり、新聞記者であるところのあの人間がいる、と考えることは、僕にとって、ひとりの友人について懐かしい心とともに、様ざまな瞬間の、石垣島の風物を背景にした、その浅黒く小柄な、厳密さと機敏なユーモアとの交錯する内省的な眼をした男の、動作、表情を思いうかべることであった。それは確かにそうだが、僕のイメージのうちなるかれは、しだいに暗い憤りの、強い緊張をあらわにして、あの石垣島のまっ暗な夜の海を見つめている男にかわり、僕に畏怖の思いをおこさせる。あたかも、かれがいかにも激越な言葉で、僕のもっともやわな部分にねじこんでくる糾弾の声を発しつづけるのを、反駁しようもなく、確かな打撃として受けとめねばならなかった辛い時間の思い出が、内部の癒しがたい傷のようにのこっているという具合なのだ。そして実際に、僕はかれの穏やかで地道な持続の上になりたっている仕事に接するたびに、その傷あとが痛みはじめるのを感じた。しかもその痛みは、殺つぶしめが、と僕を内部から罵しるたぐいの自己嫌悪にみちた痛みであって、他人には訴えることの恥かしい病気に由来するような痛みなのであって、およそ僕は、あの詩人の怒りと絶望感の深さに、自分がこの痛みをつうじてつながっているなどと、くちはばったいことをいうつもりはない。逆に、その痛みは、僕が、かれからはっきりした拒絶のひとつきを受けとることの確認の痛みであるにちがいない。

現実に会って話すときのかれは優しくかつ寡黙であった。はじめて会ったときにかれの話した言葉の総量を、次に会ったとき、そしてこの春、そこではすでに夏であるところの那覇であらためて三度目に会ったときかれの話した言葉が、おおはばに越えるということはなかった。かれは、そもそものはじめの出会いに語った言葉を、その存在そのものによって支えながら石垣島で持続してきたのであり、僕はかれから受けとった言葉がしだいに重くなり、その鋒先が避けがたく僕の核心にせまってくるのを、ある種の決定的なワクチンの接種を受けた者が、その後の病状報告をしにきて医者にむかっているのだというふうに、再び会った寡黙なかれのまえで認めるのみであったのである。

実際、詩人のがわからいえば、どうして新しい言葉の大量の増補が必要だったただろう? 沖縄と日本本土の状況について、かれの観察と批判の基本的な方向は変わることがない。そして、その状況の内蔵する破滅的な毒はより確実になってゆくのみである。どうして新たな言葉の、文字どおりの空費が必要だろう？　きみの内部に本当にあれらの言葉は入ったのかね、そしてきみ自身をかえたかね？　とかれは僕に問いただすのみでよかったのだ。しかしそうするかわりに、かれは寡黙に語り、そして微笑していたのだった。僕は激怒した男に殴りかかられるよりも、もっと根深いところで一撃をうける感覚なしには、あの穏和な詩人の表情とその奥にあるものに対することができなかった。

僕はいまあの詩人の内部に、どのような存在があるのであり、それがいかに持続的な湧出をくりかえす泉のごときものであるかを、そしてそこから湧出したものがどのように確実な核《コア》としてかたまるところの火山のごときものであるかを、伝達するために、かれが詩人としての特質を生かしながら協力した、喜舎場永《きしゃばえい》珣《じゅん》著『八重山民謡誌』と、かれが単に石垣島にとどまらず、ありとある離島をへめぐる執拗な新聞記者としての能力を発揮して、『沖縄タイムス』に掲載しつづけた『新南島風土記』をあわせ読みながら具体的に示したい。僕は、はじめ『八重山民謡誌』に出会って、その註釈の細部になにか明瞭な方向づけをそなえたメッセージがひそんでいるのを感得したのであった。それから『沖縄タイムス』のバック・ナンバーを繰ることによって、あらためてそのメッセージの全体にふれ、そしてかれ自身のみならず、喜舎場永珣という老学者と、あえていえば八重山の民衆が歴史と現在の接合点にむっくりと起きあがって歌う声の総体とを、それがいかに現前するという感覚において、受けとったのであった。

崎山節《さきやまぶし》、それは原歌においては、ということはいま現に八重山の、とくにこの場合、西表島《いりおもて》において歌われているかたちにおいては、ということであって、この『八重山民謡誌』の特別な意味あいは、それが歴史に確実に根をおろしながら、しかも今日なおみずみずしく生きている民謡の集成であるところに存するであろう。しかも今日なお生きている、ということは、沖縄の民謡についていう場合、蛇皮線の音楽が現に生きて、民謡を過去のものたらしめない歯どめの役割をはたしているというようなことをこえて、今日の状況が、民謡のうちなる状況と呼応しあって、内側からそれを死物たらしめないのだ、というべきであろうと思う。ともかく崎山節は、原歌において、

崎山ヌ新村ユ
建ティダス

と歌いはじめられている。そしてその翻訳を散文の形に、すなわち行かえや節の切れ目をつなげて書きしるせば次のような内容をはらむ、二十四節にわたる長い歌である。

崎山村という新村を、創建したのは、何んという役人で、何某の与人役が建設したのであろうか、どんなわけで、如何なる理由で、新村を創建させたのだろうか。野浜口という良港があった上に、肥沃な砂地の平野があったわけで、波照間《はてるま》島の、下八重山島の、内から、女子二百人と男子八十人に、強制移住を命ぜられた。誰れたれが、なにがしがと、思って心配していたら、私も移住者の一人で、彼これの人々も、強制されてしまった。どうか歎願いたします、どうか歎願いたします、御役人様、許して下さい、かわいそうだと同情して下さい、御役人様。これは私の一存ではない、私の考えでも、なかった、畏れ多くも国王の御命令で、王様の御声であるから、絶対的である、免除することも、同情して許すことも、なりません。

天から降る雨や、かぞえられない程の雨粒で、あったら、笠をかぶり、簑を着けて、防げるか、泣くなく、よもよもと、移住を命ぜられた、憩いの頂上に、遊び端に、登って、父母の島波照間島の、生まれ故郷を、

眺めたら、我が家の母の、産みの母親の懐かしい顔を、真正面から見るような心地がする、じっと見つめていると、涙があふれて、見えない、手を延ばして捕らえようとしたが、遠い海の上で、届かない、泣きに泣いて、しぶしぶと、移民地に戻ってきた。居て暮しているうちに、立って住んで、いく間に、住んで居る崎山村が、暮しているこの島が、住めば都のようになっている。

註釈は、民謡としての、すなわち言葉のなりたちと音楽の性格について語る部分をのぞけば、端的に《西表島の西北部に村落が無きために異国船の監視と難破船の救助のため、そこに野浜(別名、カニク地)と称する肥沃の土地と良港があったから、肥沃砂質土壌の平野と良田地帯の開拓のため、人口調節の見地からの四条件から強制移民を断行された》といい、現在、廃村であってこの歌のみが歴史を今日につないで残りつづけているところの、その《崎山の廃村は、東方崎山港(与那国)に臨み、海岸から次第に急傾斜をなし、部落の建設されるような所ではない。その上、マラリヤは猛烈を極めていたので廃村の悲劇を見たのである》とし、この歌は波照間島からつれてこられた人間が歌ったために、それより他の島からの移民の数が加えられていないと説明して、《創立当時の人口は四百五十九人であったが、七年後の宝暦十一年(一七六一)には人口三百八十二人に減少し、衛生設備皆無の上に、風害、飢饉、旱害、伝染病のマラリヤの猛襲にあい、人口は年毎に減少し、明治六年(一八七三)激減して僅か六十四人となり、昭和十七年の調査では、三十八人に至っている》と十八世紀なかばから、直截に今日にいたる、悲惨な強い線をひくのである。

詩人としてこの老学者の仕事に協力していた時期とほぼおなじくして、かれは新聞記者として西表島に渡り、《一つの島でありながら島の東部と西部は重なり合って立ちはだかる山々によって往来を拒絶され、孤立した孤島になっている》この島の、山猫のひそむというジャングルを踏査していた。《廃村の路》、《強制移民によって新村を建てさせたが、風土病マラリヤの猛威の前に滅び去った悲しい歴史の跡》を、かれは見すえていたのであった。かれが、受け手として日本本土の人間を想定するのではなく、はっきりと沖縄本島の人々にむけて、かれらを告発しかねない鋭さで、この西表島の状況を伝達しようとしているのは、山また山の西表島を、国頭《くにがみ》にしか山らしい山のない沖縄本島の人間に、はっきり思いえがくことができるかと疑っていることからも明瞭だが、この石垣島に腰をすえた詩人、新聞記者は、《沖縄本島の人が八重山のことをいうのに〝ヤキー〟の島と呼ぶことがあった。〝ヤキー〟とは古くから八重山にあって多くの人々を苦しめ、多くの人命を奪った風土病マラリヤのことである》というかたちで、沖縄本島と八重山の断絶を明瞭に提示するのである。

強制移民によって、また《寛永十四年（一六三七）から明治三十六年（一九〇三）までの二百六十余年にわたって八重山の人民は「人頭税」によって徹底的に搾取された。この極悪の制度によって痛めつけられた人々の悲痛な叫びは、かずかずの民謡にうたわれて今に残って》いるとかれはいいながら、この島に住む民衆によって、現に歌われる民謡の、かれに喚起するところのものをのべようとする。

もっとも、八重山から沖縄本島に向って問いかける声が発せられるあいだも、僕がその言葉の切先の届かぬところにいるかといえば、そうではない。第二次大戦後になって、はじめて八重山の民意による総選挙がおこなわれ、八重山群島政府ができあがった時、ほかならぬ喜舎場永珣氏を中心につくられた『八重山歴史』から、《琉球は薩摩のあの巧妙な搾取手段にならって人頭税という苛酷な搾取手段をとるようになった》という言葉がひかれる時、ただちにかれの告発の鉾先は日本本土につきつけられるのであるから。

かれにとって、もっとも魅力的な民謡は、西表島の蟹ヤクジャーマに、自分たち虐げられた民衆を仮託し《抑圧者に対する鋭い諷刺》、《庶民のもつ図太いユーモアを母胎とした諷刺》をおこなうヤクジャーマ節である模様だ。かれは島の宿の暗いランプのもとでこの民謡が現前するのにたちあったのであった。蟹のなかでも強いガザミ蟹のようでない、ヤクジャーマ蟹が、その大ばさみを踏みつぶされることを案じて、いったい何にたよって身の安全をはかるか、呼吸根のひろがっているオヒル木のところへ逃げようか、と思いめぐらす歌、この民謡を、西表島の現実にかさねあわせた詩人、新聞記者は、あらためて八重山民謡全体を提示し、伊波普猷ののこした言葉をひきながら、かれ自身の感慨をのべている。それは《ひとり八重山人だけでなく、「四百年間専制政治の下に呻吟して、孤島苦ばかり嘗めさせられた南島人」――すなわち沖縄人の心情を吐露したものであり、これは現在のわれわれにもそのまま通ずるところがあるといえるのではないか》と。

僕はあの、詩人そして新聞記者たる友人の寡黙な現場報告の言葉と沈黙のうちに、激しい圧力をもってつめこまれているもののいったんを、右にあげた文章に置きかえることができるであろう。しかし、かれの持続が、沈黙のうちにも決して消去されるものではない言葉として、右の文章を背後から支えつづけているということは、これがいったん新聞紙上に掲載されれば読みすてられ忘れさられる、といったたぐいのものでなく、かれの沈黙と寡黙な言葉のすぐ内側に、つねに同時的に存在しているのだということは、繰りかえし意識されなければならないだろう。かれの告発しつづける状況が解決にむかうどころか、一応の擬装のもとであからさまに深刻化している事実は、これらの告発の言葉に、より激しい起爆力を充塡する。優しく沈黙しているかれは、恐ろしい叫び声をあげるかわりに、きみはほかならぬヤクジャーマ蟹たるおれの言葉をいったい本当に受けとめたかね、おれはそれを疑うんだ、いったい本土の日本人のだれが、今日のヤクジャーマ蟹の言葉を受けとめえよう？　と問いつめてもいたのだと、なお僕はしばしば考える時を持つだろう。

そのようにして懐かしい思い出からわずかに一歩踏みだすだけで、僕のイメージのうちなる、詩人にして新聞記者たる新川明氏は、しだいに暗い憤りの、強い緊張をあらわにして、あの石垣島のまっ暗な夜の海を見つめている、拒絶そのものの具体化のような男にかわるのである。

あの日から
古里は南の海で
一匹の蛇になった。
蛇が　原子砲のうずきに痺れて
おどろ　おどろと身悶えする時
古里に住めないぼくたちは
祖国の街角に立って
猛け猛けしい鷹になり
南の空を睨む。

僕は沖縄で、沈黙の不意のおとずれの苦しさを、繰りかえしあじわってきたことをかつて書いた。沖縄において、いくたびかの再会ごとに、より寡黙になり、

『八重山民謡誌』'69

より沈黙がちになるところの知人たちについて、僕はあらためて語らなければならないが、このような沈黙にいたる道程に、言葉あるいは反・言葉の衝撃力と、それが僕の内部にはいりこんでくる屈折の深さにおいておなじく恐しい伏兵として、沖縄においてしばしば耳にした、ある漠然たるものいいがあることについてもまたふれておくべきであろう。それは僕に信号を発し、ああまたここに落し穴が開いており底には怪物の歯があるのだと、さとらしめるところの言葉である。

事実沖縄で、そうした特別の信号をそなえた漠然たるいいまわしにふれるたびに、僕は相手の顔を、すでに無力感とその毒にひたされた嫌悪感にあらかじめおかされながら、注視しないではいられなかった。漠然たる、あいまいないいまわしの、その意味内容も、話し手の態度と、かれの直截にいいたいところの主張の方向づけも、多様である。しかし、その多様さをこえて、沖縄で、漠然たる、あいまいないいまわしがおこなわれるとき、それはほとんどつねに、剝きだしの言葉にはつつみきれぬほどにも重い事実が、それによって提示されているのだ。やがて、僕はある朝の新聞によって、いつか漠然とあいまいないいかたで暗示されたものが、まがいもなく事実であったこと、しかも、より重く事実であり、なおも重く事実でありつづけるだろうことを明瞭に知らされる。

沖縄での漠然たる言葉、あいまいないいまわしは、絵具をぬって草などをさしこんだ迷彩網のような役割をそなえているが、この迷彩網はほとんどつねに、その奥に凄じく異様な実体をかくしている。しかも迷彩網がとり除かれ、それで迷彩網のかげにそういうものをかくしておいた者らが周章狼狽するかというとそうではない。迷彩網はとり除かれた、実体があらわれた。そこで、ふたつの態度がとられることになる。いや、ここにあらわに見えているものは、じつは実在しないのだ、実在しない以上、それが実在するかどうかを、そちらで調査してはならない。われわれがはっきりいおう、それは実在しない。

もうひとつの態度は、ともかく率直ではある。そうだ、迷彩網の下からこんな怪物があらわれた、怪物を怪物のままにあらしめよ、怪物を正当化し、なお補強する諸工作はわれわれがおこなう、それにきみたちがなにをやることができるかね、この怪物はきみたちの島よりもなお巨大であるところの怪物であるのに。迷彩網はとられた、すでに怪物は剝きだしだ、きみたちはそれに慣れるほかない、ああきみたちは知らなければよかったのに、そうではないか、リリパット国の住民諸君！と、開きなおったガリヴァーがいうのである。沖縄で、まことに幾たびのおなじパターンの開きなおりが繰りかえされてきたことであったろう。

B52戦略爆撃機も、はじめは言葉の迷彩網のうちにあった。それは台風をさけてグワム島から沖縄へ仮に飛来したにすぎない、ということだった。しかし誰もが、漠然たるいいまわしで、B52戦略爆撃機は沖縄に常駐して、直接ヴィエトナムに爆撃行をおこなっているのであり、それはますます強化されるのだと、噂していたのだ。そして一九六八年十一月一日、ジョンソンが北爆を全面停止する命令を出したとき、沖縄では、すでに迷彩網をかなぐりすてたB52戦略爆撃機がなおもさかんに発進していることを、その気になりさえすれば誰もがただちに自分の眼で確かめることができた。三日の『琉球新報』が嘉手納《かでな》基地にかつてなく大量の、五十機に近いB52戦略爆撃機が飛来していること、なお南ヴィエトナムへの爆撃行はつづいていることをひかえめに報道していたのも、そういう事実に立っている。そしてそれは、北爆停止がいかなる意味においても沖縄における平和を結果するものではない、ということを漠然と、しかしはっきりした方向づけにおいて語る報道であることを感じとらせるものでもあったのである。

それから三週間を待たず、漠然と語られていた不安は、これ以上にあからさまにはなりようもないほどのかたちに現実化した。《嘉手納飛行場から発進しようとした米戦略爆撃機B52が上昇しきれずに失速し、飛行場の東側弾薬搬入ゲート近くに墜落した。B52は弾薬を積んでいたもようで、墜落と同時に十数回大爆発を起し滑走路に隣接する十五号線道路、知花弾薬集積所一帯が火の海となった。》火の海はB52戦略爆撃機がいったいどのような危険を沖縄の民衆にもたらしつづけてき、もたらしつづけてゆくのかについて、これまであいまいに語られていたことどもの一切を、たちまち照し出した。それのみにとどまらず、この凶まがしい火の海は、美里村《みさと》に核兵器貯蔵庫がある、という漠然たる噂をもまた、それがほとんど完全に事実であることを照し出したのである。ほとんど完全に、というのは、沖縄の民衆がそれを確認することを、専制君主ガリヴァーが拒むから、ということにすぎない。

それまでもしばしば漠然たるものいいで、沖縄の米軍基地の核兵器貯蔵が語られつづけてきたこと、すでにそれがデマゴギーだと疑うものなど、どこにも居ないほどであったこと、しかしそれを確認する方法をはばまれているためにあえて明瞭にいいきることをしなかったのだということ、それを『琉球新報』が、次のようにもはっきり報道することに踏みきった事実の背後には、このB52戦略爆撃機の墜落炎上が、真夜中の轟音と炎におびえてむなしく駈けまわった沖縄の民衆の内部で、はっきり核兵器のかたまりを指している不安と恐怖の総量が、すでにいかなる意味あいでもあいまいさの域におしかくしておくことのできる許容限界を超えてしまったということがあるのを示すだろう。《沖縄に核兵器が配属されているとの観測は以前からなされていたが、嘉手納空軍基地近くの美里《みさと》村知花《ちばな》弾薬集積所の地下室に六ヵ所に分けて貯蔵されていることは、未確認情報だがほぼ確実視されている。これは嘉手納基地の関係者が十九日明らかにしたもので、貯蔵されている地下室は二重三重に固められており、平常でも厳重な警戒がされている。また十九日未明に起ったB52の爆発炎上事件でも、同弾薬集積所前はものものしい警戒に包まれていた。関係者は「もしこの核貯蔵庫に影響して、大爆発でも起こしたら沖縄中が吹っ飛んだかもしれない」と恐怖を語った。》

しかし言葉による追及の進行は、そこでデッド・エンドにつきあたる。沖縄の核兵器の実在ということにむかって、漠然とした、あいまいなものいいの段階から、しだいに言葉が明確になり鋭くなり的確になってゆく。ついに確実に言葉は、その核心を射あてる。迷彩網は剝ぎとられる。沖縄の民衆が、核兵器の存在を具体的にそのイメージのうちに把握する。そして、それで追跡は終るのである。壁にうちつけられた頭が、ここに現実に核兵器があるのだ、という認識と、しかし米軍がその確認の機会をあたえず、日本本土の政府は沈黙するか、あからさまにしらをきり、そして民衆の運動が核兵器を撤去せしむるにたるだけの力をいまだ持たない以上、これより前へ進むことはできない、という認識とともにうなだれる。知ることがなんの役に立ったかね、と立ちふさがるガリヴァーがいう。不安と恐怖の毒を、より強く確実に自分のために調合しなおしたにすぎないではないかね、リリパットの国の諸君？

それにさきだって那覇港の泥からコバルト60が発見

されたときの、いっさいの進行と、不意の行きどまりにおいても事情は同じだった。原子力潜水艦が那覇港に自由に出入りする。一次冷却水がふんだんに放出される。沖縄原水協は、かれらが採取した海底土のうちから検出されたコバルト60が、米琉共同調査の結果よりも数倍濃いものであることを証明する。すでにコバルト60の蓄積している魚貝類について漠然とささやかれていた言葉は、明瞭な実質をそなえる。琉球政府も米軍から離れて独自の放射能調査をおこなうべく体制をととのえはじめる。それは現にコバルト60の蓄積している可能性の濃い魚貝類を食わねばならぬ民衆が、米琉共同調査というものに疑惑をあらわしたからだ。

那覇軍港で働く潜水夫たちが躰の異常を訴える。コバルト60に汚染した泥が繰りかえし採取され、その汚染を体内にもちこんで蓄積したテラピア魚、ムラサキ貝が確認される。しかしそこで行きどまりだ。米軍は潜水夫たちの異常が放射能に由来しないと言明し、本土の原爆病院へかれらを送り出そうとする全軍労のプランを押しつぶす。行きどまりの壁にうちつけられた頭は、沖縄の民衆が原子力潜水艦の入港をこばむ力をもたぬ以上、港の泥の汚染、魚貝類のコバルト60の蓄積は、なお進行するのみだという恐ろしい認識をえたのみである。どうだい、テラピア魚をつりあげムラサキ貝をこじあけて調査し、港の底の泥までほじくりまわして調査し、きみたちは不安と恐怖の対象をはっきり見きわめたが、それでどれほどのことがあったかね？　と嘲弄する声が、壁にうちつけられた頭には響きつづけているだろう。そもそも迷彩網の下の怪物をうちたおす見通しがないのに、なぜわざわざ迷彩網を剝ぎとってみるのかね？　繰りかえし壁にうちつけられた頭になにが沈澱するか。コバルト60の汚染にも比すべく決してぬぐいさりがたく沈澱するものはなにか。

僕は自分のものの考え方、感じ方の底に、自力ではくいとめようもなくペシミスティックに、危機的な深い淵へおちこんでゆこうとする方向づけがあることを認めないわけにはゆかない。同時にそれとなんとか平衡をたもつべく、いわば百科全書派的なものにいたりたいとねがう考え方、感じ方と、自分流にひきつけた意味で呼ぶことにしているところの態度を、なんとか生き延びてゆくための手がかりにしているともまたいわねばならない。それは、あいまいな言葉、漠然たる言葉によって暗示されている状況に苦しむより、それを明瞭に、はっきりつきとめると、自分にとって、より対処しやすい状況となるはずだ、という予測である。また、あいまいな暗がりのうちなる、ある現実を、明瞭に認識することは、すでにその現実を克服してゆくための手がかりにたどりついたことだ、とみなすところの態度である。

しかし僕が沖縄において繰りかえし出会ったところの状況は、あらためて右のような僕のオプティミズムを、容赦なくひっくりかえしてしまう力をそなえたところのものであった。あいまいな言葉で、漠然たるもののいいで、暗示しているものの、その実体がはっきりした時、驚きがあり怒りがあり、そして行きどまりの壁にうちあてられて血を流す頭があるのみだ、という認識ほどにも、人間を狂気めいた絶望にみちびくパターンが、他にあるであろうか？　狂気におちいることを自分にゆるさぬ強靱な精神は、怒りを内部に凝縮させる。その凝縮された怒りは容易に言葉となるものではない。自分の頭をしたたかうちあてた壁に、おなじく激しくその頭をぶつけるわけではない他人に、この蓄積された怒りをどのように伝達することができるだろう？

沖縄をはじめて訪れる本土の人間に、沖縄の人々が、このようにも明確な壁の存在を語る。あらためて沖縄を再訪した男に対しては、あの壁はまだ依然として実在しているよ、というだけで、実はもう語ることはないのだ。新しい沖縄残酷物語をくりだして、旅行者の好奇心にちょっとした賦活作用をあたえてやる奉仕などまで、なぜ沖縄に生きつづける人々がおこなわねばならないだろう？　第一の壁が示され、それの乗りこえがたいことが示される。もし、話を聞く者が、その第一の壁の乗りこえ方について、かれ自身の問題として考えつめてゆくのでなければ、かれに第二の壁を示してやってなにになろう？　そこで沖縄に真に根をおろして生きてゆこうとする人々の、拒絶にみちた強靱な沈黙が、かたい核心をなおかたくかためつつあらわれる。沖縄の人間としてのかれの本質の持続にしたがって、かれの沈黙はなお強い拒絶の力をそなえた沈黙となる。

四・二八那覇集会が開かれようとしていた夕暮の広場でめぐりあったひとりの知人が、僕にこうたずねた。きみは具志川《ぐしかわ》の臨海学校で昨年の夏におこった、二三七人もの小学生が皮膚炎をおこした事件を知っているだろう？　僕はそれを知っていた。そしてその原因の究明がはかばかしくゆかぬことを報じた新聞のおなじ面に、放射能汚染の調査のために海底の泥を採取しようとした原水協のボートが米軍のＬＳＴほかによって阻止されたという記事がのっていたことをもまた思い出した。しかし知人の問いかけの核心は、次の部分にあったのである。自分の子供が教師から、あれはイペリット毒ガスの症状によるものではないか、ヴィエトナムで米軍の使っている毒ガスによるものではないかと教えられて、放射能汚染の問題ともども、ひどく不安になっているらしいんだが、幼ない子供にこういうことを教えてみてどうなるだろうかね？

もとより知人は教師たちを煽動家とみなしているのではない。また、かれが単に父親として憂えるのみでなく、沖縄に米軍の、化学と細菌と放射能とによる、もっとも汚ならしい恐怖にみちた兵器を専門とするCBR部隊が実在していることを、漠然たるいいまわしによってではあるが、責任をもって語ることのある作家でもあることを僕は知っていた。ただ、かれはあらためて父親として、自分が自分の頭を絶望的にうちあてた壁に、子供の頭までをもうちあてさせてどうなるものかと、すくなくとも具志川の海で泳ぐことをまぬがれ、那覇周辺でとれた魚や貝を食わないでもまたいいところの、本土からの旅行者たる僕に問いを発してみたのみだったのであり、僕はそれに答えるかわりに、辛い沈黙の時をもったのである。本土の日本人は、沖縄のCBR部隊に脅やかされぬ土地に生き、原子力潜水艦の自由な出入からも一応の防護策を講じて生きている。しかし、おれと子供とはここでこの問題をどのように荷うかについて腐心しなければならないのだからね、と知人はいおうとしていたのだろう。それに対してどう答えたにしても僕の言葉には恥の刻印がきざまれていたにちがいない。

そしてこの七月十八日、その十日前に沖縄で致死性神経ガスのもれる事故があったことが『ウォール・ストリート・ジャーナル』をつうじてあきらかになった時、すなわち沖縄のCBR部隊について漠然と噂され、あいまいに語られていたところの実体が、まことに露骨に提示された時、この知人は、あらためて憤りを発して、沖縄の人間に対する侮辱だと新聞に語った。どのように恐怖を訴え、どのように怒りの声を発してもとくに成果はないままに、くりかえしくりかえしその発言をおこなわざるをえない状況のうちで、作家でありつづけているところのかれは、自分の言葉が、すでに恐怖と怒りとを十全に表現しえないものとなっているかもしれぬという危惧をいだかないではいられないだろう。そこでかれは、重い錘りのように魂をつらぬく、侮辱という言葉を用いたのであろう。明日、怒りによる昂揚はいくらか沈みこみ、明後日、恐怖を訴える声をあらためてあげるよりは、暗い沈黙を選ぼうとする、日ごろのかれらしい日常生活が再開されるかもしれない。しかし侮辱は酸のように侵蝕してくる力である。それは自分の内部に深く傷をうがちつづけてとどまることがない。

二十二日、米国防省は沖縄の毒ガスがVXガスではなく、その十分の一の威力の、(とはいうものの弾丸に装塡された二・五キログラムで、フットボール競技場ふたつの範囲の住民をみな殺しにできるところの!)GBガスであり、しかもそれを沖縄から撤去するつもりだと寛大げに発表するだろう。しかし、侮辱の記憶はぬぐいさりえない。かれは侮辱と共に生きるだろう。またすでにその存在のあきらかな核兵器と、やがて凶まがしく突然陽の目をあびるべき、漠然たるものいいで暗示されている細菌兵器までも撤去するとは国防省もいわないのであり、しかもGBガス(と国防省が発表したところのガス)の沖縄からの撤去の時期はなおあいまいであり、具体的なそのやりかたを、沖縄の民衆が自分で確認することはできず、いったん毒ガスの存在と事故を認めた米軍も、具志川の海で数多くの子供らの皮膚を焼けただれさせたものにさかのぼってまでは、責任をあきらかにはしないのである。

この毒ガス事故の発覚を焦点とする、一連の動揺といちおうの結着を、それはいうまでもなくいかなる真の結着でもなく進行中のものであるが、その全体をあの詩人であり新聞記者である友人が、どのように見きわめたかを、僕は一種の畏怖の念と共に思いえがこう

とする。主権が沖縄の民衆にない以上、

天ヌ御意《ティグイ》　畏れ多くも国王の御命令で
御主ヌ《ウシュ》　御声《ミングイ》——王様の御声であるから
ヤリバドウ　——絶対的である

絶対的に専横の声を発するのは米軍の「御意」ではないか、その全体を拒絶しつづけるほかに、どのような自分の生き方がありえよう、とかれはあらためて確認したであろう。かれの暗い憤りのつまった鋭い顔に見すえられながら、あらためて僕は、日本が沖縄に属する、という言葉につきあたる。沖縄が日本に属するのではない。僕はいま積極的に、日本の沖縄にたいする潜在主権という言葉を忌避するほかにないと感じる。沖縄が、毒ガスから本当に解放されるためには、沖縄の人間の主権によって沖縄が把握されるほかにないが、その沖縄の人間の主権をおかして毒ガスのがわに立っているのは、アメリカの「主権」のみでない。いま端的に、日本国の国政から参加を拒まれることで、現実には行使できていない沖縄の民衆の主権をも、あたかもつつみこんでいる、すべての日本人の主権であるかのように擬装して、本土から日本国の潜在主権というもうひとつ別の「御意」をもちこんでゆくところの、われわれもまた毒ガスの側に立っている。

あらためていえば毒ガスの沖縄における貯蔵、その事故、それらを摘発したのは日本国でも日本人でもなかった。沖縄の毒ガス事故を外務省が検討したことを報道する、本土の新聞の第一面冒頭の見出しは「国内持込みは断る」という一行であった。ワシントンはABM配備問題の表決を目前にした「家庭の事情」から、はじめて毒ガス撤去をきめたといわれる。いつ、どのように撤去するかはあいまいにしたままで。日本国と日本人が、核のカサと、毒ガスのカサ、そしてあるいは細菌兵器のカサのうちに入りこもうとし、そのカサの威力によって辛うじてこのように存続しているのだという固定観念を否定するつもりがないなら、そのカサの支点として巨大な暗黒をも支えている沖縄に、日本は属する。

そのような国のそのような日本人たる自分を見つめるためには、沖縄にむかってその自分をつきだしてみるほかにはないと考えて僕は沖縄にゆこうとする。八重山民謡のヤクジャーマ蟹と、かれ自身の詩における猛だけしい鷹とを内部にひそめた寡黙な友人のいる沖縄に、繰りかえしゆこうとする。　—〔六九年七月〕—

多様性にむかって

きみは沖縄のイメージを単純化してとらえようとしているのではないか、善き意志から発したにしても悪しき意志にもとづくにしても、ひとつの協同体の把握において単純化は、最悪のことだ、と僕をなじる声が聞こえてきて、僕をたちどまらせる。僕は沖縄につながる具体的な人間の様ざまな顔を思い浮かべる。現にそのいちいちの異った顔を(それは内面の顔であり、外面の顔であるが)かれらと一括して呼ぶことが僕にできない以上、それらの人間的な具体性をそなえたものらのいちいちを、荒いコテの一触で単純化してとらえることができるはずはない。また、沖縄のひとりの人間を思い浮かべつつ、かれの肉体と意識をつうじて、沖縄の状況について考え、また沖縄の人間としてのかれ自身について考えようとする時、単純化とはおよそ逆の方向づけをめざして、僕はこのノートを書きはじめたのではなかったか。

めざしているところのことを、それが言葉として独立するやいなや僕を縛りはじめる危険をおかしつつ、まえもってあきらかにするなら、僕は多様性において沖縄をとらえることをしたい。そして日本人とはなにか、このような日本人ではないところの日本人へと自分をかえることはできないか、という自分自身への問いかけにもまた、多様性のある展望をひらきたいのである。最悪のことは、言葉の書き手自身における多様性の欠如であり、つづいて最悪であるもうひとつのことは、対象の多様性をすくいとる能力の欠如である。そしてこれらがシャム双生児のごときものであることもまた明瞭だ。

日本人とはなにか、という問いかけにおいて僕がくりかえし検討したいと考えているところの指標のひとつに、それもおそらくは中心的なものとして、日本人とは、多様性を生きいきと維持する点において有能でない属性をそなえている国民なのではないか、という疑いがあることもまたいわねばならない。多様性にたいする漠然たる嫌悪の感情が、あるいはそれを排除したいという、なかばは暗闇のうちなる衝動がわれわれのうちに生きのびているあいだ、現になお天皇制が実在しているところの、この国家で、民主主義的なるものの根本的な逆転が、思いがけない方向からやすやすと達成される可能性は大きいだろう。そのとき、《天皇は、日本国の象徴であって、この地位は、主権の存する日本国民の総意に基く》という憲法の言葉は、そのまま逆転のための根本的な役割を荷いうるだろう。

そして、僕はそのように考えることでもまたあらためて、沖縄にゆきあたるのである。沖縄の民衆にとって天皇とはなにか、主権の存しない日本国民たる沖縄の民衆にとって天皇とはなにか、と考えつめてゆくことで、天皇制にたいする態度の、生きた多様性にふれるならば、そこに抵抗の根源的な動機づけの手がかりはあるであろう。いうまでもなく、それは天皇制にたいする日本人一般の感じとり方、展望の多様性という方向に発展するのでなければ、ついに充分に意味の現実化することのない、手がかりにすぎないのであるが。

　僕の観察力、あるいは想像力の単純さのために、それを通過してあらわれる沖縄のイメージが単純化されるということがあるとすれば、僕はそこにもっとも注意を集中して、そのような僕自身の責任による単純化の毒の粒をはじきださなければならない。それは、ある特定な意図による単純化よりも、もっと悪い事態だからである。もし、ひとりの作家に、沖縄をめぐってなにごとかを書くことを許される、特別の理由があるとすれば、それはかれが単純化を禁忌とすることを、その本質的な属性とするタイプの職業人である、ということにしかないであろう。僕は自分をおとずれる、時には方向づけの困難な、悪夢のごときイメージについても、それをこのノートに記録しつつ、そもそもの僕の出発点であった、日本人とはなにか、このような日本人ではないところの日本人へと自分をかえることはできないか、という問いかけと共に、いくらかなりと前へ進みたいとねがうのである。

　僕がとりつかれている現実的な悪夢のひとつは、沖縄を覆う核戦略体制にかかわっている。僕は核兵器について語られる言葉にふれるたびに、自分の内部の、この暗い渦巻きの深みへとひきこまれるような感覚をあじわわないわけにはゆかない。たとえば、かつて幾つかのすぐれた短篇小説を書いた作家であり、いまは保守党随一の花やかなヒーローであるところの国会議員が、核武装しなければまともな外交がおこなわれえない、というような、およそ単純ともなんとも表現しがたい政治的意見を主張する。それを新聞に、あるいは週刊誌に読んで、僕はその議員が沖縄をおとずれ、おなじ種類のことをいって民衆からうけた確実な反撃を思いだす。しかしその議員自身はいま、沖縄での体験の記憶にいささかも動かされてはいないだろうことを考えると、僕を新たに把握するのは、核兵器による、恐怖のエスカレーション体制において、沖縄の核基地が、なぜ有効であるとアメリカ人が認め、エスカレーションの脅迫競争の相手方もまた同じくそれを認めているのか、という命題、とくになぜ中国が沖縄を潰滅せしめうる核兵器を保有した今日において、沖縄の核基地がなお威力をそなえていると考えられるのか、という命題をめぐっての悪夢である。もともとエスカレーションの軸をなす、威嚇する力と恐怖心とのからみあいが、本質的に心理の問題である以上、僕は、エスカレーションにかかわる悪夢をいだいて考えあぐねることを、まったくの無意味な暇つぶしとは見なさない権利をもつ筈であろう。

僕の凶まがしい着想は次のようだ。アメリカの国際関係の専門家が、またフランスの老練なジャーナリストが指摘するとおりに、大陸にむかっておこなわれる島国の核武装は、もっとも大がかりで効果は保障つきの、国ぐるみの自殺計画である。したがって、あの核兵器なしでは外交関係についてのいかなる政治的想像力も発揮しえない、すでに若くはない議員ならばともかく、まともな判断力をそなえた人間ならば、日本本土が核基地化されることによって、それが核の威嚇によるエスカレーションの体系において効果的な役割を果たすとは考えないであろう。核のカサという宣撫工作の屋台骨を支えているのは、攻撃的な意味あいにおいて日本本土の上にまで、その鷲の翼をのばしているアメリカの核兵器体系が、その翼の力によって攻撃を逆にこうむる動機となるかわりに、それをひとつずつ抑制する、という漠然たる感覚である。そこにあからさまな矛盾をあらためてつっきだすよりも、あいまいな現状維持のままに核のカサ神話を放置することで、この核時代のお先真暗なその日暮しを、仮に安穏たらしめていようとするのが、宣伝を受けとめるがわの大方の態度であろう。その無力感に根ざす判断留保の態度の奥底には、アメリカという巨大な核の鷲がうちたおされるとき、自分たちもまた、その放射能にみちた黒い炎に焼きつくされるのは抵抗しようもないことだという、もっとも惨めで暗いペシミズムがひそんでいることもまた、見おとすわけにはゆかないであろう。

しかしそれでなお数発の核兵器による報復攻撃で潰滅するのが、その島国のすべての人間の確実な、近い未来図であることを意識しつつ、その狭い島国の強権が核兵器を開発して、ミサイルの尖端を広大な大陸に向けておこうとする構想は、その国の民衆の側からみれば端的に気ちがいじみている。こういう形式の威嚇は、その島国の人間が巨大な規模の自殺指向をそなえている民族だという、はっきりした診断でもくだされるのでなければ、威嚇すべき相手の国を動揺させうることはないであろう。どんな荒唐無稽も案出するアメリカの通俗小説家が、日本本土から中国にむけておこなわれる核攻撃というフィクションの心理的辻褄をどうにか合せるために考えついた設定は、中禅寺湖の近くの米軍基地内で、極秘裡に、しかも狂気じみた情熱にかられた将軍が単独に、核弾頭をつけたミサイルを準備するという筋書であった。

それでいて日本本土よりなお狭く、より中国大陸に近く、ほとんど島の全域が剝きだしであるところの沖縄が、核基地として威嚇のエスカレーションに大きい役割を占めているのはなぜか、それを考えるとき僕の悪夢めいたイメージが始まるのであった。すなわち、沖縄の民衆は、そこに核基地をおいて威嚇しようとするホワイト・ハウスとペンタゴンの人々の想像力において、報復核攻撃によって殲滅されるべき者たちとして把握されているということである。この核基地が抑止力として機能しているということがもし事実であるなら、それはアメリカが沖縄の核兵器によって威嚇している相手国の、政治指導者と軍部の想像力においても、沖縄の民衆が潰滅するという状況を、安い犠牲とみなす者たちが、そこに置いた核兵器で自分たちを威嚇しているのだ、という実態がはっきり了解されている、ということである。それではじめて、あの剝きだしの小さな島の核基地が、脅迫の武器、恐怖の焦点として実在しはじめるのだ。

きみたちはこの大陸のどこにあるともしれぬ核基地からの報復核攻撃が、沖縄の核基地めがけておこなわれ、それはすなわち沖縄本島の全滅を意味するのだが、そのように大きい犠牲をはらって、なお、沖縄の核基地から、大陸むけに核兵器をうちだすつもりなのか？とエスカレーションの威嚇競争の勝負をかって出た片方がいうとしよう。

それに答えるのが沖縄の民族であるか、かれらの直接に選びだした主席であるかするのならば、当然に、答は、いやそういうことはしない、ということにきまっているであろう。そこで威嚇競争は先方の十全な勝利となる。沖縄の核基地はその意味あいをはるかに限定されてしまう。しかし、いうまでもなく、この問いかけに答えるのはワシントンの声にほかならない。

そうだ、とホワイト・ハウスおよびペンタゴンはいうだろう。沖縄の核基地、ひいては沖縄全体が潰滅してなぜいけないのか？　それこそが巨大な規模の「自由世界」を防衛するための、棄て石の役割なのではないか。われわれはお遊びで沖縄に核兵器をおいているのではない、沖縄から発進するB52戦略爆撃機をおいているのでもないよ。そこで威嚇競争の勝敗は逆転するか、緊張したエスカレーションの平衡関係がそこにできあがり、核体系が激しく対峙しあうグロテスクな恐怖の沈黙が完成することになるであろう。

沖縄の民衆の抵抗は、つきつめれば、この核兵器による恐怖の均衡の体制にたいする、恐怖する者、殲滅される危機のさなかに生きる者としての、異議申し立てにつらぬかれているのであるが、それを沖縄駐在の米軍と高等弁務官がどのように無視し、どのように抑圧してきたかはわれわれの知るところである。しかしわれわれが十分にそれを知ってきたかといえば、またそれを知ることがわれわれをつきうごかして、ひとつの方向づけにむかう様ざまな抗議の声、行動をひきおこせしめたかといえば、それがそうでないことは、僕自身が自分の沖縄とのかかわりかたをかえりみつつ、根本のところで動揺させられることを憐れっぽく告白するまでもないであろう。

核のカサのあいまい主義になんとか安住しようとする、その場しのぎの意識と、沖縄における核兵器の、ほかならぬ沖縄の民衆にたいする現実的な意味あいを、はっきり考えてみようとしないわれわれ本土の日本人の意識とは、結局は同一のものである。ただ、後者には沖縄の民衆への露骨な裏切りの心情が色濃くそめあげられているということのみを、判別しうるだろう。

そこから一歩すすめて、沖縄の「核つき」返還という考え方が、本土の政府の権力者たちとワシントンの権力者たちとのあいだで、具体的な企画として考えられていた一時期をどのように理解すべきであろうか。それこそまことに凶まがしくどす黒い着想たらざるをえないが、ワシントンが、いったん沖縄の施政権を日本にかえし、沖縄の民衆をかれらの軍事支配からとき放っても、なお東京の政府は、沖縄の日本人ぐるみ、沖縄を棄て石とするであろう、という観測をたてていたことを意味するのではあるまいか。そうでなければ、すでにのべたような核基地を軸とする威嚇のエスカレーションの上で、沖縄の核基地の価値は暴落し「核つき」返還の意味はうしなわれるからである。

アメリカ側に、沖縄の「核つき」返還のプランなど実際はなかったのだとする、情報通の声もあるであろう。しかし、日本の保守政権の構成者たちが「核つき」返還の企画を後生大事に持ちまわっていたことは、事実であって動かしがたい。それが揺らぎはじめたのは、とくに沖縄現地の民衆が、このプランを確実に拒否する意志を、様ざまなかたちで示したからにほかならない。

それを考えれば、本土の政治家が「核つき」返還を主張していた時、かれらの心理の内部に、これまで検討してきた問題が、どのように意識されていたかを掘りおこしてみなければならないことになるであろう。かれらは沖縄の民衆が報復核攻撃で殲滅される可能性をはっきり認めたうえで、あるいはもっと端的に、核戦争の時代に沖縄という核基地をもつことが(殲滅される百万の人間の肉体が支えているところの核基地をもつことが)、本土の、核の傘といういいいまい主義の城壁をいくらかでも確かにすると勘定していたのだといわなければならない筈である。

アメリカの軍事支配のもとにあるのだから、という身勝手な弁明とともに、沖縄の民衆の、むなしく恐怖するもの、殲滅されうるものとしての、核戦略体制のもとでの存在の仕方に眼をつぶることの欺瞞をこえて、あからさまに、日本国憲法のもとの沖縄の日本人を、あらためて人身御供に出すところの「核つき」返還が考えられていたのだ。それを沖縄の民衆にたいする根源的な差別とみなすことに、どういう留保条件がありうるだろうか？

現実的な根拠はあるのか、それはきみの悪夢にすぎないのではないか、と問いかける声があるとしよう。証拠の提出はあまりに容易すぎて、その容易さ自体、本土の日本人たる僕自身につき刺さってくる燃えるトゲであるが、サンフランシスコ条約第三条で沖縄を人身御供に出したあと、核兵器による恐怖のエスカレーションの棄て石に沖縄の民衆を、異議申し立てのできない沈黙した犠牲羊のような状態で縛りつけている今日までの、本土政府の態度が（いまなおわれわれの政府は、沖縄の核基地をはっきり認める声明を出していない。しかもなお、「核つき」返還というような言葉はとびかっているのであるから厚顔無恥もきわまっている）、あからさまな証拠である。そして、「国体護持」のために沖縄の民衆が犠牲になった、太平洋戦争の終幕の、いかなる積極的な意味も持たぬ沖縄戦の悲惨を、もうひとつの証拠にあげることが必要であろうか？

慶良間《けらま》列島においておこなわれた、七百人を数える老幼者の集団自決は、上地一史著『沖縄戦史』の端的にかたるところによれば、生き延びようとする本土からの日本人の軍隊の《部隊は、これから米軍を迎えうち長期戦に入る。したがって住民は、部隊の行動をさまたげないために、また食糧を部隊に提供するため、いさぎよく自決せよ》という命令に発するとされている。沖縄の民衆の死を抵当にあがなわれる本土の日本人の生、という命題は、この血なまぐさい座間味《ざまみ》村、渡嘉敷《とかしき》村の酷たらしい現場においてはっきり形をとり、それが核戦略体制のもとの今日に、そのままつらなり生きつづけているのである。生き延びて本土にかえりわれわれのあいだに埋没している、この事件の責任者はいまなお、沖縄にむけてなにひとつあがなっていないが、この個人の行動の全体は、いま本土の日本人が綜合的な規模でそのまま反復しているものなのであるから、かれが本土の日本人にむかって、なぜおれひとりが自分を咎めねばならないのかね？　と開きなおれば、たちまちわれわれは、かれの内なるわれわれ自身に鼻つきあわせてしまうだろう。

島袋全発《しまぶくろぜんぱつ》著『沖縄童謡集』の、烏(がらさ)に呼びかけて、隠れろ、早く(はっくい、べー)とうながす歌は、沖縄の明治の子供たちが本土の日本人《やまとんちゅ》の脅威のまえで烏と自己を同一化している感情をあきらかにするが、この歌によって告発される状況はいまなお続き、いわば本質的にはなにひとつつぐなわれてはいないのである。鉄砲が、核弾頭ミサイルにかわりはしたが。

イエー、がらさー
大和人《やまとんちゅ》の、
鉄砲担《かた》めて、
汝射《やーりー》りが、
来《ち》らんどー。
阿旦《あだん》の中《みー》んぢ、
蘇鉄《そてつ》の裡《みー》んぢ、
はっくい、べー。
はっくい、べーく。

僕が沖縄の街頭を歩きながら、もっとも恐れていたのは、狂人に出会うことであった。僕は狂気のたとえようもない鈍さに、いわば鈍器で殴られるような衝撃をこうむる。同時に狂気がそれ自体で、鈍いナイフのように対象をえぐって核心にせまる力をそなえている場合があることもしばしば経験してきた。しかも僕は、時に、ある狂人と出会うさいに、その人間をとらえている狂気に自分を同一化したいという、躰の奥底からの衝動をおさえがたくなることがあった。もっとも、僕が沖縄で見出した狂気は、およそそこへ自分を同一化することなどの許されようもない、拒絶の鎧でかたく身をまもっているたぐいの狂気であった。

伊江島《いえ》に渡ろうとして、夏の日盛りに、フェリイ・ボートを待っていた本部町《もとぶ》渡久地《とぐち》の波止場で、まったく唐突に僕を大声で叱りつけはじめた、双生児のような、肥満して童女めいた髪型の中年婦人ふたりにあたえられた根源的な動揺とでもいうものを、僕は忘れさることはないだろうと思う。この狂女たちの拒絶は、沖縄の僕の友人たちの拒絶、またあからさまに僕への反感をむきだした人々の拒絶とも、およそ性格のことなるものであった。僕は沖縄で提示されるものの多様さ、沖縄の人々から受けいれられコミュニケイションが開かれた上での、そのコミュニケイションの多様さと共に、このような拒絶される経験の多様さをも、それを受けとめつつ沖縄にむかいたいのである。

沖縄の新聞はおそらく日本本土の中央紙、様ざまな地方の新聞もふくめて、もっとも狂気について情報をつたえることのひんぱんな新聞ではないだろうか。それはまず具体的に沖縄における精神衛生実態調査の数字にもとづいて一応の納得をえることのできる事情であるが、いうまでもなく、それをこえての心理的な掘りおこし作業もなされねばならない。

一九六八年十一月に実施されたこの調査によれば、全琉の精神障害者の推計は、二万三一四〇人であり、そのうち分裂病などのいわゆる精神病は、本土より二・五倍も高いことが記録された。しかもその七一・二

％の人々がいかなる治療もうけずに、放置されているという現状を、しばしば沖縄で出会う、あのデッド・エンドの壁に頭をうちつけたような暗い表情の、儀間《ぎま》厚生局長が発表している写真と共に新聞は報道している。この公式の発表にさきだって『琉球新報』は、僕が肥満して童女めいた狂気の婦人たちに罵られた、あの本部町周辺の、野放しになっている狂人たちの実態をルポルタージュしていた。もしかしたら次の婦人こそは、波止場で僕の出会った二人の狂気の婦人たちのひとりであるかもしれないのである。

《野良仕事帰りの婦人が野放しになった精神異常者にカマで頭や肩を切られ、重傷を負って病院に入院しているというのだ。本部町でのことである。この精神異常者は三十七歳になる婦人で、さきに政府の措置で入院、よくなっていたが、退院してからふたたび悪化、町内を荒らしまわっている。毎日、竹やカマなどの凶器を持って歩き、竹でなぐられた子供たちも多いという。相手が話のわからない異常者とあって町民は戦々きょうきょう。町役所では福祉主事や公看とも相談してふたたび措置入院させようと、さる四月に名護保健所に申請しているが、北部に精神病棟がなく、既設の施設も満員でいまだにいつ収容してもらえるのか見通しも立っていないという。この事件は、村当局から儀間局長への訴えで明るみに出たが、これはいわば氷山の一角なのだ。現に本部町にはこのような在宅治療や野放しの精神異常者が七十四人いるし、他の町村でも同じく多い。たとえば今帰仁《なきじん》村では約百三十人が在宅治療をしており、久志《くし》村三十八人、東村七人、羽地《はねじ》村二十七人、屋部《やぶ》村三十九人といった具合いだ。》

このような具体例と共に、先にあげた厚生局の調査において、障害者に男の率が高く、その年齢が三十代、四十代とにおいてもっとも多いという事実に注意をそそぐ必要があるであろう。それらの年代の男たちは、沖縄戦において少年期の終り、青年期の始めの年齢で、絶望的な敗走の戦いに参加せしめられたものたちであった。

いうまでもなく沖縄の精神障害者について考えながら、僕は、新しい沖縄残酷物語をえがきだすことを望んでいるのではない。僕は那覇のホテルで同宿した、本土からのルポルタージュ作家が、宮古島あるいは与那国島から発掘してきた、精神障害者についての、およそ酷たらしい話をするのにたいして、いいようのない嫌悪をいだいたことを思いだす。嫌悪は、その話し手にたいする嫌悪であり、聞き手の、僕自身にたいする嫌悪であった。かれがなぜ僕にむかって、そのような話をしたかといえば、それは僕のやわな弱よわしい部分を直接に一撃してやろう、という意図にもとづいていたことがあきらかである。きみは沖縄に、禊《みそ》ぎにでもきているようじゃないか、というのが、かれの僕にたいする基本態度であったのであり、このように浄化しがたい汚水をかぶって、それで禊ぎができるのかね、と挑みかかるのが、かれの底意であった。もし、われわれがお互いを切りさいているところのものを克服し、溝を乗りこえ、お互いの想像力のための種子として、その事実をいったん共有しあい、そこからそれぞれの展開をおこなおうとするのであったなら、われわれは、あの陰惨な話柄を、単なる残酷物語をこえたものへと昇華させつつ、お互いを理解しあうことができたかもしれない。しかし、われわれはいわば本土からきた旅行者同士の近親憎悪のごときものをあらためてお互いのあいだに認めただけで、不毛な罅割《ひびわ》れを跳びこえることはなかった。

僕はいま、確実にはとらえられない、多くは見知らぬ他人たる受け手にむかってこのノートを書きつづけながら、そのような残酷物語の語り手におちこむことを、もっともおそれる。そこで僕は、沖縄の狂気について考えることが、ほかならぬ日本の狂気について考えることに、そのままあいかさなってくるのだと、それは結局のところ僕自身と狂気とのかかわりあいについて考えることにもまたならざるをえないという、そのような方向づけにおいて考えているのだということをあきらかにしておきたいのである。

実際、本土の日本人としての自分を考える時、ほかならぬ自分が沖縄に住む人間を、狂気においやりかねないことをしているのではないか、という疑いにとりつかれて暗然とたちどまらざるをえないことはしばしばあった。本土から沖縄にきた評論家が、沖縄戦の犠牲者について、動物的訓練による忠誠心と批評し、それにふれて怒りのあまりに狂死した人物がいた、という話は、その後半分においてなかば伝説であるかもしれない。しかし、僕が、家族とともに沖縄の土地の人間として生きているとすれば、そして今日の状況において過去と未来の沖縄について日々考えつづけながら、この批評にふれたのであったとしたら、冷静でありえただろうと考える根拠はない。たとえ狂死の噂が伝説であるにしても、それが伝説として生きうるということは、その噂が現実の根源にふれた核心をそなえているゆえなのであるから、僕は自分の想像力を、その核心にむけて沈みこませてゆくことを望むほかにないのである。そして、あらためて次のような、まことに正気の人間の声が、沖縄から発せられるのを聞いては、その声が言葉となるまえに一箇の人間の内部の暗闇においてつみかさねられた、感受性と論理の劇の深刻さを思わずにはいられないのである。

それはこの八・一五の集会のひとつにおいて、まことに温厚なひとりの学者によって語られた言葉である。《沖縄における若者たちの動物的忠誠心を批判する場合、それを支える歴史的背景、社会的状況についても、分析考察をするという配慮がなければ、片手落ちだと思いますし、沖縄の歴史を誠実に生きた人たちに対して、不誠実であり、歴史の全体像を組立てるのにも、正確を欠くのではないかと、私はそれを案じます。それでは一体、沖縄の若者たちをして戦争に狩り立て、思想色をカーキ色一色に染め上げた理由は、なんであったでしょう。さまざまな条件が多様にその問題を取巻いている感じがいたしますが、私には、数百年の間の孤島苦の歴史から解放されつつある沖縄県民の、歴史的必然性を伴う行動であった、という考え方から、どうしても離れることが出来ません。日本的体制の中に積極的にくみこまれることによって歴史的後進性から脱却しようとする思考方法、それが問題なのです。》

このように論理をたてながら、オモロ、琉歌の専門家であるこの学者は、その研究部門にわれわれをみちびいて問題を展開し、琉球処分から沖縄戦にいたる、中央の政治、経済、文化の地方浸透が、ほかならぬ中央における歪み、ひずみを拡大するかたちで、沖縄の若い人々に影響してゆくことになった、歴史の全体を提示したのであった。《中央との直結思想が批判力を失った時、国体の本義や臣民の道が、必要以上に強調され、その思想的落し子として、動物的忠誠心が生み出されたことになるわけです。当時、天皇制イデオロギーに忠誠を誓う思想は、日本的普遍性をもったものでありながら、沖縄において強調された形で噴出したその特殊性に、沖縄の歴史的後進性と近代化のあせりが、痛々しく刻まれているということが出来ると思います。》

今年の八・一五に発せられた様ざまな言葉のうち、

僕のたちあいえた限りでは、自分をもっとも深いところで刺しつらぬく言葉が、二十四年前のその日、「沖縄で生れ、沖縄で育ち、沖縄戦に参加」して、「終戦を知らないまま、沖縄島中部の山の中を彷徨して」いた、外間守善《ほかましゅぜん》氏の穏やかな声によってこそつきつけられたといわなければならない。教授は、その内部にどのように激しいうずまきをひそめているにせよ、それを剝き出しにしたり、荒あらしく弾劾したりはしない人柄のように感じられた。しかし、このような学者によってまともに受けとめられることによってのみ、鈍感な残酷物語の語り手めいた批評が、辛うじてひとつの意義を持ったことを、僕は、むしろ怒りによって狂死した人間の伝説よりも、もっと恐しい衝迫力と共に、あらためて考えさせられずにはいなかったのである。本土の日本人として、あの放言に連帯責任をとらざるをえないことを感じるところの僕は、このように受けとめられてはじめて、ひとつの救済をあじわう。しかしその救済の感覚は、あらためてより鋭く、より苦い味を喚起する要素をもまたふくんでいる。

端的にいって、あの怒りによって狂死したという伝説のうちなる人物を新しく連想して、ひるみこまざるをえない種類の言葉は、いまなお繰りかえし本土の人間によって発せられているからだ。しかもそれらの最悪のものにこそ、これがほかならぬ日本人の言葉なのだ、日本人とはこういう言葉を発する人間なのだと、切実に自覚せざるをえない喚起力をふくんだところがあるからである。

この四月、栃木県の医師が、『琉球新報』に投書して次のように説いた。《琉球国人よ、諸君は元来が独立国であったはずだ。徳川時代、それ以前、唐の時代には薩摩、または中国に貢物を捧げてやっと独立してはいたものの、立派な独立国ではなかったか。それが、明治維新のドサクサにまぎれて、日本の沖縄県民にされて領有されたのである。そして、内地官僚の左遷された役人によって統治され、日本の赤字県とされていたのである。……非常に幸運なことに、第二次世界戦争のおかげで、諸君は日本を離れ、米軍の施政下にはいっているが、そのために諸君はまだ知らなかった世界を知ったことになる。諸君の左右や街頭を見てごらんなさい。全く自由である。軍事施設以外は、全く内地では想像もつかぬほどの自由を持っているのだ。同じ領土でも、朝鮮は独立した。台湾も独立した。諸君の琉球は、なぜ独立しないのか。……諸君の国琉球は、独立すべきである。そして、諸君の政府を作りたまえ。財政の心配はない。これは観光とトバクでまかなえばよい。財源はこれから生まれる。国営トバクだ。ただし、琉球国民はやってはならない。あくまでも、外国人に来てもらって楽しんでもらうのだ。歓楽の国にすることだ。戦争の被害などは早く忘れることだ。大きな台風に出合ったと思えばよい。……自由の国琉球、どうだ諸君の国だよ。政治は自由投票にする、人種は差別しないことだ。主席、または大統領は沖縄に一定年以上住んだ者と言うことにして、人種の差をつけない。日本人でもよい、米人でもよい。自由な国、朗かな国、ケンカのない理想郷を諸君の良識で作ってみないか。つまらん本土復帰の悲願なんかやめたまえ。諸君に与えられた最良のチャンスだ。》

この医師は五月にふたたび投書して、同じ趣旨の意見をくりかえしたあと、新しく次のように批判をつけくわえてその文章を結んだ。《最後に、屋良《やら》主席が国会に議員を送ることを主張しているような記事が出ていますが、外国の政治になぜ干渉するのです。現時点では沖縄は外国であり、日本もまた外国でありましょう。これに国会議員を送ることを悲願にしているようですが、見当ちがいもはなはだしい。……日本に復帰したら、もはや、永久に独立の政府をもつことは不可能になります。その時になって、独立運動を起こしてもおそい。沖縄はいまこそ独立すべきでしょう》
もし第一の投書のみに終っていれば、それが内心ではおよそ逆の方向性をめざした、自虐的な戯文でもありうるとして、判断留保しなければならないかも知れない。しかし第二の投書にいたって、この栃木県の医師がともかくも、まじめに、この異様ともなんともいいがたい言葉を、沖縄にむけて発信することに意義を認めたのであることを疑いようがなくなると思われるのである。僕はまずこの投書を分析したり批判したりするまえに、その用語と文体をそのままここに提示するだけで、僕がなにを感じているかをつたえるには十分すぎるほどに感じる。僕はほかならぬ本土の日本人が、誰に要請されてというのでもなく、なにやらえたいの知れぬ情熱にとりつかれて、(しかもその情熱は、破壊的な性格あるいは下降的、反社会的な性格ではなく、本人に意識されているかぎり、いかにも道徳的な性格のそれなのであるが)、このような文章を沖縄の新聞に送りつけたのだ、ということを、ひどい船酔いにかかったような気分で反芻する。それが沖縄の民衆の意識に喰いこんだかどうかは疑わしいが、ともかく広く読まれた、ということが動かしがたい以上、悪夢の残り滓《かす》のような具合に、この文章は僕にとりついて離れない。日本人とはこのような人間なのだと、僕はあらためてこの医師と自分とをつなぐ血の紐帯を、はっきり見すえないですますわけにはゆかないのである。
事実、この投書が直接、僕に思い出させるところの記憶は数かずある。僕個人の経験にそくしていえば、沖縄の初の主席公選の投票日の前夜、池袋駅構内で、僕はその選挙の意味あいを話して署名をもとめ募金している沖縄出身の学生に、ひとりの若い平均的な男が、しきりにからんでいるところへ出くわした。男は幾分酔っていたが、周囲にかれの妨害を非難する者たちはいず、人々の流れは濃かったが募金は成功していなかった。僕がかれと学生の間に入って署名し、なにがしかの金を紙袋にいれる間、おまえはサクラだろう、と男はいって僕の脇腹を小突いたりしたが、僕は板橋の病院で手術を受けている息子の病室からの帰り道に、たまたまその現場に出くわしたにすぎなかったのである。次いで男は署名簿から僕の名を読むと、すぐ傍でバスを待つ行列をつくっている無関心な人々に向って、僕をおとしめる小演説をした。僕は男がその議論のたてかたからして、特別な政治団体に属していたとは思わない。会社の帰りに幾らかの酒を飲んだ若い男が、突然に沖縄出身の学生に挑みかかる気持になった、ということであろう。これが日本人なのだ。ひるがえっていえばすなわち僕自身ということなのだと、僕がその時あらためて感じたことを忘れない。

また僕がプロローグとした古堅宗憲《ふるげんそうけん》氏の死を悼む文章をはじめて発表した直後に、禁酒同盟の機関紙が送られてきて、古堅氏は泥酔していたために死んだのではないか、戦前の沖縄は泡盛によって、戦後の沖縄は泡盛とウイスキーによって滅びようとしているのではないか、というコラムに傍線まで引いてあったことを忘れがたいのである。それが僕の文章に触発された批判のコラムである以上、筆者は古堅宗憲という、およそ沖縄の復帰運動のなかにのみその生涯をおいて、憤りにみちた非業の死をとげた人間について知りながら、しかもなお栃木県の医師におけると同じく、いかにも道徳的な上昇指向の意識において、痛ましく惜しむべき死者に、突然の石礫を投じたのである。誰かれかまわず本土の人間をつかまえては執拗に怒りの声を発しつづけたという深酔した古堅宗憲氏の幻によってあらためて、そうだ、これこそが日本人なのだと、じつに正当な怒りの言葉をあびせられる思いで、僕はその禁酒運動の機関紙のコラムの筆者と同じ場所にいる日本人たる自分を感じた。

古来忠孝幾人全
憂国思家已五年
一死猶期存社稷
高堂専頼弟兄賢

この七言絶句は僕にまことに気がかりなところのものを喚起する力をそなえてきた。その喚起力が、画家であり歴史家であり、そして沖縄の人々のものの考え方の多様性のいったんを、まことに明確なかたちでになう山里永吉氏の思想とつねにからみあってきたのは、まず氏の著作によって、僕がこの詩にめぐりあったからである。また山里永吉氏の、この七言絶句をめぐる考え方の展開が、現在の沖縄の状況への考察と密接にかかわっておこなわれているからでもあるであろう。

『沖縄歴史物語』において山里永吉氏は、この七言絶句の辞世を残した林世功、琉球の名において呼べば、名城《なぐすく》里之《さとの》子《し》親雲上《べいちん》を《首里《しゆり》の国学から、北京の国子監に学んだ秀才で、明治七年に中国留学から帰り、廃藩問題が騒がしいころは、中城王子尚典《なかぐすくおうじしようてん》の講師であったが、明治九年、幸地親方（向徳宏）と共に、救援を求めて、ひそかに中国に渡った熱血の士》と評価しながらも、東恩納《ひがおんな》寛惇《かんじゆん》の、《ああ、林氏世功は琉末一人の志士なる夫。しばらくその成敗を論ずべからざるなり。然れども、もし、その名分の根本を誤ると云はば、ああ、また何をか言はんや》という言葉をあわせ紹介して、いわば客観的であった。林世功は、明治十二年、ついに廃藩置県のおこなわれたこと、首里城があけわたされ、日本皇帝のもとに琉球国王父子、すなわち尚《しょう》泰《たい》父子が呼びよせられたことを福州で聞くと、北京におもむいて、結局はむなしい琉球救援の要請を清国朝廷にむかっておこなったあと、この七言絶句を残して自殺した。

『沖縄人の沖縄――日本は祖国に非ず』というパンフレットにおいて、いまあらためてこの辞世を提示する山里永吉氏は、より直截に林世功のかたわらに進み出ている。《後世の歴史家で、林世功の悲壮な自刃を、むしろ大義名分を誤ったという説をなす者もあるが、しかし私は、当時の琉球の国情から、林世功がどこまでも祖国琉球の独立を願って自刃した行為が、かえって筋のとおった大義名分であったと思うのである。》

そして山里永吉は、『壺中天地――裏からのぞいた琉球史』の穏やかで豊かなエッセイ群の奥底をもつらぬいていた、その永年の主張を、このパンフレットにおいてあらたに、鋭く激しく綜合するのである。それは文化史に深く入りこむ歴史家としての氏の仕事が、沖縄の独立国家であったゆえんを繰りかえしあきらかにし、沖縄独自の文化の本筋を浮びあがらせることに集中されてきたことの意味あいを、いまあらためて沖縄の本土復帰運動のまえに対峙させることである。

《かりに沖縄の指導者たちが、もし、若いころ受けた植民地教育による劣等感からきた、「早く日本人になりたい」という無意識な衝動によって、日本復帰を唱えているとしたら、これはまた更に悲しいことである。なぜなれば、現在叫ばれている日本復帰には理論がないからである。そこには経済的理論もなければ、思想的裏づけもない。あるものはただ感情ばかりである。――「食えなくてもよいから一日も早く日本復帰したい」という者があるに至っては、全く言語道断というほかはない。そういう人は飢えの苦しさを知らないからである。祖先を同じうする、同じ言葉をつかっている、ということは理論にはならない。なぜなれば、沖縄はもともと独立国であったからである。世界には、祖先を同じくし、同じことばをつかっている同一民族が、二つに分れて戦っている国はいくらでもある。それが一つになるときは、一方が他の一方に降服するときだけである。というのは、彼らはいずれも自主独立の精神を忘れていないからである。沖縄も同様に、もともと独立国であった——われわれの先祖は、自分たちだけの手で自らの国家を経営したながい経験をもっていた。世界に琉球という国家が、数世紀もつづいていたことは伝説でもなければ、お伽噺でもない。そういう事実を、われわれは今一度胸の中でくり返して考えてみる必要がありはしないか。施政権の返還、もとより賛成である。しかしそれは、どこまでもわれわれ沖縄人の手に返還すべきもので、日本政府に返すべきではない。虎の顎の下から返してもらった尊い生命を、狼の手に渡すべきではないのである。われわれは、それだけの自信をもって、施政権を沖縄人の手に返してくれと要求すべきで、その自信と、その信念をもってこそ、われわれ沖縄人は救われるのである。》

この山里永吉氏の内部に永年のあいだつちかわれつづけて、いま林世功の七言絶句のようにも激しく噴出している主張、あるいは思想に対して、やはり永年の思索と行動の積み重ねと共に反論する声は、ほかならぬ沖縄においておこるであろうし、そうした声を強く喚起しようとする試みもまた、この文章のモティーフのひとつであるとさえいっていいであろう。

したがって僕が山里永吉氏のパンフレットを、氏のこれまでの仕事の総体の上に置いて、それから呼びおこされるものをあらためて自分の内部に深く潜りこませようとする時、いうまでもなく、その種の本質的な反論に自分もまた参加したいというさかしらを試みているのではない。氏が二十七歳の春に創作した『首里城明け渡し』という劇の主題が、すでにこのパンフレットの思想の淵源をなしていた。僕は、このパンフレットの語るところのことを、決して短絡するのではなしに、沖縄における他の様ざまな主張に照しあわせつつ、そこにおのずからあらわれる筈の、沖縄的なるものの多様性を把握することをねがうのである。

たとえば山里永吉氏のいわゆる「植民地教育」という言葉は、『壺中天地』における、《今から八十年以前の琉球人は、けっして自分達が日本人であるとは思っていなかった、そういうものの言いかたは、ちょっと語弊があるかも知れないが、琉球の一般庶民が自分達は日本人であると自覚をもつようになったのは、日清戦争以後の教育の力である。……そういう琉球人が、太平洋戦争の沖縄戦で、日本人として喜んで死んでいったのは、すべて教育の力にある。しかし、その教育も日本人がそうしたのではない。琉球人自身で、自分達の子弟に日本人としての教育をしてきた結果である。》という文章にかさねあわせる時、鋭く重い斧のごときものとなって、ほかならぬ本土の日本人へふりかざされるであろう。そして、繰りかえしいうが決して短絡することはなしに、それをさきにあげた、八・一五の外間守善教授の言葉と対比しつつ、あらためて日本人として、それらをまともに引きうけて考えようとする時、たれが斧の打撃から自由でありうるだろうか。

また、われわれの政府が、いまアメリカに送り出している使節の現に策動しているところのこと、及び、政府がたとえばデモをおこなう民衆の権利にたいし機動隊を投入して行っているところのことを、「施政権を沖縄人の手に」という言葉と、沖縄の返還を日本解放と一致させるほかにどのような未来がありえようとする、行動的な若い人々の思想とに、やはり短絡せず、対比するとき、そこに生ずる強い磁界から、自由であることができるだろうか。

山里永吉氏の文章は、まことにまっすぐに沖縄の民衆に向けられているのであるが、それに照しあわせるまでもなく、あの栃木県の医師の投書は、じつは沖縄の民衆にむかって深く入りこむというものではなかった。琉球国人よ、といいながら、あの投書がその書き手の意志をこえて浮びあがらせたのは、日本国人よ、諸君は、と呼びかけて、日本人の不様さの全体を告白するものであった。諸君の国日本は、独立すべきである、そして諸君の政府を作りたまえ、自由の国日本、どうだ諸君の国だよ。もはや、永久に独立の政府をもつことは不可能になります。その時になって、独立運動を起こしてもおそい。日本はいまこそ独立すべきでしょう。……

あらためて僕は、ひとり清国で自決した琉球の知識人の詩に戻らねばならない。自決を前にして、林世功、名城里之子親雲上《ぺいちん》は、すでにかれの祖国琉球を救援できぬことのあきらかな清国朝廷の人々に対してより、琉球の同胞にむけての遺言であることはいうまでもないとして、同時に、琉球処分を押しすすめはじめている日本国の人間に対する抗議のメッセージとしてもまた、この七言絶句を残したのではなかったであろうか?

中国と日本との関係、アジアにおける日本の位置づけということにおいて、われわれの国にもまた中国の内部に深く入りこみつつ、まともにものを考え、現実化しようと試みた人間がいることは、それらの人々の死屍を、南京大虐殺をふくむ日中戦争においてわれわれの国の人間が殺戮した、中国人の死体の累々たる山には比べようもないとしても、ともかくあきらかである。かれらの充たされなかった努力と林世功のそれとを、みたびいえば、短絡することなしに対比しつつのことであるが、僕は今日の日本のありようについて考えつつ、ほかならぬ今日のわれわれへのメッセージとして、あらためて喚起せざるをえない遺言として、一死猶期存社稷、高堂専頼弟兄賢という詩句を記憶の前面に置きたいのである。すくなくとも、林世功、名城里之子親雲子《ぺいちん》から、今日の、ものを書き、かつ語る人々及び、沈黙しつづける人々をふくめての、沖縄の拒絶の多様さをつつみこんで、中国についての自分の考え方の多様性をみちびくことを、僕は望んでいる。その意味あいにおいても、沖縄を考えることは、東洋における日本と日本人について考えることの根源的な契機をはらんで、あらためて僕を、日本が沖縄に属するという命題にみちびくのである。

—〔六九年八月—九月〕—

内なる琉球処分

ひとりの沖縄の壮年の学者が、たまたまその日の昼間の野外調査の疲れと、いくらか酔いを発してのことであったが、沖縄近代の歴史の史料を発掘し、そのなかに深く入りこむにつれて、沖縄についてなにごとかをかたることが、端的にいって厭になってしまう、とじつに暗く冷えびえする怒りと絶望感の毒におかされた声をあげたことがあった。日ごろその学者は、自己抑制の気力においてきびしく、しかしそれが心の偏狭を意味しないことにおいて　沖縄の、若くして戦いを経験した知識人のひとつのタイプを代表しているような人格である。学者の傍らに、言葉もなく坐っていて、僕は自分が見ている深淵、しかも、沖縄についていくらか知識を確かにするにしたがって、ますます奥底の償いがたく遠ざかる、恐しい深淵について思わないではいられなかった。その深淵がなぜ恐しいかといえば、それは、日本人とはこのような人間なのだと、自分自身の疾患からふきあげてくる毒気をもろにかぶってしまうような具合に、眼のくらむ嫌悪感ともども認めざるをえない、凶まがしいものの実質を、内蔵しているところの深淵にほかならないからである。

まえもっていえば、それはすでに払拭してしまうことのできぬ汚点である。したがって、それについて無知であることが、精神の健康あるいは単なる無邪気さの維持のためには望ましい。しかし、無知の酷たらしさということもある。再び、きみたちはこれを繰りかえすぞ、現にいまそれを繰りかえしているのだぞ、という声も、いったんその深淵を覗いた者が注意深くあるならば、かれの耳に響いてくるであろう。しかもそれは、悔いあらためればそれですむという種類のきれいごとでなく、政治的な態度決定によっては、一転して、その悪を糾弾する側に立つことができるという種類の機械的なものでもない。やはり、日本人とはこのような人間なのだという暗い底なしの渦巻きを、自分のなかにひきおこすようにしてしか、認識しえない存在である。

アイヒマンの処刑とドイツの青年たちの罪障感の相関についてハンナ・アーレントがいっているように、実際はなにも悪いことをしていないときにあえて罪責を感じるということは、その人間に満足をあたえる、きれいごとだ。しかし本当に罪責を認めて、そのうえで悔いることとは、苦しく気のめいる行為である。沖縄とそこに住む人々への罪障感にも、その二種がある。いったん自分の日本人としての本質にかかわった実際の罪責を見出すまで、沖縄とそこに住む人々にむかってつき進んだあと、われわれが自分のなかに認める、暗い底なしの渦巻きは、気のめいる苦しいものだ。

僕がここでのべようとすることは、そもそもの、日本が沖縄に属する、という命題によって、ざらざらした掌で逆なでされたような違和感を、一般的な日本人が持つとすれば、その感覚に直接根ざしている。それは、日本人の近代をつらぬいて、奇妙に捩れたかたちをとりながら、しぶとく生き延びつづけて、とりかえひきかえ新しい欺瞞の衣装をまとっては、歴史の転換点に公然とあらわれるところの、「中華思想」的感覚の問題である。

若年で留学して、中国文化の直接の現場における教育を受け、清朝の現実を見ている林世功が、黄色い軍艦の救援を信じていようとした無邪気な人々ほど無条件に、というのではないにきまっているが、ともかく琉球のひとつの層の重すぎる期待をせおって福州に渡った時、かれが現実には大揺れに揺れている中国に、ともかく「中華思想」の中心を見ていたことは確かであろう。なお林世功にとって清国は、世界の中心ではないまでも、アジアの中心ではなければならなかった。

ところが、幻滅と絶望が直接にかれを殺した時、日本にあったのは、ほかならぬ日本中心の「中華思想」的感覚であって、中国指向の琉球知識人としての名城《なぐすく》里之子《さとのし》親雲上《ぺいちん》のメッセージを、そのような日本人がまっすぐうけとめるということは、ありえなかったのである。いうまでもなくそれは歴史家にとって、まったく常識的なことどもにすぎないであろう。しかし僕は、具体的に反省してみるかぎり、今日の実際の問題としてもなお、この日本中心の「中華思想」的感覚が、乗りこえられたとみなす根拠を持たないのであるから、この点にこだわりたいと思う。

さきにあげた悲痛なメッセージ、誰がそれをはっきり受けとめてくれるかもさだかでないメッセージをのこして、琉球の若い知識人が自決した年、わが国においてもっとも世界的な視野をそなえていた筈の代表的な知識人が、たまたま琉球処分に出発する、中央権力の執行者にあてて、次のような手紙を、わざわざ書きおくっていたのだ。

《陳《のぶれ》ば此度は又候《またぞろ》琉球御用御苦労奉レ存候。ほのかに承れば廃藩に可ニ相成一由、甚面白し。右に付一事申上度義は、先年内国にて廃藩立県の時、諸藩地にて士民の狼狽不ニ一方一、無理ならぬ次第には候へ共、其実は政府より唯一片の御書付を諸藩に渡し、其文は唯藩を廃して県となすと云ふに過ぎず、勿論勅命抔の文は簡単を良となすことなれば外に手段も無レ之候へ共、此の廃藩立県の一大挙動に付、更に為何論告文なるものなし。之が為、藩の士民は藩を廃するを聞て之を廃する所以の理由を知らず、一段の狼狽を増したる事と存じ、小生は其節も政府の為に謀て遺憾に思ひし事なり。
……内国の事情尚且然り。然るに此度琉球にて廃藩とあらば、其士民の仰天如何ばかりなるべき也、知者を俟《ま》たずして明なり。されば廃藩置県の勅命は勅命にして、別に懇々たる諭告文を御示し相成度、譬へば琉球国は両属の理なし、両属して国の為に不便利なり、日本政府は琉球を取て自ら利するに非ず、琉球人民を救ふの厚意なり、廃藩の命を聞て一時は驚駭することならんが、其成跡を待て、適例は日本内部廃藩後の有様を見よ抔と、筆まめに書並べ口まめに説諭して、先づ彼の人民の心を籠絡する事、最第一の緊要と存候。彼国普通の文章は如何なる体裁歟、言葉は何れのなまりにて最も能く通ずるか、先之を吟味して、其筆者を選し其弁者を雇ひ、幾回となく諭告文を分布し、幾度となく演説の席を開き、結局筆端口頭を以て勝利を占むる様致度存候。》

三十人をこえる随員、百六十人の警備巡査、そして約四百人の歩兵をひきいて、首里王城にのりこむことになる琉球処分官松田道之が、様ざまな人間から助言の手紙を受けとって旅立ったのだとして、この福沢諭吉の手紙は、いちおうのところというより、おおいに、良質の部類にはいったであろう。永く武力にうったえて外交交渉をすることのなかった琉球政庁は、すでに処分官松田道之の敵でありえなかった。清国の外交的判断は、この国に望みをたくした琉球の知識人に絶望からの死をもたらすほどのものであった。これにさきだって、琉球藩王尚泰《しょうたい》が、廃藩置県受諾をのべた文書を、那覇内務省出張所に滞留していた松田道之に提出しようとしたとき、数百人の琉球人たちが街路にあふれてそれを阻止した。これにたいする松田道之の抗議は、あからさまな恫喝である。

　とくに次に引用する詰問状のうち「久米村住居ノ

輩」と、事実はそれよりほかの地域の人々をもふくみこんでいたデモンストレイションの成員を、あえて狭く限定しているのは、久米村が中国からの帰化人の子孫の村だからとする先入見によるという分析を山里永吉氏がおこなっている。すなわち松田道之は琉球人の抵抗をそのように一面化してとらえることを望んだのだ。

《今般、命令ノ事ニ付久米村住居ノ輩ニ於テ議論沸騰シ、既ニ今日ハ疎暴ノ挙動ニ及ビタル旨相聞コユ。若シ然ラバ甚ダ不埒ノ至リニ之有リ候条、ソノ趣旨、並ニ人名等、承知致シ度、ツマビラカニ御申立テ之有ルベシ、云々》

このような政治的メンタリティーの官吏への手紙であることを考えるかぎり、福沢諭吉の文章はたしかに情理をつくしたものというべきであろう。手紙の趣旨が充分に現実化された形跡がないだけになおさらである。しかもそれを認めたうえで、あらためてこの文章を読みかえす時、僕は暗い胸さわぎのごときものをひきおこされないではいないのである。ここに流れているところの、琉球観、琉球人観は、そのまま百年ちかくを生き延びて、日本の権力の担い手たちのうち、いわゆる「情理をわきまえた」考え方をするところの人々、また一般の民衆たちのうち、沖縄に関心をとくによせている者の内部に定住しているところのものではないか。それは現にいま、沖縄返還の課題についておこなわれる政府の宣伝、大新聞の論評などなどに、あからさまな血のつながりをくっきりとあらわしているものであって、それはすでに一般的に、日本人とはこのようなものの考え方をする人間なのだという、複雑に屈折してやまない感慨をひきおこす定型となった。

日本政府は琉球を取て自ら利するに非ず、琉球人民を救うの厚意なり、この考え方、あるいは福沢流の

「譬へば」のいい方は、松田道之が藩王尚泰を上京させようとするにあたっての、すなわち琉球王を日本国皇帝の膝下にひきずりよせるにあたっての、まことに押しつけがましい次のような理由づけとかさなりあって、明瞭な響きを発する。《巨万ノ金額ヲ費シテ、問罪ノ師ヲ台湾ニ差向ケラレ、戦死、病歿ノ者モ少カラズ、聖上、叡慮ヲ悩マサレ、政府諸臣ノ苦心一方ナラズ、コレ全ク当藩下、人民保護ノ事ニ起レルナリ。然ラバ、ソレ藩王ノ任ニアツテハ、ソノ管民ノタメニ、速ニ上京、恩義ヲ謝セラルルヲ以テ当然トス。》

琉球人が台湾に漂着して、多くの成員が蛮族に殺害されたこと、そして生き残りが中国人に救助されたこと、それをきっかけにして日本政府が、琉球と、ほかならぬ救助者たる清国とのあいだを彎刀で裂く軍隊を送ったこと、その連続として強権の執行者による右のようなもののいい方がおこなわれたことは、そのまま直接に、アメリカ戦略下の沖縄への今日の日本人のものの考え方の根底にあるものにつながってくる。U・S・Aハ巨万ノ金額ヲ費シテ、問罪ノ師ヲ、ヴィえとなむニ差向ケラレ、極東ノ安全保障ニ叡慮ヲ悩マサル。しかし、かつての台湾征討において、また今日のヴィエトナム戦争において、このような押しつけがましい「厚意」をおっかぶせられて、政治の歯車のもっとも負担の多い一箇たらしめられた、沖縄とそこに住む人々について、あえてこうしたもののいい方をすることで、うしろめたい方向にひろがろうとする想像力の発揮をみずから制限することを、われわれの父祖がおこなったのであるし、同様のことをいまわれわれが、アメリカにぴったりよりそっておこなっているのである。それを近代の日本人のメンタリティーの、根本的な性格のひとつとして考えなおしてみることとなしにすましうるだろうか？

そして今日の本土の日本人の沖縄認識の水準と、しかもなおその低さ浅さの上に、傲然とひらきなおりうる感覚とを、次のようなもののいい方につきあわせてみないでいられるだろうか？　先づ彼の人民の心を籠絡する事、最第一の緊要と存候。彼国普通の文章は如何なる体裁歟、言葉は何れのなまりにて最も能く通ずるか、先之を吟味して……

具体的な知識の欠如ということがある。なかばそれにかかわっており、しかもより深いところにもまた根ざしている、想像力の欠如ということがある。そのふたつに支えられることによって、荒あらしい政治的操作が人間の肉体と精神におよぼすところのものについて、道徳的に鈍感ですましうるという実状がある。琉球処分の政治的評価にどのように広い幅をもたせるにしても、明治の日本人が右のような傾斜をそなえた性格の本質をあきらかにしたことは否定しようがないであろう。そして沖縄戦をふくみこんで今日にいたる沖縄の状況について、あらためてわれわれがその伝来の性格そのものを剝ぎだしにしたこと、沖縄返還の交渉を新しい琉球処分ともおぼしいかたちで、すなわち松田道之の言動が、そのまま佐藤内閣のそれにかさなるのではないかという、危惧をそそられるようなかたちで押しすすめている現状において、結局は本土の日本人みながあらためてこの性格をもういちど露呈する始末になるであろうこともまた、否定するのは困難であろう。

そしてそれは単に強権の側においてのみならず、野党の側にあり、そこからもまたはみでている、もっとも行動的な抵抗者たちのうちにすらも発見しうるところの、すでに日本人全体に深く根ざした痼疾としかいいようのないものではないか、というのが僕の暗い疑いである。それがほかならぬ日本人の「中華思想」的感覚に起因しているのであり、その感覚によって想像力の欠如を慰撫されるように思えることを、僕は本土から沖縄へ乗りこんでくる政治的な遊説隊に接するたびに、ひそかに感じてきたのであるが、それはもっと筋みちだてた論理によってしか伝達しえず、しかも僕の内側でなおその論理の熟していない仮説のごときものである。したがって僕はあらためてこの疑いについて考えつづけることになるのであろう。

しかしともかく、われわれ日本人に、いったいなに由来して生まれたのかがあいまいであり、たとえその理由をつきとめえたにしても、それがいったいなに由来して、いまなお生きつづけているのかは、もっと複雑にあいまいであるところの、世界の中心としての日本という「中華思想」的感覚があり、少なくともアジアの中心としての日本というその感覚があり、たとえば僕のそもそものはじめの命題たる、日本が沖縄に属する、というような発想には、肉体および精神の奥底を逆なでされる不愉快を感じるのが一般であるように見えるという観察には、いまも僕は固執する。もしかしたらそれが、日本人の政治的想像力における最悪の疾患をかたちづくっているところのものにつうじる鍵ではないであろうか？

およそそのようなかたちの日本人の、政治的想像力とは決してあいいれぬところの、琉球人として自立したものの考え方をそなえていたひとりの知識人が語った、奇妙に暗示的な言葉を伊波普猷《いはふゆう》が記録している。もっとも、広く知られているようにこの沖縄の碩学は、「琉球処分は一種の奴隷解放だと思つてゐる」という考え方の持主であった。

《旧三司官で例の談判の時松田の相手になつた浦添《うらそえ》親方は、或日会議を終へて帰宅して、家人等にかう言つた。日本は勃興したばかりで、清朝は降り坂であるから、後者の武力に訴へて沖縄を救済することは出来さうもないのに、衆皆之を空頼みにしてゐるが、こんなことは七十年位もたつて、日本の行詰る時期を待たなければ実現されまい。》

謝花《じゃはな》は沖縄の謝花でなく、日本の謝花である。

この、農科大学を卒業して沖縄に帰ろうとする謝花《じゃはな》昇《のぼる》の才能を惜しんだ恩師が発したとされている言葉は、様ざまな方向に喚起力のある感慨をさそう。まことに謝花昇は、日本人の「中華思想」的感覚に徹底的な戦いをいどみ、ついには狂気にまでいたるのであるが、かれは右のような呼びかけにたいして、いや、自分は日本の謝花でなく、沖縄の謝花であると、正面から拒絶の言葉を発しているところの生涯を生きとげた人間であることにおいて、今日の日本本土と沖縄の状況に鋭く、くっきりした照明の光をなげかける存在である。いうまでもなく、ことごとしく僕が、謝花昇について語ることはないであろう。大田昌秀氏は、沖縄県民にも参政権を与えよ、という謝花昇の明治三十一年の叫び声に、現在の国政参加問題と深くからみあった、本質的な響きを聞きとる再評価をおこなったし、大里康永著『沖縄の自由民権運動――先駆者謝花昇の思想と行動』も新しい資料を加えて復刊された。

そこで僕があらためて謝花昇について語ることは、ひとりの戦後育ちの本土の日本人たる僕にとって、謝花昇がどのようにあらわれ、かれについていくらかなりと知識を深めてゆくことで、どのように勇気づけられた時期があり、そしてどのように回避することのできぬ、どす黒いものとついに出会わなければならなくなってきているか、というところの、ひとつづきの個人的な経験の総体にとどまるのである。

沖縄で、はじめて主席公選がおこなわれようとしていた一九六八年秋、僕が参加した屋良革新候補の様ざまな演説会で、候補自身の名を別にすれば、もっともしばしばその名のあげられるのを聞くのがつねであったのは、謝花昇にほかならなかった。とくに、本土政党からの応援者たちをまじえての一種公式の会合、よそゆきの集会というのではなく、たとえば荒い風にさらされた暗い校庭で、地面にじかにしいたムシロ、それはいまにもムシロ旗となりうるであろうような切迫した集会の必需品ともおぼしいムシロであったが、そのムシロの上に坐り、しばしば軍用機の爆音に沈黙するほかない演説者とともに、忍耐強く沈黙している農民たちに語りかけられる演説においていちじるしかった。あの北中城村での暗いが燃えるように熱いものをはらんだ集会で、とくに琉球方言での演説において、じつに力強い言葉の武器として繰りかえし叫ばれた、東風平《こちんだ》謝花《じゃはな》という声音を、僕はいまなおくっきりと思い出すことができる。そして自分に理解できぬ琉球方言の雄弁を、ただ魅惑的な音としてのみ聞きながら、その一八六五年に島尻《しまじり》郡東風平《こちんだ》村の農家にうまれたひとりの人間について、自分の知るかぎりの事実を思いめぐらしたことをもまた濃い記憶としてよみがえらせるのである。

それらの集会においておもに謝花昇は、沖縄の人間の具体的な希望の具現者のイメージにおいて語られた。そして沖縄の人間の具体的な希望、とそこでもくされていたのは、沖縄生れの人間が、正面から中央権力と対峙して戦うに充分な能力をもち、現実にその闘いをおこなった、という事実の総量であって、謝花昇という名は、かれら沖縄の人間に中央権力と闘う能力があり現にいまそれをやろうとしているのだ、という決意の表明のためにもっとも有効な言葉なのであった。そして中央権力とは、ワシントンの権力とそれにからみあった東京の権力として、眼のまえにひきつけられていたのであることはいうまでもない。

僕は本土からきた人間として、この謝花昇という、多面的な喚起力をそなえた名にはじきとばされ、拒否の合図を受けとるように感じながら、そこに坐っていたのだったか？　それはそうではなかった。謝花昇という豊かな意味あいをそなえた名が、僕のそれまでの謝花昇についての知識の量とあやうく平衡をたもって、僕にいくとおりかの救済の橋をかけてくれるようであったのである。

それを整理すれば、まず沖縄において施行されていないが、沖縄のとくに教職員たちの綜合的想像力の実体を支えているところの憲法の、地方自治の本旨ということが、すなわち沖縄県民の、中央権力への抵抗の精神とかさなって、僕にあらためて民衆の権利ということを考えさせ、そのような主張の先行者としての謝花昇の名が沖縄で繰りかえし語られることを、日本国憲法への端的なカンフル注射のように感じていたということである。

また、ひとり農民の子として首里出身者たちに伍しながら県費派遣生に選ばれ、東京に留学した謝花昇が、中江兆民に影響をあたえられたこと、したがって兆民のいわゆる「恩賜的」でない民権、「恢復的」な民権という言葉が、いかなる意味あいにおいても恢復的に沖縄の日本人の民権を獲得し、拡大してゆかなければならぬことを語っている人々の声をつうじてよみがえり、僕が本土の日本人と沖縄の日本人の、民主主義にかかわる共通の先行者のイメージを、中江兆民によりそって立つ謝花昇という存在に仮託していだくことができた、ということでもある。

いまなおこのような、本土の自由民権運動との連続において謝花昇を見ることのもたらす、心を昂揚させられる経験が、僕から消えてしまったというのではない。しかしいまや謝花昇という名は、こうした昂揚と同時に、僕の心をじめじめして暗く、回復不可能の傷口に自分の指をふれるような沈滞へと、むりやり追いこめてしまうインパクトをも持つものとして、かつてよりもよほど色濃く、僕の内部に影をおとしているのだともいわねばならないのである。

すなわち、謝花は日本の謝花ではなく、沖縄の謝花である、という命題の、日本と日本人へのはっきりした拒絶の意味あいが、しだいに見あやまりがたく前面に押し出されてきて、今日の状況と照応する、ということがあるからである。

謝花昇が抵抗し、そしてついに狂気というもっとも徹底的な自己破壊にいたるまでに、うち倒され、ねじふせられねばならなかったところの闘いの相手が、奈良原繁県知事の個人的な体質と、その背後の中央政府の強権の性格というかたちで、歴史のうちなるひとまに封じこめうるものならば始末しやすいであろう。しかし、奈良原県知事の暴政と謝花の抵抗について考えつづける者が、結局ゆきあたらなければならないのは、沖縄の抵抗者を蹂躙した、日本の「中華思想」的感覚の巨大な実像であり、しかもそれは現在もなお生きつづけていると認めざるをえない、したたかな生命力をそなえた怪物なのである。すなわち僕は、謝花昇の生涯をなぞりつつ、あらためて自分の最初の課題、日本人とはなにか、このような日本人ではないところの日本人へと自分をかえることはできないか、という命題に、暗然とした自分自身の顔をむけて考えこむ、ということにならざるをえないのである。

謝花昇の生涯の選択のいちいちは、まことに典型的であって、殉教者たるべく生涯をくみたてるほかにないまでに選ばれた人間の、光彩と影にいろどられている。もっともわれわれは、様ざまな宗教画で、殉教した人間の死を目撃して暗闇に騒然としている、あの前景をうずめる向うむきの群衆に属するほかにないのであるが。

謝花昇は、その学問の核心を農業においた。かれと共に沖縄から初の県費派遣生として学習院に学んだ者たちのうち、学業を放棄したひとりをのぞいて、二人が高等師範へ、もうひとりが慶応義塾へ進んだのと明瞭にことなって、謝花昇が山林学校、東京農林学校、農科大学へと特別な道をあゆんだのは、大里康永氏の指摘にもあるとおりに、単にかれが農民の子であったということに由来するのではない筈である。《農科を選んだ謝花の胸中には、やがて沖縄の農政改革に尽瘁《じんすい》する気持が萌芽的に現われていたことであろう。謝花が沖縄解放の使徒としての第一声が奈良原知事の無謀なる開墾政策、濫伐政策に対してであったことは、農科を選んだ彼として当然のことであったとは言え、われわれはなおそこに奇しき因縁を感ずるものである。》

明治二十四年、沖縄ではじめての学士である謝花昇が、那覇三重城《みえぐすく》の埠頭に帰ってくるのを、東風平《こちんだ》村の人々はムシロ旗で出迎えた。それより十七年前に、清国での留学生活を終えて帰ってきた、もうひとりの秀才が、林世功、名城里之子親雲上《ぺいちん》であったことを僕はあわせ思い浮べる。謝花農学士は、平民の出身であり、その学問は日本本土で獲得されたものであるが、かれが日本の「中華思想」的感覚に対して、すぐにもつきつけはじめる告発の刃先は、ついにかれが狂死するにしても、名城里之子親雲上の持ちえた告発の刃先の鋭さと靱さを具体的に超えているものであった。しかもなお僕はこの二人の秀才をからみあわせて思いおこす誘惑を押さえることができない。自決した名城里之子親雲上《ぺいちん》は、たとえすでにむなしい厚意とはいえ、清国朝廷から棺衾《かんきん》の資をあたえられた。死んだ謝花昇に「輿論の母沖縄の志士」という言葉を送ったのは、革命を達成した時点での孫文であった。

帰県してすぐ沖縄県技師に任命された謝花昇は、砂糖、米穀の現品納税制度を、金納制度にあらためることから、農工銀行を創立し、しかもその株の有産者による独占を排する工夫にいたるまで、着実な業績をあげた。製糖法の改良、造林法の実地指導、蚕業の研究など、謝花昇の広い活動の領域と、その地道な活動の性格とは、まことに実学的な啓蒙家のそれである。しかもかれはただちに奈良原知事との闘いをはじめねばならなかった。謝花昇が技師に任命された翌年に沖縄県知事となり、謝花の狂気のうちなる死の年に沖縄を去った奈良原ともども、大里康永氏は次のように沖縄の特権階級を告発するのであるが、いうまでもなく奈良原という名は、ここで端的に、日本の「中華思想」的感覚に肉をあたえた存在の呼び名として理解されるべきであろう。

《常に怯懦であり首鼠両端の態度をとり、日清両国の顔色を窺っていた沖縄の特権階級は、奈良原が一面その辣腕を見せ、一面利を啗わせてこれを誘惑するや、一も二もなくこれに追随してしまったのである。そうして彼らは自らへり降って奈良原の走狗となり、吏党の先棒となって盛んに民党を圧迫し、自由の志士沖縄解放の使徒らを迫害した。この沖縄人にして、沖縄人にあらざる態度は、奈良原の暴政とともに永く記憶さるべきものであろうが、これらの特権階級こそ後年奈良原と共に謝花を憤死せしめた呪うべき存在である。》

奈良原の杣山《そまやま》開墾の強行にたいして、造林の専門家である謝花の抵抗の仕方は、科学的であり、現地調査にもとづいており、そして未来にかかわる展望に支えられて、それらをつらぬく論理は、沖縄県民の経済的自立という方向づけにむかって、間断するところがなく強力であった。しかし奈良原はその欺瞞の論理がいちいち謝花によって切り崩されると、かれを開墾事務主任から追い出すことで、抵抗を蹂躙し、もくろみを強行する。それから洪水さながらに沖縄の山林を私有化してゆくところの勢力はすさまじいばかりであるが、もともとの開墾の口実であった、救済さるべき貧窮士族のかわりに、われわれが新しい広大な土地の開墾者名簿に見出すのは、いったん中央権力に屈伏したところの、尚家をはじめとする沖縄の特権階級と、奈良原につながる本土の財閥、政治的有力者たちの名である。

沖縄に行けば、土地が自由に取れる、というのはまことに慣ろしい嘆息のような、大里康永氏の表現であるが、本土の日本人こそが森林を乱伐し、農民から杣山への入会権をもぎとり、まさに沖縄の土地を自由に取ったのであった。そしてひとりの広く遠い展望をそなえた沖縄の実践的な知識人が、およそ理不尽に沖縄の自然的条件を破壊する、日本の「中華思想」的感覚の暴力的な大行進をはっきり見きわめ、なおもそれにあらがおうとしてかれの肉体と精神とをかけ、ついに全面的にはじき出されて発狂したのである。

謝花昇の、奈良原の秕政《ひせい》に対する抵抗は、積極的には参政権問題を軸とする自由民権の運動として永く持続したのであるが、かれが明治三十一年に官職を辞して野にくだり、そして沖縄倶楽部を根じろとして抵抗をつづけたあと、袋小路に追いつめられるようにして物質的な困窮におちこみ、ついに沖縄を去って本土に職をもとめようとし、いまとなってはあきらかにかれの対立者である内実の剝きだされた、日本の「中華思想」的感覚の、小っぽけな担い手たちが右往左往している神戸駅で発狂したのが、明治三十四年であることは、その絶望的に果敢で激甚な抵抗の、燃焼の期間の短かさにおいて、あらためてわれわれを揺さぶらずにはいないであろう。

僕における謝花昇の、もっとも抗しがたい浸透力をそなえた、どす黒く恐しい固定観念は、神戸駅頭でいままさに発狂しようとしている、きわめて明敏で実証的な一箇の頭脳と、そこにひらいているふたつの眼のイメージである。日本人のエゴイズム、鈍感さ、その場しのぎの展望の欠如、しかもそれらがすけてみえる仮面をつけてなんとか開きなおりうる、日本の「中華思想」的感覚、それらを具体化した者たちが、すなわちわれわれ自身が神戸駅頭を歩き廻っている。謝花昇の眼がそのようなすべてを見きわめる。かれは自分の理念がつみたて、自分の実証が支えたその沖縄構想、ひいては日本構想を、かれの周囲を歩き廻っている卑小な日本人たちのいちいちが蹂躙するのを見る。かれはもっとも処理しにくく厄介な、しかも卑小で厭らしい敵にかこまれているところの、異邦人たる自分を発見する。恐怖と嫌悪はかれの疲労した内部にネジのように深く確実にはいりこんで、それのうがつ傷は、もう死の時のいたるまで止血できぬ狂気の血をしたたらせはじめる……

僕はこの謝花昇イメージにとりつかれている者であるが、それは自然にもうひとつのイメージをも提示する。すなわち狂気の極点にはいりこむまで醒めにさめた謝花の周囲を、とくに不安にかられもせず、それぞれに小っぽけな、日本の「中華思想」的感覚を理由もなく確信して、動きまわっていた日本人たちは、謝花が精神病院に去った後もなおそこを歩きつづけており、いまなお同じようにそこで動きまわっているのであり、その人垣のうちにはほかならぬ僕自身もまたいるというイメージを。

いま佐藤・ニクソン会談を前にして日本の新聞を埋めているのは、およそ謝花昇のように明敏な洞察力と実証精神とをかねそなえた科学的な人間ならば、ことごとに苛だたないではいられないであろうたぐいの、あいまいな、欺瞞の匂う、うたがわしい言葉の洪水である。核抜きは「消化ずみ」、核抜き「ぼかして表現」、こうした大見出しに加えて、手ざわりというような、あやしげな言葉が政府首脳の発言を、もっとも肝要なところで支える。しかもなお、政府、核の撤去を確信、というような小見出しが、日本人のおおかたを愚弄するつもりでというのでもなく、なんとかまともな意図であわせ提示されているのは、どのようなことを意味するのか？

それは一般に日本人が、あいまいな、欺瞞くさい言葉にたいして、科学的・実証的に喰いさがることをしないタイプの精神であり、しかもそれでいて不安におそわれることもないのは、日本の「中華思想」的感覚が、その論理化されない暗部にとぐろをまいており、いやそのままあいまいにしておけばうまくゆくのだし、疑心暗鬼になることは「中華思想」の外にはじきだされた弱小者のやることだと、根拠もなく鼻であしらっているような内実があるからではあるまいか？　なんとか自分だけはうまい牧草の、豊かに自生したところにみちびかれるように手をうってあるのだという、小利巧な、しかしいったん甘い予想がひっくりかえればまったくお先まっ暗であるところの、奇妙にタカをくくった他人まかせの気質が作用しているからではあるまいか？

そしてこれはまたそれと対称的に、あまりにも剝きだしな言葉が次のような外電を埋めている。《沖縄の施政権が日本側に返還された場合、沖縄で営業している米系企業は、これら企業に対する経済的配慮がそこなわれはしないかと憂慮している。各企業はまた日本企業との共同経営形態を強制されることを恐れている、という要請の電報を在外米商業会議所のアジア・太平洋評議会はニクソン大統領におくりつけた。》記事としてそれは新聞に小さくしか載らないが、じつに深い裂けめをそこにうがつ。

このようにして進行する沖縄の返還交渉を、あの狂気に到るまで醒めにさめた謝花昇の、暗く鋭い眼が見つめていると考える時、僕の内部で琉球処分の葛藤が、いちいち自分の内なる日本の「中華思想」的感覚をつきあげ、揺さぶり、ほじくりだす恰好でうごめきはじめるのを抑制するてだてがない。それで前方は明るいのか、と暗く鋭い眼は問う。

―〔六九年十月〕―

苦《に》が世

首相の訪米が近づくにつれて、もっとも端的に胸の底へ、ぐっと汚れた掌をつきこまれるような具合の衝撃とともに迫ってくる言葉が、しばしば眼につき耳にはいりこんでくるようになった。それは新聞から、また街角のビラから、そして集会の演説のなかから、待ち伏せしたように跳び出してきて、僕をひっとらえた。とくにそれは革新政党の様ざまな政治的主張の核心に根を深くおろして、そしてそこから単独におきあがってくるようなかたちで、なまなましくはっきりと、僕の眼のまえに、耳のすぐわきに進み出ているのであった。それは「本土の沖縄化」という言葉にほかならない。

わが国の外相が、《あれだけの米軍人の戦死者を出した沖縄が平和的な話合いのうちに返ってくるというのは、世界の歴史にもない〝偉業〟ではないかと思う》と語っている新聞記事の前で、ほとんど茫然としてすごした夜の悪夢をむしかえす気はすでにない。数箇月前、沖縄はそこで血を流した戦友にかけてわれわれのものだと、アメリカの在郷軍人団が示威運動をおこなったという外電に接した時の、腹の底が、にがく黒い汁でいっぱいになるような感覚よりもなお、外相の言葉は僕にぬぐいさりがたい毒を吹きかける効果をはたしたが、それはここでいま僕が検討しようとする言葉の問題とは異次元のものだ。

いうまでもなく本土の革新政党を軸とする革新勢力が、沖縄問題についてしだいに深くとりくみをすすめて行って、その上での論理のつみかさねということがあり、そして、首相の訪米を目前にして、いくつかの、とりいそぎ前面に押し出されてきたスローガンに、「本土の沖縄化」に反対する、という言葉がひとつ新しく採用されたのだということを、僕は考えてみないのではない。沖縄における、地道に永くつづけられて、具体的な困難をひとつひとつ乗りこえることによる、その運動自体の強化、方向づけの明確化が、堅固な深さと広がりをつくりあげてきたところの復帰運動を、ほかならぬ本土から入りこんでくる系列化の力が、革新政党のそれにかかわっていっても、時には粗暴に感じられるほどの勢いで揺さぶることがあったこと、また問題の大筋のところで、中野好夫氏の次の言葉が、いかなる意味あいでも動かしがたいこと、《一九六〇年から十年、安保廃棄の問題、そして、とりわけ沖縄返還の問題を、またしても保守自民党政権の手による折衝にゆだねなければならなかったことを、痛恨のきわみに思い、わたし自身をも含めて、大きな責任を感じます》、それを思いあわせつつも、僕は本土の革新政党のこれから沖縄にかかわっておこなうべき役割を、これまでの運動との持続にたって、期待するほかにない。

そこでの話ではあるのだが、あるいは、そこでの話であるからこそ、本土の革新政党がひとつの党にとどまらず、また総評をもふくみこんで、こぞってもちいている「本土の沖縄化」という言葉が、僕を立ちどまらせ考えこませずにはいなかったことを、ここに書きつけておきたいのである。

「本土の沖縄化」という言葉が、その発し手を離れ独立して、受け手の想像力にくいこむとき、それは自然ななりゆきとして、いったいどのようなイメージおよびその実体の、連鎖をつくりだすだろうか？　現実の沖縄について確実な知識と経験をそなえているものにとって、それはどのようであるかと考えると、その時この言葉は、発し手のうちなるそれにもっとも近づいてくるのであるが、まずこの言葉のそのような受け手は、一応、施政権と基地のそれぞれの問題を切り離すだろう。そして基地について、沖縄の基地について考え、核兵器をそなえ、現にヴィエトナム戦争に出撃しているB52戦略爆撃機が自由に発進し、またその事故の危険につねづねさらされており、港には原子力潜水艦がのべつまくなしに入って来て、海と魚たちを汚染させている沖縄ということを考えるであろう。しかし同時に、このように具体的な現象については、いや「本土の沖縄化」ということはあるまい、沖縄の米軍基地の密度は本土にくらべてはるかに濃いのであるし、たとえ米軍が沖縄に核兵器を置き、CBR部隊をひそませている現状をゆずらないにしても、あえてそれらを本土に移しこんでくることはないだろうから、と受け手はかれの常識感覚(たとえそれに確たる根拠はないにしても)にそって考えるだろう。
この時、「本土の沖縄化」に反対する、というスローガンに隙間風のごときものがつきまといはじめる。そのような沖縄に、これまで効果的な反対をすることができなかった本土の日本人が、そのような沖縄化の本土におとずれることに反対する、という論点に移るまえに、当然もう一段階あるべきなのであり、それはまず、そのような沖縄の現状をうち壊すことこそが、正面にすえてめざされるべき課題でなければならないのではなかったかと、その隙間風にさらされて醒めた心は思うであろう。いうまでもなく、その一段階を踏んだ上での「本土の沖縄化」反対というスローガンなのだと承知する者も、これは沖縄の日本人への呼びかけの言葉ではなく、ほかならぬ本土の日本人へのみ向けられた呼びかけではないかと、なおも疑いの念と共に感じることを妨げえないであろう。

また沖縄をめぐる国際関係について、広く遠く、地図と時間にかかわらせて考える想像力を持った思考の主に、「本土の沖縄化」のイメージが、よりくっきりした実体をそなえるであろうことは確かである。沖縄の核基地を、あらためて日本国の土地の上に認めること、たとえそれが「沖縄返還」以後も(!)日本人には確認しようのない条件のもとでいったん撤去されたということになり、そしてあいまいな事前協議によるチェックという、これまた日本人にとって実質的には力のくわえようのないかたちで、核兵器の再持ちこみがありうる、という手のこんだそれであれ、あらためて日本国がそのような核威嚇とその可能性とともに、積極的に中国と北朝鮮にはっきりと敵対する国家たることを、逃れがたい赤裸さかげんで露呈し、そしてヴィエトナム戦争には直接の基地たりつづけること、しかも国を守る気概と共に、自主的にそうであろうとすること、それを「本土の沖縄化」と理解する時、暗く恐ろしいものが、この言葉の受け手をはっきり一撃しないということはおよそありえないにちがいない。

それでもなお僕は、ここにもまたひとつの違和感の隙間風が吹きこむのを感じとるのである。それは、沖縄化されていないいない本土が、いま、右のような意味あいにおいて無疵だとみなす人間は、結局のところ事実に立って正しくないであろうし、また、さきの一段階ということをあらためてもち出せば、こうした意味あいにおいて、まず沖縄をそのような沖縄たることから、ひき剝がす、という一段階が、あらためてものの考え方の進展の上でやはり必要だと思わずにはいられないからである。

そしてごく一般的な広い層の「本土の沖縄化」という言葉の受けとめ方が、これまでそうであったように沖縄を見棄てておくほうが、「本土の沖縄化」よりいいではないか、というところにまでエスカレートはしないまでも、すくなくとも本土の日本人のエゴイズムに一条の光を投げかけて、沖縄を遠ざけるかたちに機能するのではないか、というのが僕のもっとも基本的な疑いなのだ。

すくなくとも、日本が沖縄に属する、という方向づけをそなえた考え方からは、「本土の沖縄化」に反対する、という命題はでてこないであろう。僕の暗い疑いは、革新政党の、「本土の沖縄化」に反対する、という発想の仕方の底には、やはり日本の「中華思想」的感覚がひそんでうごめいているのではないかという疑惑であり、それもある政党、ある労働運動体のスローガンに対する言いがかりめいた危惧というよりは、そうした革新運動の大きな広がりに期待をよせているひとりの人間の自省のようにして、この疑いが僕をとらえつづけているのである。すくなくとも僕は、ある朝「本土の沖縄化」に反対する、というスローガンを印刷したビラの前に立った時、それを沖縄の友人たちと共に見つめる勇気はないと感じた。

　さて、首相はワシントンで米大統領との共同声明を発表した。いまや「本土の沖縄化」という言葉は、「本土の沖縄化」に反対する、という革新運動のがわのシンタックスから離れ、起きあがって、ひとり歩きをはじめた。それは誕生前に、あるいは揺り籠の中でうち倒されるべき怪物として、革新政党のスローガンのシンタックスのなかにあったものであるが、いまや、現実の一側面の把握の仕方のシンタックスに、生き延びていることになる。そのときあらためて、本土の人間も沖縄の日本人も、「本土の沖縄化」という状況すくいあげの姿勢では、沖縄の現地の人々の、苦難の経験と、それに鋭い緊張をたもって拮抗している「恢復的」な民権の思想と行動のつみたてを、日本人全体の規模において、どのように担い、どのように生きつづけさせるかの、方途を見出しえないのではないかと、僕は自分の問題としてせっぱつまった憂いをいだくのである。そして七二年「本土復帰」が、じつは沖縄の民衆と本土の日本人との、本質的な根にふれる乖離《かいり》をもまた決定づけることになりさえしないかと、僕は個人的な疾患の予感のようにしてそれを恐れるのである。沖縄の歴史を学ぶ、そのとばぐちに入っただけの者の眼にも、この乖離の実例はまことに具体的に、眼の前にころがっているようにも、明瞭に把握できるではないか？

　共同声明の文章を、英語および日本語で繰りかえし読みながら、しだいに僕の内部ではっきりかたちづくられるのを感じる、もうひとつのテキストのイメージがある。日本国内での記者会見において閉鎖的に傲岸であり、もしそのような機会がありうるとして、沖縄現地からの報道陣との独占的な会見においては、差別的にすら傲岸であるにちがいない首相が、およそ阿諛的なほど饒舌に、ワシントンのナショナル・プレスクラブで語ったことどものうち、核兵器にかかわって大統領とのトップ・シークレットを揚言した、奇怪なほどの単純さは、発表された共同声明をまじめに検討する気持を一瞬しらじらしい空疎なものにする。しかし僕がそのイメージにとらえられる、もうひとつのテキストとは、ほかならぬ核《ニュークレア》専制王朝の王にむけてさしだされたテキストのイメージであって、やはりこの共同声明に自分自身の運命が裏書きされていることを思いいたらずにはいられない。それは英語をつうじてアメリカの民衆にたいする働きかけとも、日本語をつうじて日本の民衆にたいする働きかけともことなった、まったく別の第三の働きかけの機能をもつテキストである。この核専制王朝の王が、大統領と首相のおもわくをもまた、あわせのみこんでいると考えてみるのは自然だが、それは同時にそれよりももっと巨大な存在なのだ。

この声明がアメリカの大統領と日本の首相の名において、まったく踏みにじるようにも端的に歪め、嘲弄したのは、ほかならぬ沖縄の民衆の存在と思想と、そしてヒロシマ、ナガサキの経験を鋭く重く持ちつづけている人々の存在と思想とであった。

まったく無視するというのではない。それを、およそそれ自体のためにというのではない形で、すなわちそれよりほかのものをエゴイスティックに自己主張するためのテコとして、厚顔に雑駁にひきあいに出して利用する。もし自分が沖縄の民衆として、あるいはヒロシマ、ナガサキを経験した民衆として、次の二つの文章を共同声明のうちに見出すのだったらと、充分に濃く明瞭に想像してみる者の誰が、もろにつきだされる泥雑巾で顔をぬぐわれるような印象からまぬがれえよう？
《総理大臣は、日米友好関係の基礎に立って沖縄の施政権を日本に返還し、沖縄を正常な姿に復するようにとの日本本土及び沖縄の日本国民の強い願望にこたえるべき時期が到来したとの見解を説いた。大統領は、総理大臣の見解に対する理解を示した。》
《総理大臣は、核兵器に対する日本国民の特殊な感情及びこれを背景とする日本政府の政策について詳細に説明した。これに対し、大統領は、深い理解を示し、……》

大統領は理解を示し、深い理解を示す。そして、実際に出てくる「理解、深い理解」の反映は、極東情勢における沖縄基地の、かれらにとっての重要性の確認ということであり、日米安保条約において核兵器にかかわる、事前協議の骨ぬきの再確認である。そのどこにも、沖縄の民衆の願望も、核兵器に対するヒロシマ、ナガサキを経験した民衆の思想もくみこまれてはいない。

あらためて、核戦略にのっかりながらヴィエトナム戦争を押しすすめている国の大統領に、そうしたことを期待する単純さを、僕が嘲弄されることはおおいにあるだろう。そこでもうひとつ嘲弄されついでに、わが国の首相が、沖縄の日本国民の強い願望という言葉を発するやいなや、その言葉によって提示されたもののすべてが泥にかわり、その上に、核兵器に対する日本国民の特殊な感情、とかれがいいつのるやいなや、日本人の原爆経験とその継承の努力のすべてがむなしく灰に帰してしまうように感じられることの、そのまことに異様なむなしさの感覚を、僕はあらたに提示したいと思うのである。

日本人から真の経験としてのヒロシマ、ナガサキをなしくずしに剝がしとってしまおうとする動きは、これまでも意図的におこなわれてきたし、われわれ自身の内なる風化に似た自壊作用ということもある。果たして原爆体験は日本人の真の経験となったのであったか、という根本的な問いかけもまた、不断にわれわれ自身にむけておこなわれつづけられねばならないであろうし、もしかしたら、すでに真の原爆経験の人間的な泉は回復しがたく涸れはじめてすらいるのかもしれない。そこで、それにつきつけるようにして、日本人とはなにか、という自分自身への問いかけがおこなわれなければならない筈であろう。

　沖縄についてもまた、沖縄において積みかさねられた犠牲と、それに呼応する「恢復的」な民権の思想とに、本土からすべてを拱手《きょうしゅ》傍観していたところの日本人として、あらためて、自分をつきつめてみなければならぬところの時が、ほかならぬ現在であろう。沖縄における反戦、復帰の運動は、その周到に持続的なたかまりにおいて、核兵器の問題ともどもに、その問いかけを明瞭に重く、顕在化させるものであった。このような日本人ではないところの日本人への、二つの条件が、困難な、しかしきわめてはっきりと見きわめられる課題として、ほかならぬ、核基地のまま憲法の支えなしに放置されている沖縄と、そこに生き延びる民衆から提示されているのが、すなわち今日の状況である。

　首相がその核心の二つを未解決のまま不燃焼のうちにいかがわしく処理し、そして日本の民衆すべてに、あいまいなシュガーコートと恫喝という使いなれた手口で、かれのやりくちの全体を受けいれさせようとする。この二つの条件を自分の本質にかかわる課題として正面からひきうけねばならず、ひきうけることのできる、およそ日本人の現代史の、伸ばしのばしにしてきたもっとも肝要な勘定をしめくくるべき機会から、うやむやにすりぬけることを、七二年沖縄返還という打あげ花火の、虚飾にみちた光と響きが可能にしようとする。

しかし花火の余燼の消えた後に、さきの二つの根本的な自省と経験によって新しい堅固な存在たることをえたのでない、ただそれらを忘れただけの、やわで旧態依然の日本人が立っている光景は、それを想像する者の心を怯ませる。真の武器たりうるかもしれなかったものへの手がかりを自分から放棄して、赤裸の徒手空拳のまま、ぼんやり立っている日本人は、あいかわらずアメリカの核専制王朝の脆弱きわまりない泥の舟に乗っており、その正面に、すでにいかなる幻想も（新しい日本人を構成員のひとつとする、自立したアジアというイメージを幻想と呼ぶなら）持つことのない、真の中国と真の朝鮮の民衆が、あからさまな、しかも正当な敵意をこめて立っているのである。そのような状況のうちなる日本を、誰が、沖縄化した本土というような、責任の所在のあやふやな言葉でおおいかくしえよう？

さて、沖縄の帰属問題は、近く開かれる講和会議で決定されるが、沖縄人はそれまでに、それに関する希望を述べる自由を有するとしても、現在の世界情勢から推すと、自分の運命を自分で決定することの出来ない境遇におかれてゐることを知らねばならない。彼等はその子孫に対して斯くありたいと希望することは出来ても、斯くあるべしと命令することは出来ないはずだ。といふのは、置県後僅々七十年間における人心の変化を見ても、うなづかれよう。否、伝統さへも他の伝統にすげかへられることを覚悟しておく必要がある。すべては後に来たる者の意志に委ねるほか道がない。それはともあれ、どんな政治の下に生活した時、沖縄人は幸福になれるかといふ問題は、沖縄史の範囲外にあるがゆゑに、それには一切触れないことにして、こゝにはたゞ地球上で帝国主義が終りを告げる時、沖縄人は「にが世」から解放されて、「あま世」を楽しみ十分にその個性を生かして、世界の文化に貢献することが出来る、との一言を附記して筆を擱く。

伊波普猷は、昭和二十二年七月九日に、右の遺書ともみなすべき文章を、『沖縄歴史物語(日本の縮図)』に書きくわえ、そしてほぼ一月後に死んだ。困窮のうちに本土で生涯の終りをむかえようとしていた、この沖縄学の泰斗は、一方で米占領軍を、片方では本土政府を、まことに複雑な視角から見すえつつ、そしてそのように視点をすえることで、まさに沖縄の人間たるかれ自身の独自の眼をはっきり提示しつつ、沖縄の「後に来たる者」にむけてメッセージを残したのであった。それは確かに「にが世」を生きぬいた、したたかな沖縄人の、米占領軍、本土政府というふたつの「権力」にたいする、屈折にみちた批評精神の所在をあきらかにした文章であって、それは戦後史の進展につれてしだいにましてきた重みと鋭さにおいて、沖縄の日本人および、沖縄をつうじてあらためて日本人とはなにかと考えようとする本土の日本人に、のしかかり、刺しつらぬこうとするメッセージである。

その年の五月、芦田外相は《日本は再軍備問題をとりあげる意思はない。しかし本島附近の小島のうちの一部を返還してもらひたい希望はもつてゐる。それには沖縄と千島の一部が含まれてゐる。沖縄は日本経済にとつて大して重要でないが、日本人は感情からいつてこの島の返還を希望してゐるのである》と外人記者団に語っていた。佐藤・ニクソン共同声明にもまた、こりずにもちいられているところの、この感情という言葉を、沖縄の歴史を語って現代にいたりその最後の章を閉じようとしている伊波普猷が、どのようににがく醒めた眼で見つめつつ、さきの談話を引用したかを考えるだけで、まず僕は怯みこまずにはいられない。

沖縄返還への日本人の感情、核兵器への日本人の特殊な感情、第一にそのような実体の明瞭化ぬきの言葉をテコに使用して、外交折衝をおこなおうとする本土政府の常套手段、ということが意識に刺さる棘として痛みを発する。そして、いったい沖縄の民衆に本土の日本人がどのような「感情」を持ってきたのかということが、およそ国民的な真の経験となっているかどうかの疑わしい、ヒロシマ、ナガサキの体験ということとからみあってもうひとつの燃える棘として意識にくる。その痛覚をこえて、伊波普猷が、どのようにこの談話を見すえたか、ということに繰りかえしわれわれは自分の想像力を戻しつづけねばならないであろう。

この談話にたいする、上海の国府外交筋の反応をもまた、伊波普猷は引用した。《連合国は日本国民の侵略精神が完全に消滅するまで、長期にわたつて日本を管理しなくてはならない。沖縄は古来中国の領土で、日本の要求は全く不合理である。》

そして時の「権力」のそもそもの核心にあるところの強大な力の代表者の言葉がひかれる。《UP特報に、マッカーサー元帥が世界一周機で来訪した米国新聞人一行を六月廿七日米大使館の午餐に招いて試みた談話中に、沖縄諸島はわれ〳〵の天然の国境である。米国が沖縄を保有することにつき、日本人に反対があるとは思へない。なぜなら、沖縄人は日本人ではなく、また日本人は戦争を放棄したからである。沖縄に米国の空軍を置くことは、日本にとつて重大な意義があり、あきらかに日本の安全に対する保障とならう、とあるのも、恐らく芦田談話に対して間接に応へたものらし

く、正に『御教条』の第一章を聯想させるもので、しかもその中には沖縄人の行くべき方向を示唆したところがある。》

国府の外交筋が、沖縄は古来中国の領土であるという、米国の将軍が、沖縄人は日本人でないというのを、沖縄史の専門家たる、伊波普猷がまことに醒めた耳で聞きとっている。かれは講和会議における国府の横槍について、日本の外相の見とおしよりも、もっときびしく困難なものをすでに予測していた。かれの内部で、中国と沖縄の交渉史が、もうひとつの極に日本を置いて、深いところで複雑にねじれながら、あらためて想起されていたにちがいない。いや、沖縄は古来中国の領土ではない、という歴史的認識が、伊波普猷の自覚として冷静な権威をこめて実在したであろうことは疑いようもないが、それはそのままずんなりと、そこで沖縄は古来日本の領土である、という方向にむけて展開しはしなかったであろうこともまた想像されるのである。死をひかえた伊波普猷が、このふたつの命題の裂け目のところで、すなわち、いや、沖縄は古来中国の領土ではない、と反撃しつつたちどまり、ほかならぬ沖縄の状況にあらためて眼をむけたところで、ちょうど映画のフィルムが静止したような具合に、沖縄の大いなる碩学のスチール写真がうつったままとなる。そのようなかたちでこの遺書のごとき一節が僕をとらえているのである。

ついでマッカーサー談話における、沖縄人は日本人でない、という言葉にたいする伊波普猷の反応の仕方への想像が僕をとらえる。いや沖縄人は日本人だと、やはりその歴史学にかかわって伊波普猷は容易に反論しえただろう。しかし、そこで、ひらいたばかりの裂け目に足をはっきり踏まえるようにして、なにごとかを沈思する伊波普猷のスチール写真が、ふたたび僕をとらえるのである。ここには、国府の外交筋の談話にたいするのとはことなって、具体的なひとつの手がかりが、伊波普猷の沈黙の複雑な内側へはいりこむことを望む者のために、いかにも婉曲をきわめた表現方法でながら示されている。

　それは、『御教条』の第一章への言及である。その中には沖縄人の行くべき方向を示唆したところがある、と伊波普猷はいうのであるが、この老学者の考え方の様式によりそうようにして考えようとする者にとって、いったいどのような、沖縄人の行くべき方向が、具体的にイメージ化されるのか？　それは伊波普猷の、沖縄人の行くべき方向として「後に来たる者」に発したメッセージとはどのような内容をはらむのか、と問うことでもあるにちがいない。

　伊波普猷はおなじ書物に前もって次のように書いていた。《『教条』は沖縄人が如何にして生活すべきかを教へた国民読本で、至つて平易な候文で書かれたのであるが、蔡温《さいおん》は劈頭第一に、自国の立場についてから述べてゐる。

　天孫氏は国は建てたが、政治らしい政治、制度らしい制度も無く、その上海中の小国で最初から不自由勝であつたから、海外貿易に従事して、国用だけは弁じて来たものゝ、内乱が引続いて、人民は塗炭の苦しみを受けた。この頃恰度明国に通じたので、制度はやつと出来上つたが、国人の生活は以前と大差がなかつた。剰さへ兵乱が方々に起つて、国中の騒動は甚だしかつた。その後兵乱は鎮つたが、政治のやり方がまづいので、風俗も悪くなる一方であつた。ところが、御国元（薩州）の支配の下に生活して以来は、国中万事意の如くになつて政治のやり方もよくなり、風俗も漸々改善され、今日では上下万民安心して生活することが出来るやうになつた。かういふ生き甲斐のある時勢になつ

たのは、ひとへに御国元の御蔭であるから、この御厚恩はどこまでも忘れないやうに云々

これがやがて沖縄の孤島苦を道破した言葉であつて、沖縄人の活動は島津氏の監視の下で、非常に制限されたもの——自らはどうしても脱することの出来ない性質のもの——であることを暗示したものである。かつて溌剌たる元気を有して、四方に発展した島民をして、身動きも出来ない小天地で、その生活を実現せしめようと、努力した政治化の苦心は、一通りではなかつた。彼はその同胞が他日奴隷から解放されることを予期して、解放された暁、死骸として発見されないやうに、生かして置く方法を講ぜざるを得なかつた。》

この文章を想起しつつ、その時代として暗示的なるものいいに終始するほかなかった、伊波普猷のマッカーサー談話への言及の、その内なる意味あいをさぐろうとする時、それはしだいにくっきりと浮びあがってくるであろう。すなわち、伊波普猷は、米国の将軍の、沖縄諸島はわれわれの天然の国境である、という言葉に接して、あらためて沖縄人の活動が、新しい島津氏の監視の下に制限されていることの実状を、ぎりぎりの赤裸のところで、絶望的なほどにもくっきりと認めたのであったろう。そしてその救いがたい現実の底にふれた、たとえようもなくにがい認識にたって、むしろその認識そのものをバネにするようにして、沖縄人の自立への展望を、沖縄人の行くべき方向への示唆をつかみとっていたのであっただろう。

米軍政の支配下の「にが世」へむけてリアリスティックな予見をいだきつつ、その反対の極に、すなわち「あま世」のイメージに、本土復帰した沖縄をおくのではなく、とにかく米軍政のもとでこれから長く生き延びねばならぬ沖縄人の運命ということを、そのものの考え方の軸にすえて、それがつづまるところは、沖

縄人の自立という方向を指していることを信じ、それにつなげて、伝統さえも、ことなった他の伝統におきかえられることを覚悟し、「後に来たる者」、後に来たる新しい沖縄人に、きみたちの意志を、まったき自由のうちに解放せよと呼びかける、そのような態度で将来の沖縄を思いえがく想像力が、伊波普猷の生涯の終りにおける思想であったと僕は考えるのである。

それは、二十二年夏においてすでに、本土の外交の責任者の、「日本人は感情からいつてこの島の返還を希望してゐるのである」というような、あいまいなナショナリズムの論点を、ほかならぬ沖縄の人間の側から、したたかに拒んでいる思想でもまたあったというべきであろう。伊波普猷が、まったき自由のうちに新らしく思想と行動をたてることをねがった「後に来たる者」たちが、事実、復帰運動のつみかさねのうちに、反戦、復帰運動へと地道にかつ確実に進み出、本土の外交筋が、芦田談話の域すらもほとんどのりこえることのない、いかがわしくあいまいなナショナリズムの感覚において、佐藤・ニクソン共同声明を提示したいま、それを契機にして浮足だってくる様ざまな勢力にたいして、確実な歯どめの役割を果たす存在となりえていることの意味の重さを、僕はあらためて考えずにはいられない。

かつて上海から「連合国は日本国民の侵略精神が完全に消滅するまで、長期にわたつて日本を管理しなくてはならない」という抗《あらが》いの声を強く発した者らは、いまや台湾にあり、米国と日本が「極東情勢」の緊張について、沖縄の軍事基地を足場に、協力態勢のなおさらの強化を確約することを望む声を送ってよこしつづけているが、目下のところしたたかに満足した様子はほのみえている。しかし、ほかならぬ現在の上海から、やはりほかならぬ真の中国人の声においていまなお、「日本国民の侵略精神」に抗議するところの声は、高く発せられているのである。誰がそれを聞かないであろう。むしろその声をもっとも敏感に聞く者が、骨ぬきの事前協議による核兵器の再持ち込みの道を開くために暗躍したのでさえあっただろう。

「日本人は戦争を放棄した」という米国の将軍の言葉がすっかり空語にかわった時、はじめて基地沖縄が本土に返還される動きは具体化したが、しかもなお「沖縄諸島はわれ〳〵の天然の国境である」、まことに軍事的な天然の国境である、という戦争の専門家の認識は、ますます新たな事実によって重く厚く強化されるままだ。そこで伊波普猷の、沖縄人の行くべき方向への考察の意味あいは、いまなおくっきりと明瞭に、生きつづけているといわなければならないであろう。

戦後二十四年の新しく苛酷な意味あいを加えての「沖縄の孤島苦」を、その状況のぎりぎりのところで、能動的な、反戦、復帰運動へと、状況そのものの論理を逆手にとって押し戻すようなかたちで、自分たちが主体的に把握するところの経験とし、それを積みかさねてきた人々に、本土の日本人が赤裸の自分自身をつきあわせるようにして、それでは日本人とはなにか、と考えてみる時、それはすでに日本人一般へとひろげる前に、僕ひとりの問題として考えねばならぬ問いかけなのであるが、僕はただちに自分が、日本の孤島苦とでもいうものを、アジア全域にかかわる規模で、本当につきつめて考えたことがあるのか、というにがい疑いにつきあたらずにはいない。それはまったく逃れようのない蟻地獄の穴に陥没してゆく日本と日本人を、まともに正視するかわりに、様ざまな自己欺瞞をかさねてきた、自分への認識ということであるし、そのような状況へのリアリスティックな正視をバネにしての、あらためての日本と日本人の自立ということを、本当に考えてきたのかどうかという疑いにも飛躍して、僕は底知れぬ暗い渦巻きのごときものにむけて引きずられる。

僕は沖縄で、アジアにおいて沖縄と沖縄の人間とはなにか、と考えつつ行動をつみかさねる人々を多く見てきた。本土の人間へのかれらのしたたかな拒絶の表情に見まもられつつあらためて、僕は政府による七二年の沖縄返還のプログラムを見つめなおす。その時、僕は、沖縄のかれらの経験と思想とにいちいちつきあわせつつ、あらたにアジアにおいて今日、日本と日本の人間とはなにか、と考えざるをえないことに思いいたり、くりかえしいうことになるが、そこからやはり日本が沖縄に属するという命題に戻るのである。

米軍政下に、その苛酷な状況を逆にバネとするようにして培かわれてきた「自立」の経験と思想とは、沖縄県復活ということでそのままなしくずしに相殺されてしまうものではありえない。それは伊波普猷がおよそその予想をこえた属質たることを、「後から来たる者」に期待したところのものの、現実の内容であり、それはそもそもナショナリズムと根源的に異質のものである。政府はいざしらず、すくなくとも本土の革新勢力は、復帰してくる沖縄とそこに生き延びる人々の「自立」の経験と思想とを、自分の脇腹につきつけられた鈍器のようにのがれがたくしたたかに発見することから、あらためてのアジア認識を始めねばならないであろう。日本人とはなにか、という命題にひきつけて僕もまたその努力を自分に課すことを望む。

——〔六九年十一月〕——

異議申立てを受けつつ

まことに黒ぐろとした空に、激しく動く暗い雲の気配があり、その雲を走らせる風にのって、地上ではつめたい冬の雨が、なかば暗闇に身をひそめるようにしてたたずみ、普天間《ふてんま》の基地ゲートのひとつにむかう広い舗道を見張る真夜中のピケ隊にふきつける。

ピケの基地労務者たちが、祭りの夜の仮装した農民のような具合に、タオルや衿巻きで顔の皮膚をおおいかくし、その上に深ぶかと帽子をかぶっているのは、米軍側の情報収集者に顔を確認されないように、というよりはむしろ、雨と風の苛酷さに耐えるためであると感じられる。祭りなら、それはじつに暗い祭りだ。また、顔をいちいち確認され、情報ファイルにとじこまれようと、それをまぬがれようと、これは基地労務者のひとりひとりが、孤独に、巨大な米軍基地全体と対決するような闘いである。あえて圧倒的な底なしの泥沼に踏みこまざるをえないような契機を、根本的なところでそなえている闘いである。自分ひとりの顔を情報収集者のカメラから覆いかくす、という意識よりは、もっと別のものが、これらの真夜中の寡黙なピケ隊の人々をとらえているだろう。

僕はそこに立ち合っていた。立ち合う、という言葉は、一般的な意味あいでは不正確であるかもしれない。あるいはあまりにも単純な意味あいしか抱懐しなくて、そのピケの現場での僕の内部にあったものを、また、他人が、すなわちピケ隊の人々が防水装置を工夫して提げている懐中電灯で、雨滴に濡れている僕のむきだしの顔を照し出せば、僕の外側に滲み出ているのを容易に認めたはずのものを、充分に表現しつくすとは思われない。あの穏やかな、しかし強靱な持続力によって、ピケを真夜中から夜明けへと持ちこたえていた基地労務者たちも、もし僕が、いま自分はあなたたちのピケに立ち合っているのです、といったとしたら、そのような僕を直截な拒絶の言葉で突き離したにちがいないのである。

僕は沖縄の全軍労ストライキの第一波の真夜中のピケにむかって、どのように考えつつ羽田から那覇へと飛行したのであったか？　それもつねにそうであるように、僕はなんのために沖縄へ行くのか、という僕自身の内部の声と、きみはなんのために沖縄へ来るのか、という沖縄現地からの拒絶の声にひき裂かれつつ。しかもそれまでに経験した、沖縄にかかわる、もっとも嵩ばって重い無力感にさいなまれつつ。僕は現場の政治状況の動き方、展開の方向についてなにごとかを語ったり、予測したりすることにまことにくらい人間である。その僕が、本土の新聞の、事の本質に比較すれば、なんとしても小規模な報道をつうじてすら、全軍労のストライキがどのような経過をたどるであろうかという先行きについては、すでに把握できているように思われた。そしてそのこと自体に、僕自身を内部の核心のところに汚ならしい傷口をのこすやり方で切り裂くところのものがひそんでいたのでもあるが、とくにこの全軍労のストライキについてワシントンがどのように反応し、東京がどのような態度を示すかは明瞭に予見できると思われた。

佐藤・ニクソン共同声明のあと、その旅行ではじめて僕は沖縄へ向っているのであったが、沖縄の基地労務者たちと、かれらを現地で支援する人々が、予見どころか、現実にそこに石のかたまりのように実在するものとして、佐藤・ニクソン共同声明のうちに、この全軍労のストライキの先行きを見きわめているであろうことも、また確実に思われた。そして事実、全軍労の、癒しがたい後遺症のような厖大な重荷をみずからひきかぶっての、ストライキ第一波、ストライキ第二波は、まさに右にのべたような、誰にとっても酷たらしいほど確実な予見の、まさにそのとおりの反応を、アメリカ政府、日本政府からひきだした。

第二波のストライキの模様をつげるテレヴィは、基地関係業者のピケ隊への殴りこみを報道し、沖縄の民衆同士のあいだの対立の表面化という解説を加えた。しかしそれもまた、本土と沖縄の保守政党とあきらかにかかわりをもつ暴力団に刺された、教職員会の福地《ふくち》曠昭《ひろあき》氏に対するテロ事件を起点にして、ひとつながりの問題として考えてきた者には、決して予測しがたかったところの突発事ではない。そして同時に、とくにわれわれが明らかに筋道を立てつつ自省しなければならぬのは、このようなテロ、暴力行為が、決して、沖縄の民衆同士の対立の表面化、というふうにとらえられる性格のものでないこと、それを本土の日本人が、二十七度線をへだてた対岸の出来事のようにみなすことができる筋合いのものではないということである。

すくなくとも僕は、福地曠昭氏から、暴漢に刺された傷痕の奥深くに軟骨が生じて神経束を刺激し、じわじわした痛みをひきおこしつづけている実態をあからさまに示している、かれの大腿部のレントゲン写真を示された時、ほかならぬ本土の日本人たる自分の躰のどこかに附着しているはずの、返り血を指摘されるように感じて眼をふせずにはいられなかったことを隠す権利をもたない。上原全軍労委員長が暴漢に襲われたのもまた、つい数箇月前のことにすぎないではないか。テレヴィの報道者が、全軍労の第二波ストライキの終りがたに、はじめて沖縄の民衆同士の対立があらわれて、暴力騒ぎがおこった、というふうに順序立てて語る時、かれはなにものかを意識的におしかくしている か、かれ自身の意識になにやら欠落した部分を持つで あろう。

沖縄の全軍労のストライキを、基地全面撤去、即時返還の主張と矛盾するものでないかとさかしげに嘲弄した者たちはもとより、あるいはそこにいかにしても解決不能な無効性を見出して同情をあらわした者たちもまた、かれらがこのストライキを、二十七度線をへだてた対岸の火災視していたとするなら、やはり本土の日本人として、自己欺瞞をおこなっているか、かれらのうちになにやら欠落したところのものがあったのだ。全軍労のストライキは、沖縄の基地を実質的に強化しつつ、日本政府が自衛隊と共にいまや直接にそこにはいりこんでこようとする転機、すなわち沖縄をワシントンと東京がわかちがたくむすびあってにないこむ、共同の、核持込み可能の厖大な基地と転化させようとする、おそらく戦後の日本の歴史をもっとも危険な後戻り不能の曲り角におしすすめる、(佐藤・ニクソン共同声明が、すでにその曲り角を一歩も二歩も歩み過ぎたところでなされた選択であったとしたら、その曲り角の向うの急坂をそれこそいかにも後戻り不能の状態で転げおちてゆく)、その勢いにたいする抵抗のストライキであった。

すなわちストライキの鉾先は、なかば以上、本土の日本人に向けられていた。そして飛行機のシートに躰をもたせている僕は、そのような佐藤・ニクソン共同声明の直後に、直接に、その責任をおう政党にたいして、圧倒的な勝利をおさめさせるところの選挙をおこなった本土の日本人であった。そのような日本人として沖縄に向う僕が、旅の目的地に、心あたたまる寛大な出会いの予感をどのようにしていだくことができただろう?

那覇空港に降り立ち、あの小さな橋をわたって税関手続きにむかう途中、送迎者ブリッジを見上げると、そこにはかつて見ることのなかった、東京の官庁の高級官僚たちを歓迎する横幕がある。それはそのまま佐藤・ニクソン共同声明以後の、本土の保守政権ペースの「一体化」の実際的なもろもろの進行ぶりと、その性格について考えさせる光景なのであったが、税関を通りすぎるやいなや僕自身が、地元の新聞記者から、きみは全軍労のストライキを支援に来たのか? と問いかけられて赤面してしまったことをもまた、隠す権利をもたない。そこには、いうまでもなく僕が、本土においてもまた、いかなる労働者たちの実力行使をも、積極的に支援しうるとはいいえないたぐいの、書斎生活者である、という事情がある。しかし、たとえ僕が、もし本土の革新政党の活動家、あるいは労働組合の働き手であったにしても、その問いかけにはやはり狼狽し、かつ赤面せざるをえなかったのではあるまいか、と思うのである。

それは端的にいって、本土からの第一波ストライキへの支援が、いかにも弱よわしいものであった、ということでもあるが、決してそこにとどまるような段階の問題ではないであろう。沖縄で、その日の夜明けから開始されていた全軍労のストライキは、本土ではそれに生きた想像力をつぎこむことをしない者たちから、死文化したという声すらすでに永いあいだ繰りかえし発せられてきた憲法によって、ただの一度も守られることのない沖縄の民衆が、そして逆に、ストライキ権、団体交渉権を禁じた布令一一六号に縛られてきたかれらが、一九六九年六月十五日の二十四時間ストライキを頂点に、布令一一六号そのものを、本土において憲法についていわれるとはまさに反対の意味あいで死文化した、その実績にたっての四十八時間ストライキだったのであり、それはおよそ本土のストライキの尺度では、その始まりから終結のすべての点において、全体をはかりうるものではない性格のストライキであったからである。

やがて、教職員会の政治経済部長の椅子に坐っているというよりも、さきにのべたテロによって受けた深い傷の後遺症状から、なお小さく細い杖を離さぬ、温厚ではあるが決して退くことのない地道な実践的人間としての福地曠昭氏が、本土にくらべて沖縄の闘争は、なかなか目的達成しない、外部から見れば効果なしのごとくに見えるだろう、しかしわれわれはしだいに達成してゆく、いったん実行しえなかったゼネストをあらためて再興できない本土とちがって、われわれはゼネストをもまたおこないうるのだと語り、また一九七二年以後、浸透してくるであろうところの教育にかかわる本土の法律をもまた、こちらではザル法とすることができる、そうした運動に力をあたえる種子はいくらでもあるのだ、ここにはほかならぬあの巨大な基地があるのだからと、およそ挑戦的にではなくひかえめに語った時、僕は、空港で感じたところの躰全体がひるみこむような感情をあらためて経験した。

すなわち、繰りかえすことになるが、僕が、普天間の冷たい風の吹きつけてくる雨にさらされながら夜明けまで立ちつづける、真夜中の寡黙なピケ隊のかたわらに、わずかな時間ながら、立ち合っていたとあえていうのは、そのような僕自身への毒にみちた意識のつみかさなりを、自分の内部に整頓しがたくつめこみつつ、いちいち辛い自己嫌悪や無力感をさそう卵をいっぱいにかかえこんで、憂わしげにじっとうずくまっている蟹のごとくに、そのような本土の日本人として立ち合っていたという意味あいなのである。

しかも第一日めのストライキによって米軍のみなら

ず日本政府もまた、いささかも積極的な反応を示さぬままに、第二日めに入ったストライキのその日は、僕にとっておそらく生涯、忘れえないだろう日のひとつであるところの一月九日であった。ちょうど一年前の、一九六九年一月九日に、ひとりの男が、火災による一酸化炭素中毒死を、およそ無念な憤怒にみちた死をとげた。僕が、晴れた真昼のあの輝やかしい青に対比して、まったく逆の、じつになんともいいようのないほどに暗黒の、月のない夜の沖縄の空を、冬の風に動く雲を見いだすべく無益に見あげるようにして、いわば真暗な夜空につりさがっている憤怒した男の幻を探しもとめるようにして考えつづけていたことの中心には、その故古堅宗憲氏がいた。

その幻が現実にあらわれようと、あらわれまいと、あの真夜中に古堅宗憲氏のことを考えることは、じつは、僕のまわりにたたずむ、黒ぐろとした影のかたまりのように頭から足先までをつつみこんだ、静かなピケの基地労務者の、誰によって鋭く問いつめられるよりもなお恐しいことであったかもしれない。いま僕はあの真夜中、古堅宗憲氏の幻が事実その暗い宙天をただよっていたのだった、と考えよう。われわれがその死者の記憶をヤスリとして自分の硬度を点検しつづけなければならぬようなタイプの死者は、つねにいかなる幻よりも確実に、われわれの意識のうちに実在しつづけるのであって、むしろわれわれは、恐しい幻から逃れるよりもっと早く息せき切って走り、そのような記憶から逃れたいとねがうものでもあるのだから。

あの真夜中、沖縄の様ざまな場所で、様ざまな沖縄の指導者や民衆によって抱かれていた、怒りと不安と焦慮と屈辱感と嘆きとは、それぞれがおたがいにあいいれないものの集合体であったにしても、しかもなお、僕には、それらすべてが、古堅宗憲氏の幻のうちに集約されて、そこに実在している、と感じられていたといってもいいであろう。そしてそれらすべてを、多様性をうしなわしめないまま総ぐるみにかかえこんでいる古堅宗憲氏の幻は、そのまなざしを、ほかならぬ本土の日本人に、ひいては普天間の冷たい雨と風とにさらされ、ピケの基地労務者たちの寡黙な緊張のかたわらに立ちすくむようにしていたところの僕自身に向けているものだったともまたいうべきであろう。

　日本人、本土の日本人への糾弾ということ自体に、多様な側面があるのであるが、その多様な側面のいちいちが、ひとりの本土から来た日本人としての僕にとっては、まことに古堅宗憲氏の個人的な思い出にかかわって、直接つきつけられてくる糾弾であったのである。そのようにして古堅宗憲氏の幻をなかだちに、沖縄的なるものの一切から糾弾されているという感覚もまた、僕がまったく無力な傍観者として（たとえば僕の眼の前にピケ破りをしようとする基地労務者があらわれたとして、僕にどうすることができただろう？　ピケ破りをせざるをえないところまで追いつめられているかれの、きみは本土の日本人としておれにいったいなにを呼びかける資格をもつのか？　という詰問があったとすれば、それは、むしろピケ隊からの詰問よりもっと鋭く熱いトゲとして、僕のやわな肉体と精神を引っ掻き、傷つけるものであった筈ではないか）、そのピケに立ち合っているという考え方の内容だったのである。古堅宗憲氏の死後、百日ほどたって僕は沖縄に旅行し、伊江島に渡って、あの沖縄独自の漆喰でかためた赤い瓦に、風雨にさらされた白い板戸の、小さな家を訪ねた。風除けの垣にかこわれて真紅の仏桑華が咲いていたことを覚えているが、なかば開かれている入口の板戸の前に立った僕には、すぐ右のふすまのかげから、痩せているが血色のいい顔を出した、陽気な印象の老人とも、また、左側の、おそらくは流しや竈のある土間につづくのであろうところの部屋から、白くふっくらした顔をのぞかせている老婦人とも、会話らしい会話をかわすことはできなかったのである。もともとユーモラスであり、酔えば激しくからんでくるところもあるという、陽性の性格の一側面を、この老人から受けつぎ、ときには気の弱さにも感じられるほどであった優しさを、この老婦人から受けついだのであろうと、僕は古堅宗憲氏の人格についてある具体的な解明をあたえられたのみで、結局、永年の海の浸蝕によってでき、沖縄戦では民衆の避難所となった巨大な洞穴と、子供にめぐまれぬ母親がそれを抱いて祈るという、まことに小さな黒い石の神とを見て、次のフェリー・ボートで島を離れた。

　あの短い訪問のさいに、入り口正面の仏壇にかかげられているのを見た、微笑しているとも当惑しているとも、また悲しんでいるとも知れぬ、まことに独特な古堅宗憲氏の顔は、この一年しだいに僕にもまた、憤怒して、答えがたい問いかけを発してくる古堅宗憲氏のイメージとあいかさなった。もちろん、古堅宗憲氏の多様な糾弾の声を発してくる幻も、日本政府の総務副長官なにがしが臆面もなくいったという、これ以上沖縄を甘やかすな、という怖るべき言葉についてまで、僕をなじりにくるとは思わなかった。しかしともかく、人間的なモラリティーにかかわって倒錯しているその男は、われわれの政府の高官なのであり、われわれがそいつをかれの椅子から引きずりおろしえないでいる以上、僕は沖縄でこの言葉が引用されるたびごとにまったく動揺しないでいることはできなかったのであるが。

　そして日本政府が、当分静観している、というコメントを、このストライキについて発したことについては、もう古堅宗憲氏の幻の糾弾の指先は、本土の日本人たる僕をはっきり指した。そして、僕が羽田から那覇への飛行機のなかで読んだ新聞における、屋良主席の談話、《本土の世論が沖縄問題は終った、などと考えず、復帰決定とともに襲ってきたこの難問を、国民的課題と考えてほしい》という言葉とともに。その真夜中をもっとも苦しく忍耐していなければならないであろう、沖縄の人間のひとりである主席のことを考える時、古堅宗憲氏の幻はまことに具体的に眼の前にあらわれて、こう難詰するかのようだったのである。きみは主席夫妻が当選後はじめて東京を訪れた時、おれが緊張に青ざめて司会した歓迎会で、花束をおくる役廻りをひきうけたのだったが、あの小っぽけな花束ひとつが、沖縄で誕生した革新主席の現実の政治生活にたいして、きみのおこなった唯一の実際的な行為ではなかったのかね？

古堅宗憲氏があのように青ざめて、ほとんど、どす黒いほどに皮膚の衰弱した病身の老人のように見えたのは、単に歓迎会の司会の緊張のためばかりであった筈がない。すでにあの時点で、本土政府との折衝の準備、下ごしらえの段階において、かれに重い疲労を課するところのものがあったのだ。それはまた本土の革新政党、革新団体のおのおのと、沖縄の革新主席との関係の調整の下ごしらえのための奔走が、かれにもたらしていた疲労でもあったにちがいない。かれがそうした仕事の実務の便をはかって宿泊していた日本青年館における火災は、そのように煩瑣な激務の極点で、疲労におしひしがれたかれが、強い酒によって眠りをもとめた、そのような状況のもとにおこり、そのままかれを殺したのである。そのようにして死んだかれの幻が、いま本土の革新勢力は、沖縄の全軍労のストライキのためになにをやってくれているのかね？と問いかけてくるだけで、それは多くのものを強く一撃する糾弾たりえた。

しかもかれの故郷である伊江島は、いまなおなかば基地に占められているのであり、そのような基地の縮小がなされるどころか、その強化と併行しての基地労務者の馘首があるのであり、かれの兄のひとりは沖縄戦の死者なのであるが、およそワシントンと東京の政府は、この意味合いでそうした死者をつぐなうとはまさに逆の方向に、歯どめのとれた恐しい車を転がしつつあるのであり、本質においてはそのようなすべてに対して抗議するストライキが、孤立無援におこなわれていたのであるから、どうしてかれの幻が沈黙しえただろう?

そして古堅宗憲氏の真黒の幻が、暗い宙天から僕の内部にもっとも鋭く迫る声を発すると感じられたのは、やはり憲法と、民主主義にかかわってである。古堅宗憲氏は、憲法の施行されぬ沖縄へ憲法の小冊子を送りこみつづける運動に、もっとも熱心な人間であった。かれの死後の一年間は、とくに学生たちによって、また若い労働者たちによって、(真夜中はすぎつつあり、それはその翌日、というよりすでにその当日であったであろうが、ストライキの総括大会の広場から軍司令部へむかう生きいきと動く厖大なデモ隊のなかに、そこだけまことに厚い機動隊員の壁によって幾重にも挟みつけられて痛ましくも死んだような、かれらの隊列を僕は見なければならなかったのだが)、憲法の形骸化が問われつづけた激しい一年間であった。民主主義は、それも戦後民主主義と呼ばれてきたものは幻影であった、有害な虚像であったという声が強く発せられつづける一年間であった。

いったいきみにとって憲法はなにか、民主主義とはなにか、それを自分の内部で繰りかえしきみが検討しつづけてきたのなら、いまおれにその内実をはっきりいってくれ、と古堅宗憲氏の幻は問いつめてくると思われた。その課題こそはまずきみたちがすくなくとも、形骸であれなんであれ憲法はあり、米軍の布令には縛られぬ本土で、はっきりかたをつけるべきではなかったのか？　ありとある、戦後日本の歴史の全重量に匹敵するようなその課題を、いわば半分だけ解きかけた答案の恰好で、いま沖縄に持ってこようとしているのはどういうことなのかね？　とくに新しい左翼の陣営から沖縄を橋頭堡とした闘いというような言葉が発せられるのをいくたびきみは聞いたか、そしてそれに対してあの古堅ならこういうであろうというような、おれの生涯をかけた運動の経験の重みをのせた言葉を、死んで黙っている、おれにかわって発してくれたかね？　おれが実際に死を賭してつづけた復帰運動の真の意味あいとは、およそことなった七二年返還の具体的な段どりが、いま強権によってすすめられている時に、きみはどのように有効に抗議しているのかね？

　いわば僕はそのように果てしなく問いつめられつつ真夜中の、雨と風のなかのピケに自分自身の肉体を恥じるようにしつつ立ち合っていたのであった。きみはなんのために沖縄へ来るのか、という声に、僕がはっきり顔をあげて答えうると思ったことは正直にいって一度もないが、この一九七〇年はじめの全軍労ストライキ下の沖縄への旅は、そのような意味あいで、もっとも重い錘りを腰にゆわえつけてのような旅であった。

　そうだ、並みの情勢下だったのではない。カービン銃と暴徒の襲撃の中で戦ったのだから。

　那覇からの報道は、第二波の五日間にわたるストライキの終結にあたって、それに参加した基地労務者のひとりがこのように語ったとつたえている。確かにそれは特別の闘いであった。コンディション・グリーンの非常態勢をとった米軍は、グリーン・ベレーと海兵隊とを、外敵ならぬ、沖縄の民衆にむけて動員した。そのカービン銃をつきつけてくる米兵と民衆とのあいだに、およそ全身において沖縄の矛盾を体現した沖縄警備員の、強制された「緩衝ライン」を米軍のがわでつくらざるをえぬほどに、それのないところではまことに剝きだしの衝突が現実にみられたストライキであった。そして第二波のストライキのすべての日程が終っても、米軍はいかなる回答もよせず、日本政府は静観している。

このようにも底深い泥沼を、あえてわたろうとする大規模な闘いの第一波のとばぐちだけに、本土からきたひとりの日本人として、それも、さきにのべたとおりの意味あいで立ち合ったこと、真夜中の普天間の、また夜明けの那覇軍港の、基地ゲートにいたる道でのピケの脇に、旅券をポケットにいれた自分が無力にそこに立っていることをしばしば恥じつつ隠れるようにして佇んでいたこと、あの経験は、僕自身になにをもたらしたか？　それは僕が、巨大な壁のごとき相手にむかって執拗にいどまれる持続性にあふれたストライキの意味あい、それも戦後とはいいがたい沖縄の二十五年を生きてきた人間の、肉体とモラリティーをつうじて表現される、個人ひとりひとりの内部のストライキの意味あいを示されたことであっただろう。

『ル・モンド』紙が《沖縄住民のサボタージュや米軍との摩擦は、ヴィエトナム戦争遂行上、米国にとり新たな障害になろう》という観測を行なったのは、あのむなしかった佐藤・ジョンソン会談の直後であった。それから、現実にこの全軍労のストライキがあり、つづいてゼネストへの決意もまた表明されるにいたっているいま、すなわちかつての『ル・モンド』紙の早すぎた観測が、いまや確実に現実のものとなろうとしている現在までの時間、その時間が基地労務者を中心とする敏感な沖縄の民衆によって、どのように生きられた時間であったかの意味合いを認識する力を、僕は自分があたえられたと考えるのである。

　沖縄の基地労務者とその家族の、まことに限りない忍耐、不安、失望、怒りの総体が、これらの時間のすべての細部をずっしりとみたしている。その時間の生み出した抵抗の行動は、跳びはねるようにしてでなく、静かに、しかし決して押しとどめようのない力において進む。指導者の誰がそれを望み、誰がそれを望まぬ、というようなことにおいてその運動のベクトルに変化がおこるのではない。沖縄を核心において、東京とワシントンの「太平洋アジア洲」軍事基地の構造がかためられてゆく、その歴史の現場における、沖縄の基地労務者の現実生活と想像力の全体をかけた受けとめ方においてそれは動いているのである。

　いわゆる下部からのつきあげによってストライキ収拾をおこないえなかった時点において、あの剛毅な全軍労上原委員長が涙を流した、と報道したいくつかの新聞は、それぞれに翌日の宜野湾《ぎのわん》市の学校建設用地での総括大会で、同じ委員長が《米側の回答を引出せなかったのは残念だが、最大の収穫は今後の困難な戦いを乗切り得るとの自信を得たことだ》と明るく語ったとして、そのあいだにひとつの不連続的な対比をあきらかに浮びあがらせようとするかのごとくであった。しかし僕は、この困難きわまる闘いを眼に見える勝利の結実はなしに闘いぬいた全軍労の委員長のふたつの顔のあいだを、ほかならぬひとつの連続性においてうずめる時間の意味あいを認識する力をこそ、あの第一波のストライキに立ち合うことであたえられたとみなすのである。

第一波のストライキの総括大会は、やはり冷たい雨が風にはこばれてうちつけてくる、整地なかばの空地の斜面においておこなわれた。僕はむなしく弾ける勝利の叫びも聞かず、底なしに滅入る敗北の嘆きも聞かなかった。終始飛び立ちつづける米軍機、旋回するヘリコプターの騒音のもとで、上原委員長はまことに着実に、事実とそのリアリスティックな評価のみを語ったし、夜を徹しての冷たい雨のなかのピケで疲労しきっているはずの基地労務者たち、支援団体の人々は、ぬかるんだ地面にしゃがみこんで、やはり着実に、次のストライキへの決意を確認しあっていた。それは、やはりあの斜面の群衆のなかに、痛む足をひきずりつつ加わっていた福地曠昭氏が、穏やかに語る言葉の実体をそのまま実証する光景であった。

まずこの全軍労のストライキそのものが、それを禁止した布令一一六号をザル法にすることによってはじめてかちとられたのである。沖縄の闘争は、なかなか目的達成しない、外部から見れば効果なしのごとくに見えるだろう、しかしわれわれはしだいに達成してゆく、と福地曠昭氏はいったのであったが、第一波、第二波のストライキをつうじて、いかなる米軍側の回答をもひきだせぬことを認めつつ、なお決して敗北感をいだいてはいない、このもっとも困難な闘争の参加者たちが踏みしめていた斜面もまた、米軍が基地の金網のうちに囲いこんでいた土地を、沖縄の民衆のがわに奪いかえしたところの土地にほかならなかったのである。そしてかれらはいま、本土では不可能であったゼネストの具体的な企画をすすめている。

僕は、斜面を覆っている草、すでに花弁は枯れおちているが、短い冬の沖縄らしく、まだそれらの花々が咲きみだれて、この未整地の斜面をかざっていた日々が遠くはないことを感じさせる、丈の高い草のあいだで、やはりその集会にさきにのべたとおりの意味あいで立ち合っていたのであったが、僕の貧しい植物の知識によっては、すでに枯れはじめているそれらの草の名を正確につきとめることができない。ただそれらは、あるいはワレモコウのごとくであり、あるいはアキノキリンソウのごとくである。それらの植物はあらためて僕に、古堅宗憲氏の記憶を喚起した。かれは戦後すぐ辺土名《へんとな》高校の生物の教師をしていた当時、およそ徹底的に焼土となった沖縄において、植物の新種を発見した人間である。この辺土名高校で、福地曠昭氏もまた英語を教えていたことがある。詩人であり新聞記者である新川《あらかわ》明氏もまた、一時、草創期の琉球大学を休学して、おなじ辺土名高校の教師をした。

かれらは、まさに絶望的に潰滅した戦後の沖縄で、瓦礫の上に文字をきざみつけるような状況の教育をうけて育ち、そしてかれらはみな、いったんは年若い教師として現場の教壇に立ち、そこで力をつくすうちに、かれら自身の内部からつきあげてくるものに揺り動かされて、またかれらをつつみこむ外部に存在する、たちむかうべきもののために、再び大学に戻って学問をつづけようとした。

そして古堅宗憲氏は、その学問への志および現場の教師としての経験のもたらしたものを、そのまま沖縄の復帰運動につないで、沖縄にはじめて公選の革新主席が誕生した直後、不慮の死をとげた。福地曠昭氏はおなじく教職員会の仕事をつうじて、また人権協会の仕事をつうじて、沖縄の革新勢力の統一を持続させるための努力をつづけ、辛くもテロを生き延びてなおひるむところがない。

そしてまた新川明氏が、『新離島風土記』の地道な仕事の積みかさねから、それにつづけて、沖縄を「太平洋アジア洲」に埋没させてはならぬという決意を、いま孤独な「野に叫ぶ人」のように表明しはじめていることをもまた、現実には批判者と、批判される者とに、かれらが分れうるとしても、僕はその本質において、これらの沖縄の戦後世代の人々のすべての努力を一貫するものがあることを確認しつつ、あわせ報告したいのである。沖縄の革新政党が、佐藤・ニクソン共同声明によって意味あいの軸がすっかり変った、国政参加を根元的に検討する以前に、そのままその呼びかけに一応のところ応じてゆこうとしている現在、かつて詩人の声で熱い心を語ったかれは、新聞記者として、その七〇年代と沖縄を分析する論説を次のようにむすぶことにより反省をうながしているのである。

《沖縄がこんご、「限りなき異議申し立て」をする存在として、その独自の存在(歴史的、地理的に所有した)を守るためには、血を流して反対、抗議した七二年返還の「内容」の仕上げとしてなされる「返還協定」締結とその国会承認まで、沖縄からの国政参加を鋭く拒絶する戦いしかないといえる。

返還協定締結とその国会承認まで、沖縄における国会議員選挙を拒否する闘争、それはかつての教公二法闘争をはじめとする諸闘争の教訓からじゅうぶんに可能であるが、——その成功によってのみ沖縄は、〃ゆがめられた返還〃を押しつけた日本政府に対して、限りなく「異議申し立て」をする「権利」を留保することができる。それを単なる政党のエゴイズムや個人的な我欲のために、国政参加に積極参加するときには、限りなき「異議申し立て」の「権利」をみずから放棄するのみであり七〇年代において予知される政治的、経済的、文化的もろもろの〃しめつけ〃に抗して戦い、被支配の歴史からみずからを解き放す戦いの思想と行動を、みずから墓穴を掘って埋める以外のなにものでもない。限りなき異議申し立てをする存在としての「沖縄」がその存在の意味を失って、単なる地方県に解消される時、「日本」とのかかわりの中で問われつづけてきた「沖縄」の戦いは、いきおい絶望的にならざるを得ないだろう。》

確かにこれは正確な分析と意見であろう。同時に本土の日本人たる僕に、気軽くそのような賛同の言葉を発する権利がないこともまた確かなことだ。僕は、右のような、限りない異議申立てを沖縄から受けつづけている、という意識を強く持続し、七二年をこえてなお沖縄を、われわれの肉体と精神の内部で燃えつづける熱く鋭いトゲとして認識しつづけるのでなければ、日本人の未来は、国際政治の上でも、国内の、それも個人のモラリティーの側面においてでさえも、いきおい絶望的たらざるをえないだろう、と考えつつ、この論説を読みすすめたことをあきらかにすることで、激しい拒絶の力にないあわされた強靱な優しさにおいて沖縄から僕の文章を見つめていてくれる人々への現在の答えとする。そして明日の答えをなんとか探りあてる歩みをつづけたいとねがう。

そのような歩みのなかでこそ僕は、年々深まるもっとも根深い無力感と、日本人とはまさにこのような人間なのか、という自分の内部の暗い渦巻きにわれとわが身をまきこみそうになりつつ、あの真夜中の普天間の、暗黒の空にあらわれた幻に呼びかける時を持つのである。古堅さん、われわれの政府の、全軍労のストライキを「静観する」という言葉の意味あいは、七二年までに、全軍労をはじめとする沖縄のすべての革新勢力が、というより沖縄のもっとも沖縄的な民衆の力が、組織としてまた個人としての抵抗力を消耗しつくすのを待つ、ということです。しかし、と僕はいい、このしかしから始まるものがあることを、そしてそのしかしとは、沖縄からの限りない異議申立てを確実に受けとめる者に、力としてあたえられるしかしであることを僕は考えます。

　しかも、この限りない異議申立てをまともに受けとめる、ということの第一歩は、またあの現実政治に無知な男らしい言いぐさだという、僕への冷笑を承知の上で、いわばもっとも複雑な意味あいをこめて、誰よりも現実政治的であった古堅さん、あなたの幻に呼びかけるのですが、それは、いわゆる戦後民主主義の持続、あるいは復興、または始めての現実化のいずれを求める人々も、ひと跳びして国家の廃絶を説く人々をも、ほとんどすべての戦後の日本人をひっくるめて、そのわれわれが、自分の人間としての根源のところで、このような日本人ではないところの日本人へと自分をかえることはできないかと、他人にあかすことの恥かしいほどにもひそかな内部にまで沈みつつ考えることのように思います。

　沖縄の歴史と戦後の現実にかかわって、もっとも典型的に憤死した人間の幻として、およそ志向したものは異なるにしても、林世功、名城里之子親雲上《ぺいちん》にしだいにつらなってくる幻たる古堅さん……

——〔七〇年一月〕——

戦後世代の持続

東京の数寄屋橋で、すなわちおおかたの日本人の都市指向の意識にかかわっていえば、日本の地理および日本人の想像力の中心地点たる所にたって、沖縄の全軍労ストライキをアッピールする募金をおこなっていた現場へ、暴漢が殴りこんできた。かれらの指導者は宣伝カーの上で叫びつづけていた。右翼が殴りこんできた、と僕は書こうと思わない。右翼が妨害演説をしていた、という言葉をもまたつかわない。かれらを惧れてというのではなく、事実に立って、それはまことに、もっとも卑小な、いじましい「醜い日本人」が殴りこんできたのであったし、居丈高な「醜い日本人」が叫んでいたのであったし、僕は上原全軍労委員長や、沖縄の被爆者をもまた代表する仲吉県労協議長と共に、カンパを呼びかける列のうちにいたのではあったが、僕の血はむしろ、殴りこんできたものたち、汚ならしい言葉をうちつけていた男に、直接つながっていると感じられたからである。

僕は右のような事実報告をモラリティーの側面についてのみおこなっているのではない。宣伝カーの男は、すさまじいほどにもあからさまに、日本人と「沖縄人」のあいだへ差別意識のクサビをうちこもうとする、歪んだ意味づけにかざられた声をはげましていたのであり、それは沖縄へのいうまでもなく不当な差別の歴史に、まさに直接に臆面なく乗っかってゆくことを志願した演説であった。強権の尻馬に乗って差別する者、としてあえてひらきなおった、顔をそむけずにはいられぬその男の、言葉のクサビを棒にかえて、憐れな暴漢どもがこそこそ殴りこんでき、なんとかその棒のクサビをうちこんでみようとしたのであった。日本人全体と、ひとりひとりの意志において沖縄の犠牲を償う、というのとはまったく逆に、モラリティーの問題をこえて不条理ともなんとも理不尽きわまる異様な開きなおりをおこない、その勢いで居丈高に、差別のクサビをうちこもうとする。

それは、もっと陰微に、かつ暗がりでの強い力の発動とあわせて効果的に、本土政府の政治家と官僚がうちこみはじめているクサビと、結局は同一のものであり、本土の日本人すべてが、なかば無意識に、なかばはあえて無意識のふりをして、ひそかに握りしめはじめているクサビの、もっとも尖った刃先である。日本人の誰であれ、いったんこのクサビを握ることに同意してみると、日本の強権と沖縄との永く酷たらしい歴史の重みが、そのクサビにずっしりした手ごたえをあたえるのを自覚する。それは右翼の一煽動家ごときが、架空の幻を素材に、なんとかきざみ出すことのできるたぐいのやわなクサビではない。ただかれらはこのクサビを、かれら自身および日本人自身への恥の感覚なしに手にとるタフさをそなえている。しかも兇器としてそれを手にとるのである。

そこで、かりに上原全軍労委員長にのみ焦点をあててみても、かれはそうした兇器に、事実上ほとんど無防備の状態で、本土と沖縄の双方にまたがり跳梁するところのこれら暴漢たち、沖縄差別のクサビを兇器としてかまえ、襲いかかってくる者どもにむかいあって、公衆の前に立ちつづけなければならない。かれは内心の憤怒を表にあらわすことはなしに沖縄島へと帰って行った。時にかれはこちらの心を凍りつかせずにはおかぬほどの、圧倒的な軽蔑に冷く閉じた表情をしめしこそすれ、憤怒をあらわにして、より赤裸のかれ自身を提示することはなかった。あのようにも露骨な、陋劣きわまるクサビと、鈍い無関心の盾の蝟集《いしゅう》するただなかで、ことさらに憤怒をあきらかにする必要は、すくなくとも沖縄から、かれを注視しつづける人々にとってなかったのでもあるが。

未来にむけての限りない異議申立ての場所としての沖縄を主張しつづける新川明氏は、全軍労ストライキの支援カンパについてもまことに正当に語っていた。かれはかつて日本人によるカンパを拒んで「日本の方々には募金してもらうより日本自身のことを考えてもらいたい」と丁重にかたった南ヴィエトナム解放戦線の副議長の言葉を思いおこすことをもとめつつ、《それらのカンパ箱には、おおくの市民あるいは労働者の無数の善意が投じられるだろうが、それら善意の持ち主はその事によって全軍労の闘いと共闘・連帯したという自己充足に終り、全軍労の闘い(そして沖縄の闘い)が、日本自身の闘いと深くかかわっていることを見落す危険があるといいたいのである》とあらかじめ警告していたのであった。

事実はもっと悪く、カンパ箱になにほどの「善意」も投じられはしなかった。棒をふるって殴りこんできた者らは、(いまかれら暴漢が、正義の使者、それも痛めつけられてきて、ついに立った正義の使者のような表情を浮べていたことをはっきり思いだして茫然とする)、カンパを受けとめるための鍋を叩き落して、惨めなほどにもわずかな硬貨を散乱させた。僕は、およそ自己充足とは逆の感慨と共に、「日本自身のこと」を自分が底知れず暗く滅入ってゆくのを実感しつつ考えて立ちつづけた。いうまでもなく、僕はその内実をあきらかにすることによって、沖縄から鋭く一貫した声を発しつづけてくる、この批判者の硬いツブテをまぬがれるつもりで、こうしたことを書いているのではない。ツブテはしたたかにあたった、なおも新しいツブテがあたりつづけるであろうと、ここにひとつの返信をおくるのみである。

さて新川明氏の世代の、琉球大学での学生運動と、その中核をなした『琉大文学』とを受けついで、もうひとつ次の世代の琉球大学の、学生運動のもっとも尖鋭な部分をにないつつ一九六〇年を経験し、その上に立って演劇をつうじかれらの憤怒の核《コア》を確認し、みずから乗りこえ、かつその勢いと方向性を持続しつづけているところの演劇集団『創造』の人々について、僕はいま語ろうとする。演劇の専門家であるかれらは、この十年間の持続のうちに、あの沈黙して暴漢の行為の全体を見つめていた、上原全軍労委員長の内なる嫌悪と憤怒も、「日本自身のこと」をこそ考えてみることのほかに、いかなる「支援カンパ」がありえようと予見していた、かれらのすぐ兄の世代の新聞記者の内なる嫌悪と憤怒をも、あきらかにかたちづくられた演劇的想像力と共に、外に向けてはっきり表現しうる人々である。

かれらは、一九六一年四月、《沖縄演劇の不毛を克服すると同時に、演劇を通じて現実変革のビジョンを構築していこう》という呼びかけをかこむようにして集まり、ふじた・あさや作『太陽の影』を上演して出発した。アルジェリアにおいて祖国に反逆するフランス人をとおして、「祖国」日本を、鋭くつき離して考えなおすことが、かれらの出発点の課題であった。

僕が自分とほぼ同年代に属する、これらの青年たちに出会ったのは、僕の最初の沖縄旅行においてであったが、その時すでにかれらの演劇をつうじての持続は、困難な状況のうちで五年目に入っていたのである。その独自の演劇の土台となっているところの、かれらの実生活における、さらに困難な状況のもとでの持続もまた、現在かれらがそこに根深い identity のみなもとを、ひかえめにかつ確実に持ちこたえているかたちそのままに、はじめられていたのであった。演劇活動については、そうした言葉で表現して妥当であろうけれども、かれらの実生活の持続についてもまた、それが、はじめられていたと書くことには、そもそものかれらの実生活のありように、ひいてはかれらの人間としての本質のありように、正確に即しているといいがたいところがある。かれらはそのような現実生活の持続を、みずから選択したのであるが、かれらがすくなくとも、まともな人間として生き延びるためには、そのような選択しかありえなかったのでもあった。

　じつはこのように書きすすめながらも僕は、あえて演劇の比喩をもちいれば、明るい舞台の上で机にむかっている僕を、劇団『創造』の青年たち、それも創立以来その中心にいるところの人々が、暗い土間にじっと坐って、鋭く批判的な、恐しい眼で見つめているのを感じないではいられない。しかもその暗い土間からは、様ざまの批判の声が発せられて僕を確かに刺すと感じられる。その声のイメージは具体的だ。なぜならそれは今も僕の耳の奥にのこりつづけているところの声、あの全軍労のストライキ第一波を支援する人々の深夜のピケのための集合所に出かけるまでの時間を、越来《ごえく》中学校の教室のひとつで、発声練習にあてていた『創造』の人々の、明晰に訓練された声にほかならないからである。コザ市の矛盾にみちた市民生活を、そのまま体現している多様な背景をそなえた子供たちが集って学ぶ、中学校の教室の片隅で、僕は深夜にその発声練習を聞きつつ、『創造』のメムバーのひとりが書いた、謝花昇の生涯をめぐる戯曲の未定稿を読んでいたのであった。

　さてそれらの声はいう、まともな人間としてだと？　いったい「日本自身のこと」、日本人自身のこと、ほかならぬきみ自身のことを考えて、熱い恥かしさなしにきみは、われわれにむかってまともな人間として、などといえるのかね？　それでは沖縄でまともな人間としてでなくてもなんとか生き延びるために、われわれよりほかの選択をした人間を、きみがまともに咎めだてできるとでもいうようじゃないか？

　僕はその反撥の声をまっすぐ受けとめる心がまえにおいて、あえて、かれらがまともな人間として生きることを持続し、そのような人間として現実生活を生き、演劇活動をおこない、政治的なデモンストレイションの現場にもまた、ひるむことなく出ていっているのだということをここに書きたいのである。

　きみの、行きつ戻りつするこの文章のスタイルには被害妄想の徴候を見出さざるをえない、という本土の日本人たる友人たちには、たとえばこの二月の、政治面では沖縄全軍労の二重、三重の窮境を報道している新聞に、次のような社会面記事が見出されたことを示して、僕が、いわば、この政治面と社会面のあいだにねじまげられている自分を見出さざるをえないことをあわせ知らせよう。それは《マンション荒し一億円、沖縄の混血青年》という、まことにその見出しひとつをみるのみでも、もっとも厭らしい今日の日本語たる、昭和元禄の、その厭らしさにふさわしい本土の消費生活の膨張と、沖縄の、肉体に刻印された傷そのものですらある貧困のひずみとを、一挙に照しだす恐しい光をはなつ記事である。

　青山かいわいのシャトーなにがしというマンションから、那覇市生まれの青年が貴金属、装飾品を盗んだ。かれは沖縄出身の、本土でたくみに適応できぬままに貧しい下層の生活をおくるひとつのグループに属しており、その内部で盗品を金に換えようとして逮捕された。マンションという、日本の今日の風俗そのものに特殊に意味づけられた異様な生活圏があり、そこを荒しまわれば、総評がいま全軍労にカンパしようとする目標額に匹敵するところの一億円が、ひとりの青年によってかきあつめられる。しかしそれらの莫大な価格の盗品は、沖縄から本土に来て孤立している者たちの小さな貧しい輪のなかを、到底、充分に換金されうる筈はなく行ったり来たりしており、そしてある朝、かれら小集団の成員すべてが逮捕される。まともでない人間とはなにか、まともな風俗とはどこにあるのか？　いったい、東京のあちらこちらのシャトーなにがし、レジデンスなにがしに、盗品売買のちょっとした手続きをもつけていない駈けだしのコソ泥をして、わずかなあいだに一億円にものぼる盗みを可能にするほどの、その貴金属、装飾品のたぐいの山は、なにを踏み台にして、あるいはなにを跳躍板にして蓄積されたものなのか？　僕は今日の「日本自身のこと」を考えつつ沖縄を見つめる者が、《マンション荒し一億円、沖縄の混血青年》という見出しに誰でも平然として耐えうるとは思わない。

『創造』にかえっていえば、その創立者たちについて、僕がかれらとほぼ同年配だということにも、僕はこの言葉が重い錘りをつけて自分の喉をこすりながら出て行く、という注釈を加えよう。本土の一九三五年生れの人間と、沖縄の同年生れの人間とが、一九四五年に経験したところのもののあいだの、眼もくらむばかりの深淵を見つめつつ、あえて僕は、自分とほぼ同年代のかれら、といっているのだからである。

しかも劇団『創造』の青年たちは、一九六五年にはじめて会った時から、最近の出会いにいたるまで、もっともしばしば、かれらの沖縄戦の経験を語るところの人々であった。健児隊に加わって戦闘した世代、大田昌秀氏や外間守善氏は、およそ自分からすすんで沖縄戦について語ることのない、苦渋にみちた沈黙の底にひそむ、重い記憶の持主であり、これらの学者たちの、それぞれの専門の仕事がその根底にそなえている、われわれを畏怖せしめずにはおかぬモラリティーにかかわった力は、直接それに根ざしているはずのものであろう。また、戦場にひきずり出されながら、ついには見棄てられた女子学生たちを、わずかな生の微光にむかって、忍耐づよく死の暗渠をくぐりぬけさせたところの導き手たる仲宗根政善氏のような世代の学者もまた、あえて沖縄戦について語るときには、それを聴く者をしてしだいに地面にめりこむような感覚をあじあわせずにはいない暗鬱な寡黙の抵抗感覚とともに口をひらくのである。あの穏和な国文学者が、広島で次のようにきびしい衝撃力をそなえた声を発した、というのも、その苦しみにみちた寡黙さの上にたってのことであったはずであり、それゆえにこそ広島の人々はその声をまっとうに受けとめたのであったろう。

《いま広島に核基地があるとしたら、あなたがたはどのように感じるか？　沖縄で、われわれが体験しつづけているのは、まさにそのようなことです。》

そのような人々のなかで『創造』の青年たちは、むしろすすんで、かれらの沖縄戦の経験を語ろうとするところの者たちとして、沖縄ではじめて僕のめぐりあった人々である。いうまでもなくかれらは、本土からの、およそ犯罪的なほどに鈍感な、沖縄残酷物語の収集家を昂奮させるような語り口でそれを話したのではなかった。かれらの劇団の規約前文が、次のように表現しているところの意味あいそのままに、かれら自身の経験と状況を再確認するための声でのみかれらは語ったのであった。

この時代をわれわれのものとしよう。

すべての屈辱はわれわれのもの
すべてのかなしみはわれわれのもの
この苦痛の座標軸の上に
明確なビジョンを創造しよう。

劇団『創造』の青年たちが、最初の沖縄滞在中の僕を、コザ市からいくぶん離れた具志川《ぐしかわ》の、広大な塵芥焼却場につれて行ってくれたことを、僕はしばしば思いだす。米軍基地の巨大さの圧倒的なイメージは、基地から排出される厖大な量の塵芥が見わたすかぎりつみかさなっているところの、荒野のようなその現場に立つことで、もっとも端的に感受された。雨期にあたる冬の沖縄の小雨のなかで、塵芥を焼く淡青の煙は、臭気と共に汚物の荒野を這いずりまわり、なかなか空にたちのぼってゆくことがない。塵芥のうちから、なお再生できうるものを選別処理する人々が、およそ基地の金網の内の理不尽なほどの豊かさ、やみくもの消費に、そのままかれらの日常を鋭く対比する姿で、煙と臭気にまみれてたち働いている。『創造』の青年たちもまた、しばしばここで公演のための小道具をひろいあつめたのだ。アルジェリアやナチス・ドイツの暴力的なるものを表現する役割の俳優たちのために、まさに寒気がするほどにもそのまま転用可能の、小道具の類を。

この塵芥の荒野からの帰途、茫然としたままの僕に、『創造』の青年たちが、ある不思議な客観性、無関心《ディタッチメント》の印象すらある、静かな口調でこもごも語った、かれらの沖縄戦の経験の内容をもまた、僕はしばしば思いださないわけにはゆかない。一九三八年生れの、中学教師である『創造』の中心人物は、父親が制止したにもかかわらず、ひそかに弾運びに出て、ついに還らなかった姉の女学生について語った。

『創造』を支えているもうひとりの中心人物たる高校教師は、なおも直截に、それを聞く本土の人間の胸のうちに血と泥にまみれた手をつっこんでくるような事実を、すなわち一九三五年生れのかれが身をよせていた慶良間《けらま》列島の渡嘉敷《とかしき》島でおこなわれた集団自殺を語った。本土からの軍人によって強制された、この集団自殺の現場で、祖父と共にひそんでいたひとりの幼児が、隣りあった防空壕で、子供の胸を踏みつけ、兇器を、すぐにもかれ自身の自殺のためのそれとなる兇器をふるう、ひとりの父親を覗き見てしまい、祖父と共に山へ逃げこむ。そのようにして集団自殺の強制と、抗命による日本軍からの射殺と、そして米軍の砲撃という、三重の死の罠を辛くも生き延びたところの、まさに慶良間におこった事件の、その核心のところに居あわせた人間の経験についてかれは篤実に語るのであった。

しかもなお僕が、かれら自身とその身近なものらの経験を語る口調に、ある不思議な客観性、無関心《デイタツチメント》の印象をもまた受けとったことについて、いま僕は、それをいくらかなりと筋みちだてて理解することができるようになっているのを感じる。実際しばしば、僕はこの日に眼と耳にしたものを反芻しつづけてきた。かれらは、その沖縄戦での体験を、他人の目の前に、まだ血をしたたらせている酷たらしい死体をゴロリと放りだしてみせるように、直接的に語ることで、もっとも端的に激しく、本土からのやわな旅行者をうちのめしえた筈である。しかしかれらは、かれら自身の誇りにおいてそのような赤裸の自己表白をおこなおうとはしないところの、すなわち通俗的な沖縄残酷物語めいたものに加担することを、決してかれら自身に許容しないところの、自恃をそなえた者たちであった。

それはまた、かれらの内部で、強靱な拒否のバネとしてもまた機能している、その自恃の意志を超えて、かれら自身が、自分の沖縄戦での経験を、かれらの想像力の根底にひきこんで把握しなおそうとしつづけていることをもまた、意味していたにちがいない。かれらはその沖縄戦の経験を、かれらひとりひとりの過去のうちに死蔵することを自分に許さず、また許しえぬところの者たちであった。かれらはその想像力に深く関わらせつつ、自分自身と仲間たちの経験を、ほかならぬかれら自身のそれとして更新しつづけ、把握しなおしつづけることによって演劇にむかったのである。したがって、かれらはその経験を、客観的に全体を展望しうる態度で語ったばかりでなく、もしそれを聴く他人が、過去に埋れた悲惨な思い出話への、安全なセンチメンタリズムの涙でも流そうとすれば、絶対にそれを撥ねつける硬い無関心《デイタッチメント》の態度をもまたそなえつつ、穏やかに確実に、沖縄戦においてなにがおこり、なにがおこりえたかを語ったのである。

そしてかれらとその仲間たちが、幼なくして沖縄戦に経験したものの総量を、ほかならぬ「今日の経験」とするために想像力の機能をフルに発揮しつつ、より確かに、より深く経験しなおしつづける作業が、ほかならぬ劇団『創造』の演劇活動にほかならなかった。

一般に、なまの体験を語る人間によってあたえられた衝撃の印象は、その体験が酷たらしく異様であればあるほど、当のその語り手と再び会い、みたび会いするにつれて、日常的ななまぬるさのうちに稀薄化されてゆくものだ。しかし、七、八歳から十歳で沖縄戦を真に経験した『創造』の青年たちの、かれら自身を語る言葉を聞き、そしてほとんど毎年のようにかれらと再会して、なおも話を聞く機会をもった僕にとって、かれらの経験は、右のようなたぐいの風化現象にみまわれるどころか、まさにその逆につねに鮮明に濃くよみがえった。しばしば僕はあの最初の日、かれらが自分の経験を語りつつ示した、不思議な無関心《デイタッチメント》の印象について、それが僕自身のあやまった記憶ではないかと疑ったほどに、しだいにかれらひとりひとりの沖縄戦の経験と、かれらの演劇にかかわり、その現実生活にかかわる持続の内容の重さは増大し、内実は濃縮されて感じとられたのであった。

たとえば昨年春、『創造』の仕事の持続とあいかさなるようにして、越来《ごえく》中学校の教師として地道な現実生活を持続している幸喜良秀《こうきりょうしゅう》氏が、かれの教え子がアルバイトに基地に入って、ほかならぬB52戦略爆撃機の清掃の仕事をおこなわされた模様であるということを、まさに複雑な憤ろしい翳りをおびた表情で語った時、かれがそれより四年前に、具志川《ぐしかわ》の塵芥焼却場で、沖縄戦の弾運びのために家をぬけだして行って死んだ、まだ少女の年齢の姉について言葉少なく語ったことの真の内容を、僕は重く認識しなおさざるをえなかったのである。

おなじく中里友豪《なかざとゆうごう》氏が克明に再現しようとした、渡嘉敷島のあるひとりの幼児の眼にうつる酷たらしい経験について、僕がその経験の、つねに現在に実在しつづけて、この中部高等農林学校の教師であり『創造』の魅力的な俳優でもある人間の現実生活を、ひとつのオブセッションのようにつらぬいてやまぬ刃先の鋭さに真にふれたのは、かれがやはりその教え子たちのうち、移民すべく、農業技術とともにスペイン語をまなんでいる生徒たちのことを語った時であった。

祖国とはなにか、日本人とはなにか、という命題についての激しく執拗で具体的な問いかけこそが、戦後二十五年をつうじての、沖縄における「戦争」の現前の認識とともに、劇団『創造』の、持続的なテーマであることを、僕はこれからのべてゆこうとしているのであるが、しかし、戦後の沖縄に生まれ、すなわち生まれてからいちども日本人としての正当な国籍をもたないところの少年が、そのまま見知らぬ国へと移民してゆこうとしているのである。そのような少年たちを、慶良間で辛くも生き延びた幼児についての思考を、その内部でもっとも本質的な経験としてあえて選ぶようにとらえなおしつづけている誠実な教師が、その全力をつくして教育しているのである。

僕はいま『創造』の青年たちがなにを核《コア》として、いかに持続的に、その演劇と実生活とを一貫してきたかを、かれらとの具体的な様ざまな接触のたびごとに書いたノートをひらくだけで確認することができる。一九六五年の春、幸喜良秀氏が、いわば沖縄の壁にはじめて頭をぶつけたという状態の、無知な僕にたいして日本復帰について語ったのは、このまま復帰すれば、沖縄県が日本のもっとも右翼的な地方、保守党の温床になるのではないかという疑いについてであり、日本の政体が変るのでなければ、沖縄の人間はそこへ復帰しても絶対に裏切られるという見とおしであった。そしてかれ自身の演出した一九六一年春の第一回公演『太陽の影』をつうじて、かれの確かめたのであろう次のような言葉を、かれは発したのであった。

《祖国にかえる運動は、祖国反逆の戦いでなくてはならないと思います。旧世代は自分たちのことを日本人だと強調しますが、じつはかれらが、それをもっとも深く疑っている。私は、日本人だなんて、強く感じたこともなければ、強く疑ったこともない。若い学生たちもみなそうですよ。そこで旧世代との断絶があらわれるんです。私は中学教師ですが、「期待される人間像」の、ナショナリズムをもたないことは世界を憎むことだという風な考え方に、いちばん反撥しました。沖縄では、天皇を敬愛することが国を……などといっても成立しないのが確実です。その点、子供らの意識は健全に育っています。国の実体は国民だと、自分だとみんな知っていますよ。》

一九六七年冬、佐藤・ジョンソン会談のありようを沖縄で見つめていた僕に、再びかれが語ったのは、望ましい日本復帰にむかって、いま沖縄の人間が日本の政府をつうじてなしとげうるなにごとかがあると信じているのではない、沖縄の民衆をあおりたてている幻影の正体を見きわめるためにのみ、自分は復帰運動に加わっているのだ、という苦い言葉であった。《「核つき返還」という考え方こそ、本土の支配層が、百年をこえる差別にくわえて、また沖縄戦の犠牲と、償なわれるどころか深まるのみの戦後の犠牲の上に、あらためて沖縄をもっとも恐しいイケニエとするものじゃないですか？》

アメリカ軍部のみならず、本土の日本人によってもまた、あらためて認知された核基地としての沖縄が、ここに出現することになるわけではないか、とかれは僕に問いかけながら、いかにもそれを否定しようがないまま辛く黙る僕に、かれ自身のイメージにおける日本復帰とは、《「平和」そのものの拠点として、沖縄を日本に「返してやる」こと》だ、と語ったのであった。

一九六九年冬、太平洋の向う岸で進行する佐藤・ニクソン会談にむけて沖縄からの抗議を表明するために、『創造』は『日本の幽霊』を第九回公演に選んだ。コザ劇場における初日は、佐藤・ニクソン共同声明の翌日に幕をあけた。客席を埋めた人々の内部を、熱くまた憂わしくうずめていたであろうところのものと、公演の演出者たる幸喜良秀氏の次の言葉は、まっすぐぶつかりあってまことに暗い火花を発したにちがいない。

《新安保体制下で、ぼくたちは演劇運動を始め、思考し行動してきた者として、六〇年代の終わりにあたって、書いておきたいことがある。

ぼくたちが演劇集団『創造』を結成したころは、安保世代が絶望的な気持ちに陥っていたころであり、疎外感がぼくらの意識に沈潜し、やるせない思いの中で、何とか自己を高め〝生きる〟ために演劇行動に意味を求めていたのであった。

本土から直輸入される革新の思想は、スローガンのまま、沖縄のこれまでの運動に吸収され、保守は保守なりに、革新は革新なりの一体化が実現していく過程の中で、ぼくらはウチナワーンチュであることと、沖縄的運動の進歩性を摸索し続けて来た。ぼくらは、真に主体性のある人間性を志向し、日常に埋没せず自己および、現実との激烈な緊張関係の中に、ドラマを追求し、そこに自己の生を確立しようとしての闘いをくりかえし試みてきた。そのことは、ぼくらのレパアトリーとぼくらの行動の歴史が何よりの証しになると思う。

本土で「60年代闘争」というスローガンで安保の空洞化の闘いが進められながら、実質的には憲法の空洞化が権力によって執拗に続けられ、成功していることに対してぼくらは、何を反省とし、何を運動の展望として、そこにすえればよいと言うのか。

沖縄で、祖国を愛し、祖国への復帰運動を進めながら、そのことは実は、平和への限りない現実的な闘争として位置づけ、軍国主義化していく日本国家への反体制運動でなければならないことは明白だが、いざ、基地撤去闘争へと銃口を向けていくと、そこに一つのとまどいが人々の内部にかげりとなってあらわれてくるのはいったい、どうしたことか。》

全軍労のストライキのピケに加わるために、一五〇人もの教師たちが深夜に待機している、しかも穏やかで静かな大衆食堂の二階広間で、かれ自身またピケへの出発を待ちつつ、この演出家であり中学教師である沖縄人《ウチナワーンチュ》は、アルジェリアの戦いや『アンネの日記』、また広島を背景にした『島』といった、戦争、抵抗運動、大量殺戮をつねに主題とするレパアトリーにおいて、そこにまず活字としてあらわれるものを、かれら自身が進行形で経験している戦争の現実こそが、ふくらませ充実させてきた十年間、したがって海外の、また本土の戯曲を上演しながら、それをつうじてつねに、ほかならぬ沖縄へとかえってこざるをえなかった十年間についてかたった。

その経験が、かれらにかちとらせた独自の、ダイナミックなインターナショナリズムの意識にたって、七〇年代にかれらの情念を爆発させるべき真の演劇としての、かれら自身のうちから生み出した書き手による、謝花昇の生涯の劇化を、かれらは具体的に検討していたのである。僕はかれのいう、『創造』のレパアトリーそれ自体の証すところのものを理解し、かれをその持続的な行動の歴史の一齣のうちに、すなわち当面は、米軍が金網を破ってひそかに作った「抜け穴」までをもピケする周到さの行動のうちに残してひきあげたが、読んだばかりの謝花昇にかかわる戯曲の未定稿は、僕の内部でいつまでも熱い渦巻きをひきおこしつづけた。

さて僕はいま、沖縄の戦後世代による演劇と実生活における一貫した持続をたどってきて、もうひとつの暗く恐しい持続的なるものの実在に、しかも『創造』の持続の光が照しだす、影としてのようなその実在に、あらためて意識をひきつけられざるをえない。それはほかならぬ、日本と日本人とが、沖縄からのまともな抗議の声をまっこうから押しつぶし、踏みにじるようにして、いわば、真に沖縄的なるものを根こそぎ潰滅させる方向にむかって、いかに持続的に歪んで行ったか、いかに持続的に傾斜してきているか、という認識である。十年前に幸喜良秀氏が見きわめていた敵は、あまりにもかれの暗い予見どおりに、予定された軌道を轟々と突っ走った。その尖端に、すなわち本土に生きる誰も、その連帯責任を回避しがたいところの現在時に、そのような凶まがしい持続の総量がついに構築しとげたところのもの、ついに暗闇からぬっとその全体をあらわしたところのもの、すなわち佐藤・ニクソン共同声明の、過去につながる持続性へのまぬがれようもない認識である。

まったくみもふたもない赤裸さかげんにおいて、頭を汚ない水のなかに押しつけられるような具合にして、僕は、次の事実を暗く惨めに認めなければならないことに気づく。単純かつ抗いがたい次の事実を認めなければならないことに気づく。それはそもそも気づくもなにもないほどに明瞭な事実の前で、いやいやながら、それに気づいていることをはっきり認めさせられる、ということなのであるが。すなわち、佐藤・ニクソン共同声明によって、沖縄は、そこに戦後を、経験としての、また核兵器をもふくんで現に進行しているそれとしての戦争と共に生きてきた、『創造』を構成するような青年たちが、もっとも憎悪するかたちにおいて、もっとも嫌悪する状態にあるところの日本へと「復帰」しようとしているのであり、われわれは本土においてそれに抵抗しえなかったのである。

全軍労のストライキの「支援」カンパにかかわりつつ、沖縄からの声が、南ヴィエトナム解放戦線の代表者のひとりの言葉にたくする、もっとも熾烈な毒は、そのような現状の認識をついにはおこなわざるをえない本土の「良心的な」日本人にとって、およそ中和しがたい執拗な毒である。《日本の方々には募金してもらうより日本自身のことを考えてもらいたい。》

『創造』の青年たちが、教公二法案をかれら自身の肉体においておしかえし、おしつぶす運動において、もっとも勇敢な働き手であったこと、かれらの主要なメムバーが中学、高校の教師としての現実生活を持続してきたゆえに、そのようなねばり強い活動家でもまたありつづけねばならなかったこと、それを考えつつ、佐藤・ニクソン共同声明が、沖縄の教育の現場にむけてまずなにを送りこもうとするかを見る者にとって、とくにその毒の味はさけがたい。文部省が、沖縄の教育を「本土並み」にすべく本腰をいれる、という見出しをかかげて、この二月十六日付の新聞は、四十五年度予算の成立を待って五月にも、文部省内に沖縄復帰準備室を設置することがきめられた、と報道している。

われわれの文部省がそこで眼目としていることは、沖縄の教育委員会制度を、公選制から任命制へと切りかえることであり、教育公務員の身分を「明確化」することである。もっとも端的な、七二年沖縄返還のイメージとして、いやそれ以前にすぐにも始まろうとするところの、教育の「本土並み」歪曲のイメージとして、僕は憲法のもとにかえってくる中学教師幸喜良秀氏が、また高校教師中里友豪氏が、かれらが軍政下においても縛られることを拒みつづけて果敢に抵抗し、犠牲をはらって持続してきた、自由な教育の実践家としての行動半径を、極度にせばめられるという、じつににがい光景を所有する。それによってすぐにも困難となるであろう演劇活動の舞台になぞらえていえば、手足を縛られひったてられるようにして、憲法のもとにつきだされてくるかれらの眼、僕をふくめてすべての日本人を見つめる激しく鋭い眼のイメージが、つづいてくっきりと浮びあがる。教育にかかわって「日本自身のこと」を、われわれがいったいどのような質にまで下降させてしまっているか、それをあらためてはっきりわれわれに提示するようにして、いまにもかれらの手足を縛ろうとするところのナワが見えてくる。そのナワは戦後二十五年のあいだに、ほかならぬわれわれが綯《な》ったナワである。

かれらはこのナワとこそ闘うために行動をおこし、かつ憲法の実施されぬ場所でもっとも憲法の精神にそくした教育を持続しつづけ、そして七二年以後、沖縄に流入してくるであろう本土からの「良心的な」演劇の旅公演と、貧しい観客を分けあう不利をも覚悟しながら、七千ドルを基金目標とする『創造』会館をもまた計画するという、じつに不屈な人々なのであるが、まことにかれらのあらゆる意味での戦後の持続を、その全体においておしつぶし、かれらの積みかさねた抵抗の成果をそのまま一挙に骨ぬきにすべく、われわれの文部省は強権を総動員して、いますぐにも本腰をいれようとしているのだ。

――〔七〇年二月〕――

日本の民衆意識

およそありとある日本人が積極的に、そこに参加してゆくという巨大な幻でも描きあげるごとくに、万国博の開会の式典がおこなわれるのを、僕はテレヴィで見ていた。それは、ひとつには現にいま、この時刻、沖縄で同じテレヴィ・シーンを見つめている人々がいるということを考え、あの沖縄からの視線がテレヴィのブラウン管のうちにはいりこみ、万国博の全光景をつきぬけて、もうひとつのブラウン管のまえの僕にまでいたるのを感じとるためにであった。そして第二には、じつのところ甘い期待だったというほかにはないが、万国博の担い手たる日本人たちによって、沖縄がどのようなかたちにおいて把握され、提示されるかを見逃さないでいたい、と考えたからでもあった。

僕の眼と耳は、およそ自分からすすんでそれにめぐりあいたいとは決しておもわぬ形象と、世界の秩序についてのもっとも楽観的な声音とによって、引っ掻き傷をつけられたようになったが、すくなくとも僕は、沖縄についてそこでなにごとかが語られるのを聞かなかった。その朝、新聞は沖縄の基地労務者の新規の解雇通達を小さく報道したけれども、人類の進歩と調和の主題をめぐって、様ざまの愛想よい変奏の鳴りひびいた千里ヶ丘からのテレヴィにおいて、それにふれる演説あるいは解説があるわけではなかった。

僕は、サンフランシスコ条約に調印して沖縄を切り離した政治家の「国葬」の日に、たまたま那覇に滞在していた。本土からのテレヴィ電波を中継して放映するのが中心の、沖縄のテレヴィに、まことにながながと「国葬」の情景および、あのこけおどかしに壮重きわまる悲しみのアナウンスは充満して、それをあるいは食堂であるいは床屋で、じっと黙って見つめている沖縄の人びとのイメージは、いま僕の記憶のなかで、黒ぐろとかさなりあう数多い背なか、沈黙して凝視する者たちの背なかだ。僕は万国博の開会式の中継を、沖縄のテレヴィ画面に眺めている人々のイメージとして、やはり沈黙している、数多い黒ぐろとかさなった背中のことを想い浮べぬわけにはゆかなかったのである。

僕がこの日、はじめて沖縄にかかわりのあるものにふれたのは、ほとんど真夜中近くなってからであった。近所のテレヴィから聞えてきた沖縄の音楽をたよりに、あらためてテレヴィのまえに戻り、あてどなくチャンネルを廻してみると、小高い丘の上のちょっとした窪地をかこんだ、運動会の見物のような雰囲気の雑踏に、まぎれもない沖縄の民衆の顔のむらがりがあらわれた。

しかも奇妙な具合にその群衆には、たとえばアメリカの独立記念日の、公開された基地内バザーめいた雰囲気もある。カメラは、ランパート高等弁務官夫妻を写しだし、手もちぶさたげではあるが一応のところ神妙な若い米兵たちをもまた、観客席からクローズ・アップする。それは植民地の一好日という光景である。そして窪地では、まことに巨大でかつ美しい牛が猛然と闘っていた。牛は驚くべき柔軟さで闘い、その異様に重量感のある肉体が、一瞬、不器用さとは逆のものをあきらかにしつつ転倒して、輝やく空にむかって伸べられた四本の足が、スチール写真となって画面に静止した。

その時、僕をとらえた激しい感情は、いうまでもなくその根本においてセンチメンタルなものである。しかしそのセンチメンタルなものを洗い流したあと、もろい土壌に育った、いくらかは勁いところのある灌木のようなたぐいの、やはり僕にとって忘れてしまうことのできぬ経験が残ったことをもまた僕は認めたい。実際、僕は画面の、いわば豪傑そのもののような牛たちにむかって、(僕は沖縄で闘牛をじかに見たことはないが、そこに滞在しているあいだ、現地紙で闘牛の具体的な論評を読むことは愛していたので、これらの豪傑たちの名前にはなじみがあった)、闘うな! このようなカメラの前で闘うな! ランパート高等弁務官夫妻をふくみこんでの植民地の住民の享楽という雰囲気をかもしだす、このカメラの前で闘うな、沖縄などどこふく風といった万国博の開会式典の中継のあと、一服した日本人に、風変りな南島風物のスケッチをやってみせるようなテレヴィ番組のために、牛の豪傑たちよ、闘うな! と叫ぶ思いでいたのである。

僕は自分がとらえられている激情の滑稽さについて承知しているのであったから、その叫びが、声になることはなかった。そのかわりに僕は自分の書棚の前にひきあげて中野重治氏の文章の一節を読んだ。ユーモラスに制御されながらも、そこに噴出している沖縄的なるものへの確実な人間的敬意と、それを踏みにじるものへの憤激が、僕の内部の、声にならぬ叫び声のなかの牛の豪傑たちを激励することを、また僕自身もそれに鞭撻されることをねがって。《……生きた牛をなぐりたおして、角をもぎ取って殺してしまうといった犯罪映画を、唐手の宣伝映画のようにして映倫が通してしまったのである。あの場合の牛の方こそ、あの残酷な人間にたいして唐手で身をまもるべきだったのである。あの実写映画は、唐手にたいする、沖縄にたいする、そもそも人間にたいするひどい侮蔑映画だったと私は信じる。》

明治三十六年にもまた大阪で博覧会がひらかれていた。この勧業博覧会と、今度の万国博とについて、僕は、沖縄にかかわりつつ、ひとつの共通した日本人の意識構造を見出す。明治三十六年は、沖縄における土地整理が完了し、地租が改正された年であった。すなわち琉球処分がいちおうの完結をみた年であった。琉球処分への数多い評価を、その多様性をたもたせつつ見わたすとして、というのは様ざまな、時には衝突しあう評価が、そのままかさなりあって、処分された琉球の全体を浮びあがらせると感じられるからであるが、ともかく明治三十六年は、沖縄について無知な民衆は別として、日本の指導者の意識のうちに、いわば「沖縄問題は終った」という感覚のあった年であろう。そして民衆は、沖縄について確実な情報をもたぬまま、この感覚につらなる気分を、指導者たちとわけもっていたであろう。

それは一九七〇年において、あの万国博の開会式典にあつまった日本の「指導者」たちの多くが、「沖縄問題は終った」という気持をもち、そのやれやれという安堵の気持のあやしげな根拠である佐藤・ニクソン共同声明の、直接にまた間接に包みこんでいるところの危険と裏切りについて確実に把握することはなしに、しかも気分的にはおおむね「指導者」たちに追随して適応している、そこに招待された、すなわち選ばれた民衆もまた、なんとなく「沖縄問題は終った」として、さっぱりした気持であったであろうこととかさなる。

　そのような沖縄への意識を背景にして、明治三十六年には、いわゆる人類館事件と呼ばれるものが、まさにおこりうべくしておこったのであった。勧業博覧会のうちの学術人類館というセクションに、ふたりの沖縄の女性が陳列されていた。女たちは高麗煙管《こーれーきせる》とクバの葉の団扇をわきに茅葺小屋に坐っており、笞を持った男が「此奴」は、と女たちを呼びつつ説明していたというのだ。大田昌秀氏は、『琉球新報』の旧号から、現にこの博覧会場でその場面にゆきあわせた沖縄県人の投書を、発掘している。

《……県婦人ら、あたかも動物小屋然たる場所に閉居せられ、進退自由ならず一挙一動、説明者の言の下に動作するといふ苦境に呻吟しつつあるなり。その口実とする処に曰く、各自の生活住居の現象を実現し、社会に紹介するにありと。誠に惘然に堪へざるなり。》

　一九七〇年の万国博に、新しい人類館が建てられるということはあるまい。しかし万国博の開会式において沖縄の存在への意識がすっぽりぬけているということは、ヒロシマ、ナガサキの経験が、およそ体制協力的な科学者をさえとまどわせるほどに稀薄化され、あいまい化されてそこに描き出されている模様であることとあわせて、日本人による、人類の進歩と調和の跛行したイメージをそのまま剝きだしにする。ヒロシマ、ナガサキの経験の実体を、そのまま導きこめば、また今日の沖縄を正面から見つめるとすれば、たちまち危うくなってくるたぐいの、およそ堅固な構造とは無関係の想像力による人類の進歩と調和。そのあやしげなバランスにのっかった秩序の破れめを、それ自身でつきだす端緒はありとある場所にひそんでいるだろう。

沖縄からコザ高校の学生二百人近くが万国博を見物にやってくる。かれらがいったいどのような進歩と調和を見るかは別にして、それは沖縄のがわからの愛想よい「一体化」への歩みよりだと、「沖縄問題は終った」として万国博に二十世紀後半版の醍醐の花見を楽しむ者たちが満足した。ところがその上機嫌の足もとに穴があいている。沖縄からきた高校生たちの宿舎は冷たい風が吹きさらしのプレハブ造りであって、その名だけが「くいだおれ万博××荘」というのである。高校生の、寒さと疲労に眠れぬ頭はなににむかって研ぎすまされたか。おなじ大阪で、わずかに前後して、もっとまともなホテルに宿泊はできたものの、沖縄へ現地調査団をいくたびもくりだしながら現実的な行動はおこさぬ本土政府、企業について不満を示さざるをえなかった、沖縄経済振興懇談会の沖縄代表たちも、決して安穏な熟睡の夜をすごしたのではなかっただろう。「沖縄問題は終った」とふんぞりかえっていいきり、そのままなにもかもに頰かぶりして、すべての未解決の問題点はその場にのこし、巨大なブルドーザーのアクセルに力をこめた足をのせている者たちのすぐ背後から、沖縄の人びとが、意識するしないにかかわらず眼に入ってこざるをえない穴ぼこのいちいちにぶつかって、問いかけの声をあげようとする。ブルドーザーの轟音は、あるいは人類の進歩と調和を讃美する歌声は、それらの問いかけの声を圧して鳴りひびくが、いつまで轟音を、また歌声をたかならせつづけるのか、問いかけの声が衰弱しきってついには死滅する日までか？

もし日本人がまともに沖縄とそこに住む人々について考えようとするなら、一九七〇年は、すくなくとも琉球処分以来の沖縄に課せられた重荷と犠牲の総量のまえにたって、あらためて日本人とはなにか、ということをみずから問うべき年であった。そのように問うことによってアジアの人間としてのわれわれ自身の未来にむけたありようをめぐる新しい想像力をかちとるべき年であった。ところが号砲のようにたかなる、「沖縄問題は終った」という根拠不明の大声をきっかけに、日本の民衆は万国博へむけて駈けだしてゆき、人類の進歩と調和の、コンピューター時代風の菊人形のまわりに蝟集したかのごとくである。

それを海底ケーブルで送られた画像によってうつしだすテレヴィにむかって、沈黙した黒い背をかさならせている沖縄の人々が見つめる。その沖縄の凝視が、おのずからもうひとつの人類館の光景をあきらかにする。茅葺小屋のかわりに鋼鉄のパイプを組みあわせ複数スクリーンの光彩と電子音楽にみちた建物のなかを、高麗煙管《こーれーきせる》にクバの葉の団扇どころか、もっと仰ぎょうしく奇妙に海外からの移入品と土俗的なるものとの混交した恰好の、ほかならぬ二十世紀日本人が、なにものか癒しがたい渇きにかきたてられつつ、大群をなして右往左往する光景。

それを沖縄のもっとも醒めた眼が見つめている。たとえば次のように明瞭な視点を設定して、沖縄の民衆意識を、広く深く掘りおこし、そしてその照りかえしの光によって、日本の民衆意識を、自分自身の内部に見出しつつ検討せざるをえない者らに恐しい動揺をあたえつづけた、大田昌秀氏のような、まことに沖縄的な、しかもそうであることによって日本的な限界をこえている知識人の、醒めに醒めて、痛みのような苦渋をたたえている眼が凝視している。

要するに、ここで提起された二つの疑問(引用者註。沖縄とは何か、沖縄人とはいったい何者なのか、という問いと、沖縄が現在おかれているような事態が、かりに本土にあれば沖縄でのように放置されたままではなかろう、という本土に住む日本人とその政府への疑惑)は馬鹿らしくさえ思われようが、じつは「日本人とは何か」という根源的な問いにつながるものだといえる。わたしが、ことさらに沖縄人を「日本人」という包括的な文脈から切り離して論ずるのは、一つには沖縄の現状からいっても、また従来ほとんど認知されずにいた日本人の本質の一側面を明らかにする上からも、便利だからにほかならない。

沖縄とはなにか、沖縄人とはなにか、という問いを、日本人とはなにか、という根源的な問いにつなぐところの橋は、差別の問題としてそれをとらえることをまず要求する。いうまでもなく、この差別の力関係は、それを激しく揺さぶって、そこに多様なダイナミズムの渦巻きがおこるようにして検討されるのでなければならない。

一般には、この差別の紐帯の、本土の日本人のがわにくくりつけられている片はしは、単純である。ひと皮剝けば、なにもかもが曝されるようにも単純なかたちに、沖縄からの紐帯の片はしをとらえることに、沖縄差別のそもそもの根本があるとすらいうべきであろう。人類館事件から、現在の、沖縄では英語が日常語か、と訊ねるたぐいの、およそグロテスクなほどにも歪んだ「現実そっくり」の様ざまな神話が、沖縄には数かぎりなくころがっていて、本土の日本人の、無知による、沖縄イメージの単純化は広くゆきわたっている。そこからくる差別の積みかさなりの総量は厖大なものだ。それにくわえて、意識的に無知であることを選ぶ人間の、沖縄イメージの単純化ということがある。それにもとづく差別が、さきの差別にくらべて、意識的な悪質さを、より多くそなえていることはいうまでもない。

自分の沖縄イメージに欠落している部分があるために、無意識のようにひきおこしてしまう沖縄への差別がある。自分の沖縄イメージの欠落部分を掘りおこし、充填してゆくと、自分自身の精神の平衡がくずれることを知っているために、あるいは自分の思惑どおりにことを運ぶにあたって不都合な制約が出てくるために、意識してその欠落部分に眼をふさぎ、その眼をつむったまま巨きい足をぬっと踏み出すようにしておこなっている、沖縄への差別がある。そしてこのふたつの差別は、おのおのが日本人の根源的な本質を、わずかにことなった角度で構成している二つの結晶面である。それらは現実に、しばしばあいかさなるか、あい接するかしている。そこにはまぎれもなく、この百年間にかたちづくられた日本近代国家の民衆と権力の顔がある。

ひめゆりの塔の前で(この塔の建っている南部戦跡は本土のありとあらゆる都府県の名の冠せられた「塔」の荒野ともいうべき景観を呈している。沖縄戦でこうむったおのおのの惨禍を比例としてとらえて表現するとすれば、すくなくともそれらの本土都府県の名をきざんだ塔の全部に匹敵する重さにおいて、沖縄県民の塔が建てられるべきであろうが、いうまでもなくそのような数学はそこに採用されてはいない)、首相が流した涙は、沖縄戦において真暗な深い裂けめがひらき、そこに意識の光をあてさえすれば、琉球処分以後のすべての歪みひずみが、単に歴史にきざまれたもの、物質として把握できるものをこえて、なぜ沖縄の日本人が本土の日本人よりもなお「忠誠心」に燃えるにいたったかという、民衆の意識の内部にはいりこむものまでをこめて、複雑な層をなしてあらわれてくるはずの、その決定的な瞬間に、なにもかもを単純化してしまった、ほとんど暴力的な涙であった。その深い裂けめからふきあげてくるはずの悪臭は、じつはそこを覗きこんでいる者自身の悪臭であったにちがいないが、涙が鈍感な厚い蓋となって裂けめを閉ざした。

沖縄戦にむりやりひきずり出されながら、生き延びることの可能性については客観的にも、主観的にもそれを想像する力をうばわれている者たちとして、酷たらしく死んだ沖縄の娘たちの死は、いわば琉球処分以後のすべての沖縄の、望ましい日本人たろうとつとめた女性たちの歴史的つながり総ぐるみにおいての死であった。しかし首相の涙は、それらの沖縄の娘たちの、死を、抽象的な架空の娘たちの死と同一のものへと単純化したのである。本土の日本人はかれにならって、とにかく若い娘が戦場で死ぬということは痛ましいことだというかたちに一般化し、そうすることによって、本土の日本人には誰にとってもかれの人間としての根源を刺してくるはずの沖縄の毒から身をまもり、安穏に涙を流すことができた。そして涙が乾けば、もう「沖縄問題は終った」と、のほほんとする段取りができあがっていたのでもあろう。

真暗な深い裂けめを覗きこまねばならぬところへ、ほとんど首筋をつかまれてみちびかれるようにして近づきながら、土壇場でそれをかわす。沖縄について本土の日本人が繰りかえしてきた定石のやりくちが再びもくろまれ、それがそのまま佐藤・ニクソン共同声明、七二年返還という方向にむけて完了しようとしているのである。ここでは沖縄への無知からの単純化も、意識された頰かぶりによる単純化と同様に、こすっからく冷酷な日本人の、アジアにおける百年来の生きざまをあらわにする。侵略的に猛っていない間も、アジア人への単純化された認識が、そのまま差別の実体をなすというかたちで、日本人はアジアに存在してきたのであり、沖縄的なるものから根こそぎひきぬいたかたちでの、戦場で死んだ娘たちへの涙は、乾くまでもなく、その涙のうちに、差別の種子としての、単純化された沖縄認識をはっきりやどらせていたのである。

沖縄の戦後を、繰りかえすまでもなく戦火のなかの「戦後」を、身をもって経験しつつ、沖縄の人間の意識のありようを検討した、そして新しい沖縄人としてのかれら自身を把握しようとした少壮の学者たちの仕事は、僕の知るかぎり幾つかの共通点の上になりたっている。その共通点をむすべば、大田昌秀氏の「沖縄の民衆意識」についての認識は、「沖縄人の意識構造の研究」をおしすすめた東江平之《あがりえなりゆき》氏の認識にかさなる。それはまた様ざまな分野での沖縄の知識人の自己確認へとつながってゆくようでもある。そこに見られるところの、学問的な方法意識につらぬかれてのそれではあるが、一種の単純化とも思えるもの、それに僕はしばしばひそかな疑いを誘われてきたものだ。しかしいま、日本人とはなにかを、根源的に考えることをめざしつつ、あらためてそのような「沖縄人」の民衆意識、意識構造の整理されたかたちにふれる時、いかにも端的に日本人の民衆意識、意識構造が、あきらかにえぐり出されてもまたいることに気づくのである。百年間、二十七度線ごしにあからさまな差別の紐帯が結ばれてきたのだ。その沖縄がわの片はしを揺さぶれば、日本の本土のがわの片はしも確実に揺れはじめる。

東江平之氏の分析は、《沖縄人の行動様式の顕著なものとして事大主義と劣等感の二つをあげることができる》とみなし、事大主義を、ほかならぬ劣等感あるいは自己卑下が支えているとして、それらを表裏一体にとらえる言葉に「空道《こうどう》的人格」を選ぶものであった。

また、閉鎖性と「差意識」という命題をかかげて、《沖縄人にとって、初対面の相手が沖縄出身であるか他府県の出身であるかが判明することは普通極めて重大なことである。沖縄出身であると判ると、地域差その他は殆んど問題にならないくらいのものになってしまう。「本土」出身だと判明したとたん、差意識が現実の差以上のものに及ぶし、その後は、例えばその人が青森県の出身であるのか山口県の出身であるかは問題にしない。近いものどうしは実際以上に近似して知覚されるし、違ったものは逆に実際以上に違って知覚される》という観察を、より押しすすめた心理学的分析へつなごうとするものであった。

大田昌秀氏の仕事は、まことに綿密な沖縄近代史を、新聞のこまかなすみずみにまで眼をくばることにより、事実にたって、あるいは事実の報道の現場にさかのぼって再現し、《沖縄人の意識、行動のパターンを近代沖縄の歩みの中で追求し、それがいかにして形成されたかを明らかにすること》を主要な目的のひとつとするものであった。大田昌秀氏の仕事の持続的な性格は、沖縄近代を戦後の今日にまで串刺しにするようにつらぬいて、まことに正当に、かつて醜く、現在醜く、未来にわたってなお醜くありつづけようとする日本人の本質を提示するところにまで進んだ。

しかし、沖縄の知識人による「沖縄の民衆意識」、「沖縄人の意識構造」の認識は、なによりもまず本土の日本人たる僕に、それに向きあった鏡のなかの像のごとくにも、影のごとくにも、ぴったり対置されて離しがたいところの、日本の民衆意識について、日本人の意識構造について、具体的なイメージをつきつけるものであった。当然にそれは、まことにいまわしいイメージであって、僕の内部に煮こごりのようにかたまったその日本・日本人イメージ、すなわち沖縄の影、沖縄人の影としてあらわれる日本・日本人イメージは、大田昌秀氏の「醜い日本人」という追及を、およそ告発としてはあまりにも穏和な言葉として苛だつ沖縄の若い世代に共感せしめるほどであった。

この百年間において、沖縄の人間の事大主義が発揮される現場には、それこそ形影相伴うごとくに日本人がいた。日本人の政治家が、官僚が、商人が、学者がいた。それは沖縄の民衆の事大主義にちょうどみあうだけの、ほかならぬ事大主義的性向の日本人がそこにはいりこんでいたということである。事大主義は、沖縄の人間と本土の日本人とのあいだに張りつめられたロープのごときものですらあったというべきであろう。そのロープは、沖縄の人間の事大主義的性格から生え出た植物のように生きていたというなら、ガジュマルの幹枝からたれる気根のようにも、その生きたロープは、本土の人間の事大主義的性格のうちにあらためて根をおろして養分をとるところのロープだったのである。

ただ沖縄の人間が、その事大主義についてしばしば自覚的であったのに対して、本土の日本人は、沖縄の人間の劣等感を踏み台にすることで、かれ自身の事大主義に頬かぶりする逃げ道をえたのである。謝花昇の抵抗は、事大主義を克服し、劣等感からも堂どうと解放された沖縄の人間の、日本人の事大主義に対する闘いであった。そのような日本人に、事大主義によってつらなる沖縄の同胞への闘いであった。謝花昇の光に照される奈良原県知事の内奥の暗部は、それこそ事大主義と、裏がえしの劣等感のかたまりによってなりたっている。かれの配下の日本人の小官僚にいたっては、まったくそれに輪をかけたたぐいであって、かれらがどのようにして沖縄の民衆の劣等感をつっきだし、そこに足を踏まえるようにして心理的に適応したか、という差別の筋書はくっきりと眼に見えてくる。

謝花昇のように果敢に抵抗するというのではないにしても、沖縄の近代史が所有している様ざまな知識人は、いかなる意味あいでも「事大主義と劣等感」というように単純化することを拒む、複雑なつらがまえにおいて歴史に存在している。かれらの多くが、本土の強権によって、望むと望まざるとにかかわらず「事大主義と劣等感」とを、みずからになわしめられた知識人であった。しかしかれらは自覚的にあえてそれをになったのであるし、それをになうことで本土の日本人とのあいだの関係を円滑にはこびながら、したがって戦時においては、御用学者と呼ばれてもまたいたしかたないような生き方を選びながらも、しかもなお単純化された「事大主義と劣等感」、沖縄島の閉鎖性と、本土の日本人への「差意識」ということでは、包みこみきれぬ、ひとすじなわではゆかぬ複雑な大きさをそなえているのである。

「空道《こうどう》的性格」という、その空道《こうどう》について、《康熙年間の動乱に当つて、沖縄の使節は清帝及び靖南王に奉る二通の上表文を持参していつたとのことでありまず。又不断でも琉球の使節は琉球国王之印を捺した白紙を持参してゐて、いざ鎌倉といふ時、どちらにでも融通のきく様にしたとのことです。この紙のことを、空道と申します。沖縄人の境遇は大義名分を口にするのを許さなかつたのです。沖縄人は生きんが為には如何なる恥辱をも忍んだのである》と書いて、「本県人を侮辱するにもほどがある。こんな人間は何処かへ追払つて了え」と脅迫された若年の伊波普猷が、そのような「空道的性格」に、充分すぎるほど意識的であったことはいうまでもない。
そしてその醒めた意識は、米軍占領下の沖縄への思いをたくした、最後の仕事にまで血脈をつたえているのであるが、最近になって公表された比嘉《ひが》春潮《しゅんちょう》氏の青年時の日記にあらわれる伊波普猷は、むしろ本土の日本人と強権に対して、かれらの視野をはるかにこえた自由な展望を持ち、「空道的性格」を逆手ににぎって武器ともしかねない面魂をのぞかせている。かれは複雑で大きく、いかなる意味あいでも、結局は「御用学者」の枠組みがかれを収容しうるとは想像できない。伊波普猷を御用学者としてまるめこみえたと信じていた本土の学者官僚は、かれらこそが事大主義と、ひっくりかえした劣等感の枠組みに閉じこもって、自由な想像力を枯死せしめていたことをさらけだすだろう。

現にそのように無邪気な日本人官僚として、真境名《まじきな》安興《あんこう》著『沖縄一千年史』に名前だけの共著者となっている、那覇地方裁判所検事正たる島倉竜治をあげることができる。かれのよせた序文は、《欽ミテ惟ミルニ、英明仁慈ナル東宮殿下、昨辛酉春三月欧洲行啓ノ途次、畏クモ鶴駕ヲ本島ニ枉ケサセラレ、親シク民情ヲ覧ハセ給フ。誰カソノ寵光ニ感激セサルモノアラムヤ。……夫行啓ヲ記念シ、寵光ノ万一ニ報スルノ途ハ多々アルヘシト雖モ、予ハ従来世人ニ閑却セラレタル沖縄一千年間ノ沿革ヲ闡明シ、精神的ニ県民ヲ自覚セシメ、報本反始ノ途ヲ講スルヲ以テ第一義トナスト思慮セリ》というたぐいのものである。

この沖縄へのいわゆる東宮行啓を、沖縄の民衆のすべてが、ソノ寵光ニ感激してむかえたかといえば、ここにひとつの反証がある。久米村の出身で、蔡十八世をなのる沖縄の伝統芸能の専門家は、少年時に父親と、この行啓を見物に行った。帰り道で父親が、「裕仁、分《ブン》だあさー」といった言葉をかれはいまなお忘れないのである。それは尚家の王族にその分の威厳がそなわっているように、本土の王族にもそれ相応の、分《ブン》の立派さがあったわい、という冷静な批評の言葉にほかならない。天皇制国家において、さきの本土出身の検事正と、このひとりの沖縄の父親との、どちらが事大主義におかされていたかは、すでに明瞭である。検事正は、かれが自覚せしめようと考えた沖縄県民にくらべて、はるかに限られた想像力の自由しかもたなかったのであり、かれのいわゆる寵光を、相対的にうけとり、あまつさえその光の届かぬむこうまでをも見とおしている民衆がいることなど思いおよびもしなかったにちがいない。

さて僕は、最初の沖縄旅行において大田昌秀氏、東江平之氏にめぐりあう幸運を持ったのであったが、この秀れた学者たちは、あるいは十五歳の、あるいは十歳の少年兵士として沖縄戦を苦闘した人間として、その経験をどのように新しい世代へとつなぐかということをまず根底にすえて、沖縄の近代史と今日の現実を分析する人々であった。かれらは沖縄の民衆の意識構造について、歴史にさかのぼり、心理学の深みにはいりこんで追求する過程において、なによりもまず決定的に、かれら自身を、事大主義とそれにつらなるものから自由に切りはなした人々であった。

大田昌秀氏は、《平凡だが、肝要なことは、われわれが過去の辛い経験に照らして国政参加の原理とその意味を十分に学びとり、血肉化したうえで、それを可能なかぎり現実の政治に生かしていく努力を積み重ねることだとおもう》という、地道で強靱な決意を表明すると共に、本土での研究生活を切りあげて、まさに荒れなんとする故里に帰られた。沖縄を限りない異議申立ての存在たらしめつづけるために、返還前の国政参加を拒否しようとする若い知識人とも、また沖縄戦の経験とはすっかり切れた、より若く、よりラディカルな世代とも、激しく重い討論の日々が氏を待ちうけていることであろう。そこに正面からの衝突があり、断絶すらもありうるとして、しかし討論に加わる人々は、およそ事大主義を特徴とするたぐいの意識構造から は、決定的に離れている、新しい「沖縄人」であり新しいアジア人である。

さきにあげた大田昌秀氏の言葉を、本土の日本人＝われわれ、と置きかえて僕が反芻する時、それは、過去の恥ずべき経験に照らして、というほかにないのであるが、「国政参加の原理とその意味」を充分に学びとり血肉化しなければならぬのは、むしろわれわれの課題である。ただ、われわれは、事大主義および幾重にも裏がえされた劣等感を根こそぎ克服した新しい日本人とは、まさに主張しかねる存在なのであり、われわれの政府がいま新規の事大主義において沖縄におっかぶせているところの状況に、そのまま眼をつむり頰かぶりしてなかば乗っかってしまっている民衆であり、そのような意識構造の持主にほかならない。

僕個人の、自分の耳にもしだいに暗い怨みごとの響きをおびてくる固定観念にたちもどれば、日本人とはなにか、このような日本人ではないところの日本人へと自分をかえることはできないか、という惨めな渇望は、そのような意識構造の自覚の上にたっている。しかもそれは倫理的な要請のみが、僕に繰りかえしつきつけるところの命題ではない。「沖縄の民衆意識」、「沖縄人の意識構造」を克服し、その束縛から自由になった眼において、アジアを展望する人びとの想像力と、日本の民衆意識、日本人の意識構造に縛られたままの、自分の想像力とのあいだの落差にほとんど戦慄するからである。この落差を埋めるに足るほどの新しい啓示が、たとえ万国博のコンピューター的聖域をくまなくへめぐったとしてもあたえられえようか？
——〔七〇年三月〕——

「本土」は実在しない

僕が、ここに書きつづけてきた、沖縄を核《コア》として、日本人としての自己検証をめざすノートは、論理的な完結の印象とともに閉じることができぬものとしだいに自覚されてきた。僕はこのノートを開いたまま自分のうちに持ちつづけるだろう。いうまでもなく僕は、そもそものはじめから自分が繰りかえしてきた、日本人とはなにか、このような日本人ではないところの日本人へと自分をかえることはできないか、という内部への問いについて、どうなのだ、いくらかなりとおまえの非力な腕が押している、重い蝸牛の車は前をむいて進んだのか、と揺さぶりをかけられるのを感じないではいない。それに対して僕は、ますます自分の視界にうす暗い霧がかかってきた、と不甲斐ないことを中間報告するのではあるが、しかしこの問いかけを自分の内部の永久運動体として持ちつづけてゆこうとしていることをもまた、後戻り不能の歯どめのようにやわな自分の頭と肉体のすぐわきに打ちこむ杙《くい》の言葉としてここに記しておきたいのである。

『沖縄救済論集』におさめられた東京からの新聞記者の旅行記の文章に、いくぶん雑駁ではあるが、沖縄の現実に接して、それに密着した、しかも人間的な根源のところにまっすぐはいりこんでくる性格の観察力を感じさせる、次のような一節があった。

孤島苦とは?
――お前は生きてゐるか?
――生きてをります。
――お前の動脈を絶つて、
血の循環をとめてみろ――

僕はこのような言葉を、うわすべりな比喩としてでなく、想像力の発揮のためのとっかかりとして所有したいのであるが、実際にくりかえし、自分の動脈を絶って、血の循環をとめてみるようにしつつ、さきの命題を考えつづけたいとねがうのである。佐藤・ニクソン共同声明以後、日本人の、沖縄についてエゴイズムをさらけだした態度、沖縄とそこに住む人々を中心にすえて思考するところの想像力の欠如の、様ざまな実例は、ますます頻繁にあらわれ、僕の視界いちめんに山積みされようとするかのごとくである。

たとえば沖縄の国政参加について、沖縄の現場で、また本土で研究生活をおくってきた沖縄の学者によって、それぞれに、沖縄と日本全体の近代史と未来イメージに根ざした検討が、おたがいに正面から激突するようにしておこなわれている。本土の政治家たちは、そのような沖縄での検討にあいつうじる深みに想像力の基盤をおきつつ、国政参加の課題を考えているか？　まったくみもふたもないほど露骨に、本土のエゴイズム、陋劣なお家の事情にのみのっとって沖縄の国政参加がここでいじくり廻されているのではないか。

三月なかば本土の報道は突然に、沖縄の国政参加のための法案の、今国会への提出が危ぶまれる状態になったと報じ、そもそもの国政参加の早急実現の口火が、首相の唱導によってきられたことを思い出させつつ、ほかならぬかれの自民党の、候補者の公認調整（！）が難航しそうであるために、引き伸ばし策がとられている模様だと解説した。国政参加の課題を中心にして、沖縄の存在の、歴史と本質に深くえぐりこんだ検討が、沖縄の現場でなされている時、わずかながらにしてもそれに答えるどころか、党の内部のお家の事情によって、わが保守党は法案の提出時期を算段しているというのである。

もっとも、国政参加の課題への、かれらなりの留保条件が、一応はまともな響きのする言葉によっていることは日ごろの例にもれない。自民党外交調査会では、《完全復帰前に、沖縄代表議員に対して、沖縄関係だけでなく、すべての案件について、議決権を与えるのは、憲法にふれるおそれがある》といい、おなじ党の憲法調査会でも「憲法上疑義がある」という意見が出るという調子であった。

数日たって自民党政調審議会は、《沖縄住民が現在租税負担をしていないことなどを理由》とする異論があったとわざわざ示しつつ、しかし大勢は、沖縄住民の国政参加についての特別措置法案を認める方向にあるという、中間報告をした。報告は、外遊中の党の実力者の帰国をまって政府・与党首脳会議を開き、考え方をまとめるという情報をともなっていた、党の実力者の！　そのように自己中心的な、すなわち沖縄そのものに動機があるのではない曲折をへて、わざとらしい工作による一連の貸しや借りをつみたてたあと、結局は沖縄の国政参加の課題を自民党が決定し、そして議会が決定したのであったが、ここではっきりしているのは、これらの全経過にわたって、沖縄からの声が二の次以下であったことのみならず、実は憲法についても誰ひとりまともに原理的に考えてみたのではないことである。

沖縄の民衆にとって、これまではもとよりこれからはより直接的に、日本人の議会で議決される「すべての案件」が、「沖縄関係」である。すべてが沖縄とそこに住む人間に関係がある。そのように具体的に問題を展開しないまでも、現在の沖縄のありようは、憲法にふれるおそれがないのか、憲法上疑義がないのか？　沖縄の国政参加について、いま実際的なプログラムを身勝手にいじくりまわしながら、憲法の名を持ち出す時、自民党の政治家たちはその廉恥心において手が震えるということはないのか？　これはハノイに旅したアメリカ人たるスーザン・ソンタグが発見してきた用語であるが、かれらに倫理的想像力 moral imagination はいささかもないのか？　もとより僕はこのような暗くあてどない憤りの声を、かれらに日本人の名においてつらなっているところの、そこから吹きあげてくるなまぐさい風にあたると、まったく意気沮喪してしまう、おぞましい自分の内部の隧道にむけて発するのみなのであるが。

このような報道とかさねあわすようにして新聞は、慶良間列島の渡嘉敷島で沖縄住民に集団自決を強制したと記憶される男、どのようにひかえめにいってもすくなくとも米軍の攻撃下で住民を陣地内に収容することを拒否し、投降勧告にきた住民はじめ数人をスパイとして処刑したことが確実であり、そのような状況下に、「命令された」集団自殺をひきおこす結果をまねいたことのはっきりしている守備隊長が、戦友(!)ともども、渡嘉敷島での慰霊祭に出席すべく沖縄におもむいたことを報じた。僕が自分の肉体の奥深いところを、息もつまるほどの力でわしづかみにされるような気分をあじわうのは、この旧守備隊長が、かつて《おりがきたら、一度渡嘉敷島にわたりたい》と語っていたという記事を思い出す時である。

おりがきたら、この壮年の日本人はいまこそ、おりがきたと判断したのだ、そしてかれは那覇空港に降りたったのであった。僕は自分が、直接かれにインタヴィユーする機会をもたない以上、この異様な経験をした人間の個人的な資質についてなにごとかを推測しようと思わない。むしろかれ個人は必要でない。それは、ひとりの一般的な壮年の日本人の、想像力の問題として把握し、その奥底に横たわっているものをえぐりだすべくつとめるべき課題であろう。その想像力のキッカケは言葉だ。すなわち、おりがきたら、という言葉である。一九七〇年春、ひとりの男が、二十五年にわたるおりがきたら、という企画のつみかさねのうえにたって、いまこそ時は来た、と考えた。かれはどのような幻想に鼓舞されて沖縄にむかったのであるか。かれの幻想は、どのような、日本人一般の今日の倫理的想像力の母胎に、はぐくまれたのであるか?

まず、人間が、その記憶をつねに新しく蘇生させつづけているのでなければ、いかにおぞましく恐しい記憶にしても、その具体的な実質の重さはしだいに軽減してゆく、ということに注意をむけるべきであろう。その人間が可能なかぎり早く完全に、厭うべき記憶を、肌ざわりのいいものに改変したいとねがっている場合にはことさらである。かれは他人に嘘をついて瞞着するのみならず、自分自身にも嘘をつく。そのような恥を知らぬ嘘、自己欺瞞が、いかに数多くの、いわゆる「沖縄戦記」のたぐいをみたしていることか。

たとえば米軍の包囲中で、軍隊も、またかれらに見棄てられた沖縄の民衆も、救助されがたく孤立している。そのような状況下で、武装した兵隊が見知らぬ沖縄婦人を、無言で犯したあと、二十数年たってこの兵隊は自分の強姦を、感傷的で通俗的な形容詞を濫用しつつ、限界状況でのつかのまの愛などとみずから表現しているのである。かれはその二重にも三重にも卑劣な強姦、自分たちが見棄てたのみならず、敵にむけるはずであった武器をさかさまに持ちかえておこなった強姦を、はじめはかれ自身にごまかし、つづいて瞞着しやすい他人から、もっと疑り深い他人へと、にせの言葉によって歪曲しつつ語りかけることを繰りかえしたのであったろう。そしてある日、かれはほかならぬ強姦が、自分をふくめていかなる者の眼にも、美しいつかのまの愛に置きかえられえたことを発見する。かれは、沖縄の現場から、被害者たる沖縄の婦人の声によって、いや、あれは強姦そのものだったのだと、つきつけられる糾弾の指を、その鈍い想像力において把握しない。

慶良間の集団自決の責任者も、そのような自己欺瞞と他者への瞞着の試みを、たえず繰りかえしてきたことであろう。人間としてそれをつぐなうには、あまりにも巨きい罪の巨塊のまえで、かれはなんとか正気で生き伸びたいとねがう。かれは、しだいに稀薄化する記憶、歪められる記憶にたすけられて罪を相対化する。つづいてかれは自己弁護の余地をこじあけるために、過去の事実の改変に力をつくす。いや、それはそのようではなかったと、一九四五年の事実に立って反論する声は、実際誰もが沖縄でのそのような罪を忘れたがっている本土での、市民的日常生活においてかれに届かない。一九四五年の感情、倫理感に立とうとする声は、沈黙にむかってしだいに傾斜するのみである。誰もかれもが、一九四五年を自己の内部に明瞭に喚起するのを望まなくなった風潮のなかで、かれのペテンはしだいにひとり歩きをはじめただろう。

本土においてすでに、おりはきたのだ。かれは沖縄において、いつ、そのおりがくるかと虎視眈々、狙いをつけている。かれは沖縄に、それも渡嘉敷島に乗りこんで、一九四五年の事実を、かれの記憶の意図的改変そのままに逆転することを夢想する。その難関を突破してはじめて、かれの永年の企ては完結するのである。かれにむかって、いやあれはおまえの主張するような生やさしいものではなかった。それは具体的に追いつめられた親が生木を折りとって自分の幼児を殴り殺すことであったのだ。おまえたち本土からの武装した守備隊は血を流すかわりに容易に投降し、そして戦争責任の追及の手が二十七度線からさかのぼって届いてはゆかぬ場所へと帰って行き、善良な市民となったのだという声は、すでに沖縄でもおこり得ないのではないかとかれが夢想する。しかもそこまで幻想が進むときかれは二十五年ぶりの殺した者と生き残りの犠牲者の再会に、甘い涙につつまれた和解すらありうるのではないかと、渡嘉敷島で実際におこったことを具体的に記憶する者にとっては、およそ正視に耐えぬ歪んだ幻想をまでもいだきえたであろう。このようなエゴサントリックな希求につらぬかれた幻想にはとめどがない。おりがきたら、かれはそのような時を待ちうけ、そしていまこそ、そのおりがきたとみなしたのだ。

日本本土の政治家が、民衆が、沖縄とそこに住む人々をねじふせて、その異議申立ての声を押しつぶそうとしている。そのようなおりがきたのだ。ひとりの戦争犯罪者にもまた、かれ個人のやりかたで沖縄をねじふせること、事実に立った異議申立ての声を押しつぶすことがどうしてできぬだろう？　あの渡嘉敷島の「土民」のようなかれらは、若い将校たる自分の集団自決の命令を受けいれるほどにおとなしく、穏やかな無抵抗の者だったではないかと、ひとりの日本人が考えるにいたる時、まさにわれわれは、一九四五年の渡嘉敷島で、どのような意識構造の日本人が、どのようにして人々を集団自決へと追いやったかの、およそ人間のなしうるものと思えぬ決断の、まったく同一のかたちでの再現の現場に立ちあっているのである。

罪をおかした人間の開きなおり、自己正当化、にせの被害者意識、それらのうえに、なお奇怪な恐怖をよびおこすものとして、およそ倫理的想像力に欠けた人間の、異様に倒錯した使命感がある。すでにその一節をひいたハンナ・アーレントのアイヒマン裁判にかかわる書物は、次のようなアイヒマン自身の主張を収録していた。「或る昂揚感」とともにアイヒマンは語ったのである。

《およそ一年半ばかり前〔すなわち一九五九年の春〕、ちょうどドイツを旅行して帰って来た一人の知人から私は或る罪責感がドイツの青年層の一部を捉えているということを聞きました……そしてこの罪責コンプレックスという事実は私にとっては、謂うならば人間をのせた最初のロケットの月への到着がそうであるのと同じくらい、一つの画期的な事件となったのです。この事実は、それを中心に多くの思想が結晶する中心点となりました。私が……捜索班が私に迫りつつあるのを知ったとき……逃げなかったのはそのためです。私にこれほど深い印象を与えたドイツ青年のあいだの罪責感についてのこの会話の後では、もはや自分に姿をくらます権利があるとは私には思えなかった。これがまた、この取調がはじまったときに私が書面によって……私を公衆の前で絞首するように提案した理由です。私はドイツ青年の心から罪責の重荷を取除くのに応分の義務を果たしたかった。なぜならこの若い人々は何といってもこの前の戦争中のいろいろな出来事や父親の行動に責任がないのですから。》

おりがきたとみなして那覇空港に降りたった、旧守備隊長は、沖縄の青年たちに難詰されたし、渡嘉敷島に渡ろうとする埠頭では、沖縄のフェリイ・ボートから乗船を拒まれた。かれはじつのところ、イスラエル法廷におけるアイヒマンのように、沖縄法廷で裁かれてしかるべきであったであろうが、永年にわたって怒りを持続しながらも、穏やかな表現しかそれにあたえぬ沖縄の人々は、かれを拉致しはしなかったのである。それでもわれわれは、架空の沖縄法廷に、一日本人をして立たしめ、右に引いたアイヒマンの言葉が、ドイツを日本におきかえて、かれの口から発せられる光景を思い描く、想像力の自由をもつ。かれが日本青年の心から罪責の重荷を取除くのに応分の義務を果したいと、「或る昂揚感」とともに語る法廷の光景を、へどをもよおしつつ詳細に思い描く、想像力のにがい自由をもつ。

この法廷をながれるものはイスラエル法廷のそれよりもっとグロテスクだ。なぜなら「日本青年」一般は、じつは、その心に罪責の重荷を背おっていないからである。アーレントのいうとおり、実際はなにも悪いことをしていないときに、あえて罪責を感じるということは、その人間に満足をあたえる。この旧守備隊長が、応分の義務を果たす時、実際はなにも悪いことをしていない(と信じている)人間のにせの罪責の感覚が、取除かれる。「日本青年」は、あたかも沖縄にむけて慈悲でもおこなったかのような、さっぱりした気分になり、かつて真実に罪障を感じる苦渋をあじわったことのないまま、いまは償いまですませた無垢の自由のエネルギーを充満させて、沖縄の上に無邪気な顔をむける。その時かれらは、現にいま、自分が沖縄とそこに住む人々にたいして犯している犯罪について夢想だにしない、心の安定をえるであろう。それはそのまま、将来にかけて、かれら新世代の内部における沖縄への差別の復興の勢いに、いかなる歯どめをも見出せない、ということではないか？

おりがきたら、とひたすら考えて、沖縄を軸とするこのような逆転の機会をねらいつづけてきたのは、あの渡嘉敷島の旧守備隊長のみにとどまらない。日本人の、実際に厖大な数の人間がまさにそうなのであり、何といってもこの前の戦争中のいろいろな出来事や父親の行動に責任がない、新世代の大群がそれにつきしたがおうとしているのである。現にいま、若い世代の倫理的想像力の世界において、在日朝鮮人をめぐり、どのような事態がおこっているかを見よ。ごく一般の愚かしい高校生が、なにものとも知れぬものにつながる使命感、「或る昂揚感」に揺り動かされて、その稚い廉恥心すらそこなうことなく、朝鮮高校生に殴りかかる実状を見よ。この前の戦争中のいろいろな出来事や父親の行動と、まったくおなじことを、新世代の日本人が、真の罪責感はなしに、そのまままくりかえしてしまいかねない様子に見える時、かれらからにせの罪責感を取除く手続きのみをおこない、逆にかれらの倫理的想像力における真の罪責感の種子の自生をうながす努力をしないこと、それは大規模な国家犯罪へとむかうあやまちの構造を、あらためてひとつずつ積みかさねていることではないのか。

沖縄からの限りない異議申立ての声を押しつぶそう

と、自分の耳に聞こえないふりをするのみか、それを聞きとりうる耳を育てようとしないこと、それはおなじ国家犯罪への新しい布石ではないのか。佐藤・ニクソン共同声明のあと、われわれの政府がおこなっている工作と宣伝は、まったく剝きだしにその方向づけにある。「沖縄問題は終った」という呪文は、じつはそれを繰りかえしとなえることによって、沖縄への罪責感、戦争責任・戦後責任はもとより、沖縄からの異議申立ての声ともども、「沖縄」そのものが実在しなくなることとすらをめざしての、まことにその根源において全破壊的な、恐しい呪文である。

あゝ蛇皮線の糸の途絶え——。そのやうに思ひが
けなく、ぷつつりと——とぎれたやまと・沖縄の
民族の縁《エニシ》の糸——。

敗戦後一年の秋に折口信夫が沖縄を憶《おも》った文章のむすびの、この激しい嘆きの言葉は、組踊《くみおど》りに綜合される音楽、舞踊、演劇が、沖縄戦における風土と人間の壊滅とともに失なわれてしまった、とする観測においては、あやまった見とおしに立って発せられた。沖縄の音楽、舞踊、演劇は、強靱にまもりぬかれた。しかもそれは民衆のうちがわから自然発生するかのように、折にふれて湧きおこってくる芸能から、組踊りの完成された様式にいたるまで、すべての段階において滅びることがなかったのである。もっともそれはほかならぬ沖縄の民衆自身の手によってまもりぬかれたのであり、土地接収に抵抗する現場でも、蛇皮線の音楽と即興の琉歌が提示されるような内発性によって、そのエネルギーを充塡されつづけてきたのであり、やまとの民族がその復興のためになにごとかをなしたというのではなかった。

むしろ、折口信夫の洞察にかかる、もっとも深い核心において、確かにぷっつりとやまと・沖縄の民族の縁《えにし》の糸は、とぎれてしまっていたと、現在も、未来にわたっても、根源のところで、蛇皮線の糸の途絶えのようにも、それはとぎれてしまったままだ、というべきであるかもしれないのである。なぜなら、現在のおよそ反・歴史的な方向づけのなかの、端的にいえば米軍基地にうずまっている沖縄島で、軍政のもとにドル貨をもちいる生活をしながら、執拗に沖縄芸能を守る行為のうちには、占領軍へのはっきりした拒絶と共に、やまと民族へのしたたかな拒絶もまた、こめられているのではないかと、正当に疑われるからである。

僕は『沖縄の母親たち――その生活の記録』におさめられた、すでに一挿話というよりはるかにその限界をこえて普遍的な問いかけを発してくる状景を想起する。それは若くして本土の紡績工場で働き、差別と闘わねばならなかった婦人が、沖縄に帰省してのち、今度は新しい日々の闘いにむかった回想を語る文脈にあらわれてくるものである。最初の結婚において、子供にめぐまれず離縁された彼女は、五人もの子沢山の教員の後妻となった。沖縄戦において、南部戦線にかりだされた夫の留守を、老いた義母と子供らをかかえて彼女ひとりが守らねばならない。空襲、砲撃をさけて彼女たちは一族の亀甲墓《きっこうばか》にかくれる。

《そうしたある日、突然アメリカ兵がやって来ました。そのときの様子はいまも忘れられません。おばあさんは、墓場から出るといきなり、トーシンドーイの歌をぶっつけて、

「サンラー、イチャガスイラー(〝三郎どうする〟という意味で、さわぎのときのふざけことば)、ワラビンチャーモーレー(子供たちよ舞え)」

といって、畑のなかで、トーシンドーイを舞い狂いま

した。》

那覇の民謡『唐船どうい』は、危険にみちた海の旅を乗りこえて中国からたどりついた唐船に、あるいは家族、あるいは知人とその消息をもとめて、いっさんに港へ走る人々の叫び声にはじまっている歌であるが、この場合、その歌の言葉の意味あいを、老女の激しい踊りにかさねあわせつつ、いちいち穿鑿する必要はないであろう。日本軍に戦火のなかで見棄てられ、そしてついに異様に強大な敵軍のまえに投降しなければならぬ、その絶体絶命の場所で、歌いつつ舞い狂う老女は、そのまま日本軍、米軍をともに拒絶しながら、沖縄の民衆としての自己表現に、すべての情念を燃やしている人間である。

そのようなきみの言葉は誇大に響く、という声があるかもしれない。しかし本土のどのような地方の方言によってであれ、子供たちよ舞え、と歌い叫びつつ、巨大な占領軍の武器のまえで舞い狂う老女を実際に想像できようか。それがおよそおこないがたい想像だとすれば、沖縄のこの無名の老女と、われわれの間には容易にこえがたい裂け目が開いているのであり、その深い裂け目の向うで舞い狂っている老女によって、まずわれわれはしたたかに拒絶されていると認めるべきであろう。日本軍が戦場に老女を見棄て、米軍が瓦礫の上で老女を降伏せしめた。しかしそのふたつの強権につながるもののいずれもが、そしてそれはいまやほかならぬわれわれが、ということにおいて今日の課題なのであるが、この老女から突き離され、見かぎられているのである。誰がこの舞い狂う老女を、真に屈伏せしめえよう？

沖縄の民衆の意識構造のひとつのかたちとして、中央指向性ということが、しばしばいわれてきた。歴史において、本土からむりやり入りこんでいった強大な力がそれを要求したのである。またそのような被差別状況からの脱出をねがうものたちが、みずから中央への指向を選んだのでもあった。民衆のもっとも低辺の層にたいして、中央指向を強要する強権の暴力がどのようなことをしたかは、大戦中、重慶を中心に活動した日本人の反戦同盟による放送テキストのひとつが、次のようにきわめて具体的に語っている。数多くの沖縄出身の兵士たちにむけて、前線の向うがわからこの声は語った。

《……慶良間に起った事実。赤神という出征兵士の家族が暮しに困って、税金を納めなかったので、役場員がどなりこんだ。……「なんだ、金がないないといって、こんな金めのものがいるではないか。子供だとてもやはり日本人で、お上に奉公する義務があるんだ。今は国家の大事なときだから、子供を売って税金を納めろ!」母親は涙を流して「そうではありましょうが、この子は出征した夫のたったひとりの忘れがたみですから、夫の無事に帰るまで待ってください」というと、「おまえはそういうけれど、よく考えてみるがいい。どうせわれわれ臣民は、おそかれはやかれ御奉公しなければならないのだ。それに子供は親のためにはどんな苦しみをしのんでも親孝行する義務があり、また親は当然そうさせる権利があるのだ……」とついに母親をときつけて、その子供を売らせることにした。その金は全部税金として取上げていった。そして、その若い母親も後には那覇の辻町に女郎として身を落してしまった。》

稚拙な語り口ゆえにかえってその現実性を疑うことのむつかしいこの插話の(故古堅宗憲氏の実兄もまた、糸満の漁師に売られかけた幼時の経験を語ったことを想起されたい)、語り手たる反戦兵士が、そのように赤裸な国家権力に強制されての中央指向を、その行動と思想によって乗りこえている人間であったであろうことは疑いようもない。それは証拠不足の単なる憶測にすぎぬではないか、政治的スローガンのうちに人間的な選択とその思想としての展開の劇を見るのは軽率なのではないか、というためらいがあるとすれば、それをつきやぶるには日中戦争の前線の向うから、日本と沖縄の現実を見わたす者の眼になにがどのように見えたかを、想像することだけで充分であろう。

逆にいえば、いったい誰がどのようにして、この兵士の視野を、日本の「中華思想」的感覚の枠内に、日本本土へむけての中央指向性の限界内にとどめておきえたであろう。この反戦兵士は、続いて次のように報告し、昭和十六年八月の八重山での反戦集会と、そこにのりこんできて演説者の学生たちを逮捕しようとした巡査が、民衆の袋だたきにあったことをつたえているのである。《だが、沖縄出身の兵士たちよ、あなたたちの家族は子供を奴隷に売らねばならぬほど餓えているが、あなたの同胞のなかには、すでに今度の戦争の侵略的罪悪を自覚し、反戦反軍部の運動をやっている勇敢な人もある。》

これまでにものべたように、伊波普猷や仲原善忠をはじめとする、一応は本土の体制に協力的な人間として戦争をのりこえた、沖縄の先駆的な知識人についても、かれらの生涯の全体を眺めるうちに、またかれらの自己表現の細部を注意深くみるうちに、そこには決して日本の「中華思想」的感覚にのみこまれず、天皇制国家のピラミッドを支える中央指向性にたいしても、したたかな相対主義の自由を放棄することのなかった面だましいが実在することを、僕は見出さぬわけにゆかなかった。

そして「戦後」の二十五年、米軍の核兵器をもふくむ前進基地として、厖大な量の毒ガスと同居し、原子力潜水艦によって港と魚たちを汚染され、朝鮮戦争からヴィエトナム戦争にいたる、ずっと持続した戦争の現場に、日本および日本人から放置されてきた沖縄の人間が、どのようににがい民衆意識、意識構造をあらためて獲得して、日本、アジア、世界へとひろがる鋭い、幻想なしの展望の中心にかれら自身を置くにいたったかを、それにつなげて考えようとすれば、もっと若くもっとたくましい面だましいの沖縄の人々が、まさにはっきりと、しかも多様に、僕の眼のまえに立ちならぶ。

そしてそのような現実の認識を踏まえては、沖縄の人間の中央指向性ということも、いわば窪んだ幻のイメージとしてのみ、ほかならぬ本土の日本人に保有されているだけではないかと、疑われるのである。たとえば、戦前の沖縄における選挙の、本土からの輸入候補がまことに赤裸にしめしたような、中央指向性の考えかたを、現在の沖縄とそこに生きる人々が決して受けいれはしないであろうことを確認しつつ、しかもなお本土には今日、そのような存在を沖縄にあらためて「輸出」できるやもしれぬという、「中華思想」的感覚の強権の幻想がありうることを考え、そのふたつのあいだの落差を見つめることこそが、本土の日本人自身にとって、いまや切実な課題であると思われるのである。

ここで僕は、自分がこれまで終始つかってきた「本土」という言葉と、それが二十七度線の両側の民衆の意識構造にかかわって、また日本の強権にかかわって、内包するところのものに、あらためて面とむかわねばならない。おそらく僕はここに書きつづけてきた文章において、沖縄という言葉と同じほどにもひんぱんに、「本土」という言葉を使用してきた。しかもその文字を書きつけるたびに僕の内部でひそかな抵抗感があり、なにごとか留保条件をつけなければならぬという欲求につながる、気がかりな異物感がふくらんできたのであった。「本土」とはいったいなにか、「本土」の日本人とはいったいいかなるものか？

言葉としての「本土」は、まずふたつの意味づけに分離して検討されなければならない。沖縄へやってきた旅行者、そこに滞在する報道者が、並はずれて鈍感な人間だというのでない場合、かれは沖縄に住む人々と話しながら、一種くちごもるような躊躇をこえて、「本土」という声を発するのがつねであろう。それは沖縄―内地という対比関係、あるいは沖縄―日本という対比関係をしのばせる言葉を使用することを自分が望まぬゆえに、または、相手に遠慮するゆえに、沖縄を訪れる人間が発明した、苦しまぎれの用語法であった。それは、内地という言葉を希望しないゆえに、あるいは日本という言葉を沖縄に対比して用いることをはばかるゆえに、すなわち、消極的《ネガテイヴ》な動機で選びとられた言葉であった。したがって、果たして「本土」という言葉にあたる実体が積極的《ポジテイヴ》に実在するのか、どうか、とみずから問いつつ、「本土」という言葉が使用されてきたのではなかったのである。それを考えればなおさらに「本土復帰」という政治的決定によって、沖縄―「本土」の言葉としてのダイナミズムが、その内容はあいまいなまま解消されようとしているいま、僕はあらためて、「本土」という言葉の実体を、積極的《ポジテイヴ》に把握したいとねがうのである。

沖縄における知識人の、複雑かつ微妙な意識の翳りを、そのひだひだにはいりこんでとらえつつ、そのまま埋没するのではない強い平衡感覚をそなえた、詩人であり指導的なジャーナリストでもある『沖縄精神風景』の著者は、幾重もの屈折をこめて「本土」という言葉のなりたちとつかわれかた、それにからむ心理の綾を語っていた。

《……いまの沖縄はたしかに異常な境遇である。その異常性を百も承知ですごす側と、それを眺めてなにかと気を回す側とでは立場はずいぶん違う。いま沖縄の方で、日本？を呼ぶのに日本ではいけないのである。そこで考え出したのが「本土」である。新聞の編集者が、ない知恵をしぼってひねり出した名称は、内地でもなくまさに本土である。

内地は戦前から沖縄人のコンプレックスから禁句同様になっていたので、とうとう本土と言い変えたわけである―、と沖縄人はいうかもしれない。これは明らかに苦肉の策である。その「本土」がいまでは「本土」で立派に通用するようになった。

相手の顔色をよむということは、それが率直であればあるほどぎこちないものである。善意に満ちておればなおさらで、これはかえって余計な負担になるものだ。ある人が沖縄人との対話のさなか「日本では……」といった。もちろん彼は日本人？である。きいているものも日本人？のつもりでいるし、その点についていささかの疑念をさしはさむ余地もないのであるが、相手はあわてて「いや本土では」とすかさず言い直されると困ってしまうのだ。》

言葉の質量において、この「本土」という言葉が、沖縄人という言葉の重さ、確実さの前にいかに稀薄であるかを、この文章そのものが具体的にくっきり浮びあがらせる。重く沈黙して、しかし穏やかな微笑は失なわないままに、「善意に満ちた」日本人？に対していたであろうこの沖縄人が、いったいあなたにおいて自覚されている本土、本土人の、積極的《ポジティヴ》な意味内容とはどのようなものですか、と訊ねかえしたとすれば、相手はそれこそ徹底的に言葉に窮したにちがいないであろう。消極的《ネガティヴ》な、その場しのぎの方便によって「本土」という言葉があみだされ、積極的《ポジティヴ》な内容は確かめられないままに通用してき、そして「本土復帰」という言葉が、この二十五年間まことに一歩ずつ地道に確かめられてきた、真に沖縄的なるものの存在を、なしくずしに吸いこんでしまおうとしているのである。

それによって「本土」の日本人は、気懸りな異物のように自分の存在を主張し、その主張にまっすぐ耳をかたむけるとすれば、限りない異議申立ての声となってそれが響くことに気づき、ひいては、「本土」の日本人たることとの根底を疑わねばならなかった、恐しい未決の課題たるところの沖縄を、衛生無害な既決の箱に整頓しようとしているのである。またそれによって、沖縄に根ざしている新しいアジア観を、またそこに生きる人々が、自分の血で洗うようにして塵や埃から守ってきた憲法の精神、自立した民主主義の感覚を受けとめることを拒もうとしているのである。

それは、日本が沖縄に属する、という命題のマイナスの面をそのままひきつぐとともに、すなわちほとんど永久化するであろう核基地沖縄のしっぽに、日本列島が縛りつけられている状態を、あらためて自分からひきうけるとともに、この命題のプラスの面、すなわち、いま沖縄で発見され、確認され、経験によって補強しつつ持続されている、新しいアジアにおける日本の展望を根こそぎにし、そのまま枯死せしめようとしているということであろう。

いま沖縄において、核時代におけるあらゆる日本人の死と再生の契機を、そのままに具体化してみせているところの開いた傷口に対して、頰かぶりしたままでいる姿勢を、ついに後戻り不能なところにまで固定化するということであろう。そのような現実の見とおしをふまえて「沖縄問題は終った」と、おおかたの日本人がいう事態になれば、その時、太平洋の向うで「日本問題は終った」と、さばさばした顔の連中がうそぶく声もまた、はっきり聞えてくる筈である。その時はまた、もっと切実な憤怒と苦渋にみちた声が「日本問題は終った」と、広大なアジア大陸において宣告するのを聞く時でもまたあるのではなかろうか？

　沖縄人の意識構造を分析しつつ、東江平之氏は、《「本土」という変則的語が通用しているだけでも驚異である。「本土へ行く」といえば、どこへ行こうがあとは問題にはならない程に「本土」は全部同質的に知覚されるのである》と指摘していた。そのような古い意識構造を克服した、新しい沖縄の人々が、沖縄、沖縄人の実質において、「本土」の日本人につきつけてくる限りない異議申立ては、それをまともに聞く「本土」の人間にたいして直截に、「本土」という消極的《ネガティヴ》な言葉には、あいまいな幻想よりほかの実体はないのであり、虚像「本土」を信じぬところの人間に正面から揺さぶられれば、われわれ「本土」の人間のにせの安定はただちについえさるであろうことを教える。

　また沖縄に対して「本土」とはほんとうに実在したのか、と疑う声はただちに、中国に対しての「本土」日本、アメリカに対しての「本土」日本という、およそ実質のありうべくもない言葉への連想へとわれわれをみちびく。そこに立ちいたりつつあらためて、自分が沖縄で、「本土」の日本人として、という言葉を頻発してきた事実を自省する時、僕は、ひとつの息苦しい出発点に立つのである。消極的にのみ獲得された「本土」としての日本、「本土」人としての日本人という認識、凹型の認識こそは、アジアの新しい展望にむけての、積極的な凸型の、多様性のある想像力を縛る最悪のナワであった。

　いま沖縄の現場で、「本土復帰」にいたるなしくずしの一体化のいちいちを見つめつつ、沖縄を限りない異議申立ての場所として機能させつづけようと主張しているところの、戦後の沖縄がつくりだした新しい人間たちにとって、消極的な「本土」の単純なイメージは実在しない。いまにも島ぐるみかれらをのみこもうとする巨大な困難の渦巻きのまえで、かれらこそは自由な、多様性のある想像力において、沖縄を、日本を、アジアを、そして世界を見る。すなわちかれらは、沖縄に開いている、血を流しつづける傷のような歴史の切り口を、その全体の展望において見る。僕はかれらの存在とかれらの眼の見るところのものにむかって、自分の想像力をつねに働きかけつづけることをねがい、それなしでは自分の、日本人とはなにか、このような日本人ではないところの日本人へと自分をかえることはできないか、という問いかけ自体が、みにくく萎んでしまい、あわれに朽ちてしまうことを認める。

僕はこの沖縄ノートを到底、自分の内部において閉じることができないが、それは僕自身における戦後民主主義について、また倫理的想像力について、自分のうちがわの暗く血の匂いのする深みに、スクリューのようにも自分自身をねじこみつつ考えつづけるための手がかりとして、それを強く必要とするからである。それを手離すことが、もっとも厭らしく恐しい宙ぶらりんの虚空へと自分自身がはじきとばされてしまうことであるのを、しだいに深く自覚するからである。

僕はいまポータブル・ラジオから、沖縄全軍労が第三波ストライキを回避することに決定した、という報道を聞く。あえて眼をとじるまでもなく、あの暗く荒あらしい雨風のうちなる集会とピケ、上原全軍労委員長とその周囲の人々の風貌と声、それをこえてデモの列につらなるまことに様ざまな多数の顔が濃く明瞭によみがえる。ある声はいう、かれらは屈伏した、反戦をめざすかれらのかかえこんでいた、基地労働者としての矛盾は、かれら独力でになうに重すぎた、ここでまたひとつ「沖縄問題は終った」のだと。しかし僕は、その声にたいしてはっきり頭をふる。その意見を僕は決して受けつけないだろう。かれらは屈伏しない。かれらの苦渋にみちた矛盾の、重い梁の交叉を、かれらの撓めた背は、なお確実に背負いつづける。そのようなかれらの存在は、そのまま日本の状況を切り裂く鉈《なた》の役割を果たすであろうし、沖縄の人間としてのかれら自身は、真に人間的に生きることで執拗に抵抗しつづけるであろう。僕は沖縄に繰りかえし旅行することによってその確信をこそまなんだのである。

僕はまた、集団自決をひきおこすことになった島を再訪しようとして拒まれた旧守備隊長に、おまえはなにをしにきたのだ、と問いかける沖縄の声のひきだした答が、「英霊をとむらいにきました」というものであったこと、抗議の列をすりぬけて、星条旗をつけた米民間船に乗った旧守備隊長が、ついに渡嘉敷島にいたり花束を置いていったという報道をグラフ誌に見出す。

日本人とはなにか、このような日本人ではないところの日本人へと自分をかえることはできないか、という暗い内省の渦巻きは、新しくまた僕をより深い奥底へとまきこみはじめる。そのような日々を生きつつ、しかも憲法第二十二条にいうところの国籍離脱の自由を僕が知りながらも、なおかつ日本人たりつづける以上、どのようにして自分の内部の沖縄ノートに、完結の手だてがあろう？

——〔七〇年四月〕——

III

核基地の直接制民主主義

《虎よ、おまえはすべてのわれらの過去と未来を彷徨する／子供らの眠りをさまたげ／われらの果樹園の夢を横切って忌わしい跡をのこす》と、大戦時のオーストラリアの女流詩人が憤りをこめて歌った詩において、虎が戦争であることはいうまでもない。いま、本土の日本人たるわれわれは、果樹園のうちに眠って、虎を忘れようとしている。多くのものが熟睡している。朝鮮の非武装地帯に、日々、戦闘がつづいて死者があいつぎ、沖縄からはB52爆撃機が戦場と基地とを直接にむすぶ飛行をつづけていても、われわれは戦争に、進行中の戦争になれている。北爆停止の報道がもたらした「平和」の感覚に、かえって新鮮なおどろきを見出すほどにも、われわれは進行中の戦争状態になれている。しかも、この戦争状態とは、北爆停止後も出撃しつづけているB52爆撃機が、嘉手納基地で爆発したとき、米軍消防隊がまず全力をそそいでその消火体制につとめたという、ほとんど確実に核兵器を貯蔵しているとみられる地下庫をもひっくるめた戦争状態なのである。

それでもわれわれは眠りつづけていようとしているが、沖縄の日本人がどうして眠っていられるだろうか。現に嘉手納基地周辺の人々は、あるいは戦争が沖縄島をあらためて焼きつくしはじめたと、あるいは核爆弾がそこをおそったのだと、暗い夜を駈けまどったのである。どのようにして正気でいることができよう、という問いかけを沈黙のうちに叫びながら。嘉手納基地周辺にあの夜、ひとりでも眠りをさまたげられぬ子供がいたろうか？　われわれの眠りは、いちおうのところ虎を沖縄島へ厄介ばらいしたとたかをくくっての眠りである。われわれは眼と耳をふさいで眠ろうとする。政府がそれをすすめる。しかし沖縄の日本人はどのようにして正気でいながら、かつ眠ることができるだろう。核貯蔵庫のまぢかで核搭載用の爆撃機が炎上するというのに。沖縄の日本人はその実情について情報をあたえられず調査することもできず、抗議の声をあげても、本土の首相は、核基地ぬきの本土なみ基地を沖縄の民衆が望んでいるというのは認識不足だ、とおくめんなく言いはり、そしてアメリカの反応は、新しい軍政の責任者に、マンハッタン計画に参加した、核兵器の専門家をおくってよこす、ということであるのに。沖縄を血の糸が幾重にも幾重にも固く縛りつけている。そして沖縄の民衆は、はっきり眼をひらいて血の糸を見つめている。虎を凝視している。

この十月の沖縄で、はじめて公選の主席を選ぼうとする人々のうちにあって、僕が確認したことは、ここで最大のというより、唯一の力を発揮しているのは、歴史にかかわり未来につながっている、今日の沖縄の「状況」だ、ということであった。主席公選が、米軍の支配下にある沖縄において、直接制民主主義の行為として意味があるとすれば(たとえ公選によって選ばれた主席がその椅子についていたとしても、かれは十一月十九日未明、燃えるB52爆撃機のそばにかけつけることを拒否されたにちがいないのであるから、軍政下の主席公選に意義をみとめぬと主張した琉球大学の学生運動家は、その意味において決してあやまっていないが)、それはこの選挙が沖縄の今日の状況をすっかり剝きだしにし、今日の状況をはっきり見すえている者によって投票されるところの選挙であったからである。「状況」が主席を選んだのである。

十月の告示直前の、明るい沖縄をつくる会の様ざまな集会は、僕の参加したかぎり、つねに沖縄の状況を赤裸に剔きだしつづけようとする言葉の充ちみちた集会であった。いま端的にひとつの例をあげるなら、それは北中城村の中学校の暗い校庭で、荒い風にさらされながらより暗い海を見おろして語る者が、軍用機の爆音にしばしば沈黙をしいられた、そして地面にムシロをしいて坐っている者たちが忍耐づよく次の言葉を待っていた、あの二十世紀後半の百姓一揆へといまにも盛りあがりかねない緊張感のあった集会である。

地面に腰をおろしている人々は、いわゆる繁栄に繁栄をかさねる基地経済の外にいる農民たちである。かれらを追いつめているのが琉球処分から太平洋戦争にいたるまで、中央権力をおしつけてきた本土政府であり、戦後二十三年間、太平洋のむこう側の中央権力をおしつけてきた米政府であることを、あの場で見あやまりようは誰にもなかったであろう。農民たちはかずかずの抵抗をつみかさねてき、その抵抗のつみかさねなしでは主席公選もなかったわけではあるが、じつはあの農民たちは、核兵器をふくめてそれこそありとある兵器をふんだんにそなえた米軍兵士のまえに、憲法にすらまもられることなく徒手空拳で立つほか抵抗の方法をもたぬ人々なのである。かれらに面とむかって誰が、沖縄の状況の剔きだしの本質を見ないでいられただろう。そこには今日の沖縄の状況それ自体があって、それよりほかのなにものもなかった。

かれらがそこにじっと坐っていたのは、まさに状況がかれらをそこに坐らしめたからである。かれらに本土政府のいわゆる一体化の宣伝が、憲法のうちなる日本への復帰を達成するかわりに核基地のうちなる、憲法なしの現状の固定化をおくめんもなく受けいれさせようとする欺瞞であることを、琉球方言でかたる人物がまっすぐにうけとめられたのは、まさに状況がこのコミュニケイションの断絶をゆるさなかったからである。沖縄の民衆意識の分析家が《事大主義と自己卑下の念の強い沖縄人》と呼び、作家が《沖縄人の性《サガ》》という表現でその屈折をあらわすところのものが、その冷たい地面に坐った農民たちの反応に実在しなかったのは、すでにかれらの直面している問題が、心理の問題ではなかったからである。状況の問題だったからである。より意識的な層は(たとえば革新主席のための活動家たちは)、この状況にたちむかう実践によって、あの心理の問題を克服していたのであるし、より意識的でない層は、端的にかれらをかこむ状況が、かれらに心理的屈折では処理できない重さと硬さであることを実際に経験していたからである。

本土のいわゆる現実派の歴史家が、もし基地反対闘争を本気でおこなうつもりなら、警官に対してでなく基地内の米兵にむかってたちむかうべきではないか、とその心根のおしはかりがたい不思議な嘲弄的挑発をおこなう。米兵の銃は多量の流血をひきおこすであろうから、デモの参加者は骨身にしみる筈なのに、といった、まことになにをめざしていっているのかわからぬことを発言する。

しかし北中城村の、沖縄戦ではいちど灰燼にきした校庭で、夜ふけまでじっと坐っている農民たちを見つめている者の胸のうちをそれこそ真黒にする考えは、実際に、状況がもう一歩悪化すれば、これらの農民たちは、かつてのいかなる百姓一揆よりも無力であり悲惨である集団として、強大な基地におしよせ、そしてもっとも酷たらしく潰滅させられるであろうという、具体的な想像であった。そこには剝きだしの状況があり、り、それを確実に認識せざるをえない民衆がいるのであって、たとえ欺瞞のそれなりと、状況と民衆意識のあいだに緩衝物のはいりこむ隙間はなかった。

屋良朝苗氏の勝利は、したがって、僕のように氏の著作をつうじてその人格にもっとも深くひきつけられている人間にすらも、決して屋良氏の人柄といった心理的要因にもとづくものではないことが明瞭に感じとられる。状況が屋良氏の勝利をゆるがぬものとしたのである。

それでは、屋良氏でなくてもよかったのか、というとそうではない。ここにおいてもまた状況が統一戦線を必要とさせ、現実化させ、そして状況が屋良氏を唯一のありうべき主席候補とし、主席としたのである。それについて考えようとすれば、沖縄の教職員たちが戦後の二十三年を、状況にかかわってどのような役割と実質をになってきたかをかえりみなければならない。

沖縄の教職員の状況に深く根ざした、そして根ざさざるをえなかった特質には、単純化していえばふたつの要素があると思われる。そのふたつは、ひとつの持続性のうちにおいて、発展的につながっている要素である。

まず沖縄の教職員たちは、状況の壁をのりこえるために、想像力を武器とした実践家たちであった。はじめ状況がかれらに想像力の武器しかあたえなかった。かれらは想像力をしっかりもちこたえることで、そのもともとは想像力の世界にしかなかった武器を、すこしずつ、高等弁務官の圧力にさからって現実化した。現実化された武器は、新しい想像力への踏み台となった。想像力の行く先は、即時全面復帰である。公選された革新主席は、現実化された武器と想像力の行く先の中間にある、前進基地とならねばならぬはずのものであろう。

僕が想像力の行為だったとみなす沖縄の教職員たちの試みと成果は、次のような屋良朝苗氏の沖縄教職員会長としての談話に明瞭に読みとることができる。想像力といういくらか場ちがいなひびきを発する言葉はそれによって市民権をあたえられるだろう。

《沖縄の教育界では、今に始ったことではなくて、終戦直後から次のような構想をもって教育を守り、これを推進してまいりました。それは、沖縄の教育が日本国民の教育であること、このことは、はっきり教育基本法の冒頭に闡明されています。これは、教育の根幹的要素は本土教育と軌を同じくしておくということです。たとえば、教育の目的のよりどころとなるところの国民の理想を日本国憲法の国民理想と一致せしめる。その理想を実現するための教育の目的とか方法、その教育内容はだいたい一致せしめていくというふうに考えてきたのであります》……1

《沖縄の教育は日本国民教育とはいいながら、それを教師の自覚、あるいはその信念や念願に支えられて日本国民の教育として施されてきたのです。いわば国家不在の国民教育が沖縄に行なわれていたといっても過言ではありますまい。》……2

《こうした教育面で実現してきたものを各方面、各界で強化し、実現していくべきであると私たちは考えていました。この基本的な考え方は、教育界ではずっと前から考えられてきたのですが、しかしそれはほんとうに根幹的な要素をまず第一に一致せしめていくという考えであったのです。》……3

この談話は『世界』によるインタヴィユーのなかから教育にかかわる言葉を抽出して、順序をかえながら構成したものであるが、まず引用1があきらかにするのは、本土から切り離されて異民族の軍政のもとにありながら、教職員たちが、かれらをかこむ現実的な圧力のすべてにさからって、ひとつの構想をもったということである。引用2にからめていえば、かれらの構想すなわち想像力のえがきだすところのことを、本土とそこにのみ実在する憲法が支えにやってきてくれたのではなかった。沖縄の教職員たちは、かれらの土地に日本国が実在せず、日本国憲法が実在しないということを見きわめ、しかもなお、かれらの想像力によってその教育構想の根幹に、日本国を、日本国憲法をすえたのであった。そして、その構想が、かれらに教育基本法を切実に必要とせしめ、かれらはそれを現実にかちとった。引用3があきらかにするのは、こうした方向づけが(想像力から現実へ、そしてそれを足がかりに、より新しい想像力へという方向づけが)、今日の沖縄の状況への教職員たちの働きかけをつらぬいてきた、ということである。このようにして教職員のうちから、必要にして十分なひとりの政治家があらわれて主席公選に勝ったのである。

すなわち第一に沖縄の教職員たちは、現実の様ざまな圧力がそれを否定しようとするのにさからって、憲法とそれにもとづく日本国というものを、沖縄の土地の上での教育構想の、根幹にすえる想像力の持主であった。第二に、その教育構想を実現してゆくうえで、すこしずつ確保した橋頭堡によって、沖縄のあらゆる分野の人々の想像力に、現実的な手がかりを提供する実践家であったのである。かれらが沖縄でその姿勢を持続しつづけているかぎり、沖縄の民衆は、かれらの状況の剝きだしの実態から眼をそむけることができない。しかも剝きだしの状況を見つめることによって、それがかれらの想像力に喚起するところの沖縄の未来像について、しだいにしたたかな認識をもたざるをえない。

そこで、本土の、憲法にまもられ、一応は独立しているはずの日本人が、それにむかって自分の政治的な想像力を働かせることのできない、もっとも重い決断、すなわち沖縄の即時全面復帰という決断を、はっきり示したのが、はじめての主席公選という直接制民主主義の行為において、沖縄の日本人が屋良氏を選んだ、ということの意味あいなのである。

沖縄の教職員たちは、沖縄の土地と民衆をがんじがらめにしている状況を、人間の言葉にかえ、民衆の力にかえる歯車の役割を果たした。状況がある。それにたいして民衆がまともな反応を示すということは、まずその状況がどのような意味をそなえているかということを、言葉にかえて表現しうることにはじまる。強権がつねにおこなうことは、状況の実態をおしかくすことであり、それが赤裸の姿を剝きだしにしてしまうと、今度は状況を直接に反映する言葉を圧殺し、ニセの言葉をくりだして、状況に新規のベールをかけることである。沖縄の教職員たちは、状況をそのまま言葉にと、うつしかえようとする努力をたゆまずおこなってきた。実のところ、基地に覆いつくされた島の、非武装の民衆にとって有効な武器とは、唯一、状況を見きわめる眼と、それを的確に表現する言葉とのみではないか。沖縄の教職員たちと子供たちとが、かれらの言葉にひそめている強くしなやかな力は、沖縄の本島のみならず離島の教室においてもまことにあきらかであった。僕は石垣島のパパイヤの植わった校庭で聞いた若い教師の言葉の力、子供らの言葉の力についてその実態を見あやまるわけにゆかない。

そして沖縄の教職員たちは、かれらとかれら自身をふくむ沖縄の民衆の状況を、この主席公選をつうじて、はっきりした民衆の力にかえて勝利をおさめ、沖縄の今日の状況を、そこに生きる人間のがわから表現すれば、それは即時全面復帰という言葉によってしかあらわしえないということを示したのである。

沖縄の状況と、それにまともに立ちむかっている人間の関わりかたをひっくるめて、僕は沖縄的なるもの、というふうに呼びたいと思う。憲法にまもられることのない日本人が、核兵器を備えた強大な異邦人の軍事基地に、しかも直接に戦争状態にある軍事基地にすっぽり置きざりにされており、本土からまともな救援の手が政府の名においてさしのべられることはないという状況。しかもなお、現実にはかれらのものでない憲法を、その想像力の根幹にすえることによって、この状況にたちむかい、あきらかにこの状況を克服して新しい未来の構想を具体化しようとしている人々。そのふたつのからみあいを、それらは本質においてからみあってのみ実在するものであるから、それらをひとつにまとめて、沖縄的なるもの、と僕は呼びたいのである。

それは、この主席公選のおこなわれた沖縄が、本土の政府および自民党によって、いかに沖縄的なるものをおしつぶすかという、すでに道徳的な意味での批判などは滑稽にしかひびかないほどの、苛烈な工作の場所となったからである。

いうまでもなく政府と自民党は、沖縄の状況を改革することによって、沖縄的なるものを解消させようとしたのではなかった。沖縄の状況にニセの言葉を大量にふきつけることによって、沖縄の民衆の現実感覚を麻痺させようとするのが、かれらの大規模な宣伝工作の核心だった。本土から送りこまれた政府、自民党の政治家たちが、つねづね欺瞞の言葉をおくめんなくくことによって、その政治的な力を維持してきた者たちであるか(かれらは、いわゆる大物の実力者たちである)、あるいは、欺瞞の言葉にもっとももろい層にむかって実体のない言葉をかたることによって大量得票をえた者たちであったことは(かれらは、いわゆるタレント議員たちである)、この工作の本質に関わっている。かれらはまことに厖大な言葉を発した。しかし沖縄の民衆の力に支えられることはできなかった。汚ない手をふくめてあらゆる手段をろうしながら強力におしたかれらの候補は敗退した。

この事実が、やはり本土の人間のひとりとして十月の沖縄に滞在した僕にあきらかにしたことは、まことに切実に、本土の日本人とはいまやどのような日本人か、ということであった。憲法が実在しない沖縄の人々が、その想像力のうちに憲法を確認することによってしっかり把握している、平和憲法をその本質とする日本人というイメージは、じつはすでに本土においてうしなわれており、沖縄の日本人の想像力のなかにのみしか実在しないのではないかという疑いは、濃く鋭く僕をとらえつづけたのである。ある人が、ペンタゴンから眺めれば、極東には、まず沖縄があるのであり、それに付属して日本国があるのだ、といったことがあった。頭が沖縄であり、それに付随している肥えふとった胴体が日本国であるともいったことがあった。それとは逆のがわからの眼が沖縄と日本国を見て、どちらに平和憲法にもとづく日本人のイメージを見るかといえば、それは沖縄にであって、日本国においてではないのではないかという疑いが、かなり以前から僕をとらえてきたが、それは主席公選をめぐっての様ざまな経験によってより濃く、より鋭く顕在化したのである。

本土の実力者たちがおこなったことは、沖縄の状況と、沖縄の民衆とのあいだに欺瞞の言葉をおしこんで、状況と民衆の声・力との直結した状態に罅《ひび》われを生ぜしめる意図によっていた。沖縄の民衆は、かれらがその状況をじつに赤裸な実態において見つめ、それを自分たちの血のかよった言葉におきかえ、それを政治的な力としている。したがって、本土の実力者たちは、いかなる縛われも生ぜしむることができなかった。

その経過の全体が本土の日本人である僕に思い知らせたのは、本土においていかに厖大な量の欺瞞の言葉が政治を構成しているか、ということであった。おそらく今日のわが保守政権ほどにも、政治的に欺瞞の言葉として効力を発揮する新語を製作しつづけている政府は、かつてこの国になかったであろう。すでにわれわれは、政治家の言葉を、欺瞞の言葉としてよりほかに受けとめる習慣をなくしたといっていいかもしれない。テレヴィ中継がわれわれのもとに直接とどける首相の声から、いったいどれだけの数の日本人が、政治的に実体のある情報を受けとる習慣をもつだろうか？政治家の発する言葉は、欺瞞の言葉よりほかにはないのであって、真の言葉、その機能の本質をそなえた言葉を政治家が発することはありえないとするのが、本土の日本人の習い性となってしまっている。本土の野党の伸びなやみの一因は、おそらくそこにあるのである。政府・自民党が、政治の言葉の信憑性をすっかりうちこわしてしまったために、野党の政治家たちまでもがその被害をこうむっている。かれらにこそ言葉のみが政治的な武器であるのに、その言葉の力は、民衆によって疑いのこもった拒絶をうける。そのうち野党の政治家、政治運動家のうちにもかれら自身、言葉の力を信じない者たちがあらわれてきた。本土における直接制民主主義の志向が、しだいに言葉から、反・言葉をその動きの主体とするかたちに移行していると感じられるのは、その間の事情と無縁ではないであろう。実際、さまざまなデモンストレーションにおいて、学生たちは、言葉によってではなく、反・言葉によって、われわれの直面している状況を提示したのである。そして、政府・自民党とその周辺がおこなっているのは、それこそ厖大な量の、欺瞞の言葉、言葉、言葉の堆積でもって、いったん赤裸に剔きだされかかった状況を、民衆の眼から覆いかくすことではないであろうか。

本土の政府・自民党が、沖縄でもちいた欺瞞の言葉の典型が「一体化」であったことは、すでに誰知らぬ者もない。一体化の歌といったたぐいのものまでが制作され、本土からのりこんだ歌手によって歌唱指導（！）された。一体化とは、沖縄の教職員たちを中心とする民衆が、二十三年間のねばりづよい抵抗と憲法への想像力とによってまもりぬいてきたところの構想に、まことにおくめんなくいどみかかるものであった。本土の日本人とその政府が経済的に歪み、国際政治に関わって屈伏している、その変則の状況は、われわれがみずから憲法を実質的に放棄しかねないところまできていることに由来するであろう。ところが軍事基地のなかにかこみこまれた状況にありながらも、その政治的な想像力の根幹に平和憲法をすえることによって、その経済の歪みを直視し、その志においては決して核基地に屈伏していない沖縄の日本人にたいして、おまえたちはその態度を棄てよ、われわれ本土の日本人ともども歪みと屈伏とをすすんで受けいれよ、という卑しい脅迫がおこなわれたのが、すなわち一体化の構想であろう。抵抗しつつもそれを押しつけられざるをえない核基地に生きる日本人に、それをわれと望んで許容せよ、と強請したのが、すなわち一体化の構想であろう。そうした、まことにモラリティの感覚などはみじんもはいりこむことのできぬ企画を、一体化というあいまいな言葉でむりやりおしくるんだ、その欺瞞は、じつは本土においてはつねひごろ通用してきたやりかたなのである。

しかし沖縄的なるものが、この欺瞞の言葉をはねつけた。屋良氏の次のような言葉は、それこそ政治に関わって欺瞞を粉砕する、真の機能をそなえた言葉というべきであろうが、ただちに欺瞞の一体化の欺瞞であるゆえんをあばきたててしまう。《真の一体化は完全復帰をして、平和憲法の下に沖縄が国土として、あるいは国民として、完全に地位や身分が保障されるときに実現するものと思います。》こういうまっとうな言葉に耳をかたむける民衆が、欺瞞の言葉をふりまく勢力に勝ったのである。

沖縄で核つき返還論というものをのべ、現に核基地に生きつづけねばならぬ民衆から、あからさまに反撃をうけた、ひとりのタレント議員は、屋良氏の当選後に、テレヴィにおいて、自分がもっと永く沖縄にいたなら勝敗は逆転したと思うと語ったという。かれは本土の選挙において、およそ実体のない言葉を頻発しただけで大量の得票をえた。そこには民衆とかれとのあいだの、真の機能をそなえた言葉のコミュニケイションは不要であった。その結果かれには、沖縄におけるように、政治が欺瞞でない言葉でかたっているかどうかが、赤裸の状況のヤスリによってたちまちためされる状態を直視する能力がうしなわれてしまったのである。逆にいえば、われわれ本土の日本人は、このような自己本位の夢のまた夢を見ている男に数百万票をあたえて、かれを起用した意識的な欺瞞の言葉の専門家に、政権に居なおる自信をより深めさせたのである。

実際、屋良氏の当選後、本土の政府・自民党とその周辺が示した反応は、まことに一貫していたといわねばならない。かれらはこぞって、この現実を認めることを拒んだ。欺瞞の言葉はまたもや濫発された。われわれの首相が選挙において沖縄の民衆が示した意志を（くりかえすまでもなく異民族の基地にかこいこまれている沖縄の日本人にとって、これは直接制民主主義の唯一の意思表示の行為だったのであるが）、まっこうから無視したことはあらためて思いだすまでもないであろう。首相は、あるいは黒い霧の、あるいは安保体制の、およそ争点をはっきり提示しない選挙で勝つたびに、たちまち居丈高になって、国民の審判はすでにくだったのになにをまたぞろむしかえすのか、と豪語してきた人物である。その同一人物が、この沖縄の主席公選ほどにも争点が明瞭であり、しかも沖縄の状況が、それをいやがうえにも明確にしないではいなかった選挙に敗北すると、一転してあのたぐいの言葉を発したのである。

テレヴィ、ラジオの解説者たち、批評家たちのうちにも、屋良氏の勝利を、それが今日の沖縄の状況の直接にもたらしたものであり、沖縄的なるものの、まことに直截な自己表現であることを、受けいれようとしないものたちは多かった。全面即時返還とは、単なるスローガンにすぎぬ、と強調するものたちもいた。しかしかれらには、沖縄の状況を見きわめる眼が欠けていたのである。かれらには、沖縄的なるものを認識する力がそなわっていなかったのである。そして、政治的な想像力が衰弱していたのである。

沖縄の状況が、全面即時返還をまことに切実に必要とし、沖縄的なるものに支えられた人々がそれにむかって行動をおこそうとし、政治的な想像力の充実によって、具体的にその可能性をはっきりみきわめている。それゆえにこそ屋良氏が勝利をおさめたのではないか。それを疑う具体的な根拠がどこにあるのか。しかも屋良氏の勝利をひとつの頂点とする、沖縄の教職員たちを中心とした人々の努力が、本土においてはまことに衰頽している憲法への想像力にうらうちされることによって、苛酷な状況を生きのびてきた上での努力であることを考えるとき、本土の誰が恥の思いなしに、この沖縄におけるはじめての主席公選に一票を投じた人々の志を否定しうるのか?

しかしいま、沖縄的なるものを正面から考えようとする者にとって、じつは首相、政府、自民党とその周辺の反響の是非など、重要な問題ではないというべきかもしれない。ただひとつ、首相は沖縄の日本人と本土との間の暗く深い溝を、なお暗くなお深くした、ということのみがあきらかであるが、それを暗然とかえりみなければならぬ日は(首相が、ではない、本土の日本人たるわれわれみなが、ということである)、遠いとは思われない。

いま新しく沖縄で進行しているところのことは、すなわち嘉手納基地でB52爆撃機が爆発し、沖縄の現地紙が勇敢に核貯蔵庫の実在を推測し(それがすでに公然の秘密だったとはいえ)、沖縄全土の民衆がまことにやむをえない抗議の声を発して、それにたいする米政府の返答が極端なノオ・コメント戦術と、これはまた過度にあからさまに抗議する沖縄の民衆を蹴とばす、核兵器の専門家を高等弁務官に急遽任命するという行為である。すなわちそういう状況が、いわば歴史そのもののたてる音があるとすればそれをまさに轟々とたてて進行しているのである。本土の政府がペンタゴンの意向を手さぐりしながら、なんとか新しく組みたててみようとしている欺瞞の言葉などは、この轟音にかきけされて誰の耳にもとどきはしない。

しかし沖縄的なるものは、かつて戦後二十三年にわたってしだいにつみかさねてきたところの揺ぎえない方向づけにおいて、B52爆撃機炎上、核貯蔵庫の実在の表面化、マンハッタン計画で手を汚している核専門家の高等弁務官就任という一連の状況にたいして、もっとも端的にひとつの自己表現をおこなっている。それは本土の日本人の、沖縄的なるものへの真の認識の規模そのままに、小さく報道されたところの、沖縄県祖国復帰協議会と二つの沖縄県原水協が、十一月二十一日、Ｂ52撤去、原潜阻止実現のための県民会議(仮称)を結成し、こんど共闘態勢を組むことになったという事実である。それはまた十二月中旬にゼネストを決行することを、この共闘態勢にそって、沖縄県労協がきめたという事実である。

沖縄的なるもの、と僕が呼んできたところのものは、沖縄の状況の赤裸のありさまを、じつはそこに実在しない平和憲法を想像力の根幹においた人々が見つめ、まっすぐたちむかう、その相関をひとまとめにとらえることを望んで、僕がこの言葉を用いるのであることはすでに繰りかえしのべた。屋良氏を初の公選主席とした力は、この沖縄的なるものが、直接制民主主義の方向づけにおいて発揮した力である。そしていったん直接制民主主義の方向づけをえた、沖縄的なるものの運動は、歴史そのものの進行のように、とどめがたい力をそなえた運動であるにちがいない。

その沖縄的なるものの、直接制民主主義の方向づけにおいての運動は、いまＢ52爆撃機の炎上、核貯蔵庫の顕在化、ランパート中将の高等弁務官任命という、状況の急迫にしたがって速度を加えていることは、いま復帰運動と反戦平和運動の共闘をはっきりうちだしてゼネストへと態勢をととのえつつあることにおいて、明瞭である。

早急に、われわれ本土の日本人は、われわれの手をもまた汚している血の糸で歴史に縛りつけられている沖縄の日本人が、はっきりと核時代の虎と戦いはじめるとき、いったいどれだけの連帯責任をとる覚悟があるか、悪夢になやむようにではなく、まさに現実に腹をきめることをせまられるであろう。核兵器が、直接制民主主義と原理において絶対に矛盾するものである以上、沖縄的なるものが直接制民主主義の方向づけにおいて、核時代の虎と戦うにいたることは、まことに論理的に一貫した正当な戦い、避けることのできぬ戦いである。核基地において核時代の虎に戦いをいどむということが、いったいどのような現実行動であるか、われわれは正気をたもちつつそれにむかって想像力を働かせる勇気を、かつて持ったであろうか？　いま持ちうるであろうか？

〔一九六八年〕

文学者の沖縄責任

沖縄にたいしてどのように責任をとるか、とくに文学者が、そのありようの本質にかかわって、沖縄にたいする、かれ個人の責任をどのようにとるか？　自分がそこに属している大状況の問題として、責任のとりかたを遠方に見つめ、永いプログラムにおいてそれを考えることで、しばらくは自分に猶予をあたえる。または無力な嘆きの時をもつ。ついには、そのようにしか沖縄に責任をとりえぬ、という熟考したあとの決意が、単に冷笑されていいのみであろうとは思わない。そのようなどす黒くにごってくる諦念にとらえられることしばしばである僕自身をかえりみて、自己弁護するのではないが、沖縄にたいして責任をとるべき内容の、歴史的な、また国際的なひろがりをもつ、そのいちいちは、こちらになまなかな責任のとりかたを許容しないところがあると、沖縄についてまなびはじめた者ならおそらくは誰もが、まず認めるであろう。しかし、しかもなお、自分には本当に責任のとりかたがないのか、と知慧ある者からは悪しき素樸とわらわれることを覚悟して、考えつめなければならないであろう。それなしでは、そもそもの責任の重さ、大きさを、把握することすらができないからである。背おうか背おわぬかですぐさま、責任の重荷を大状況へ肩がわりしてもらうようにするのでは、いったん身軽になったかれが、いかにまっすぐに沖縄と日本、アジアの未来を見つめるにしても、そのようなかれのありよう自体が、やわであることはまぬがれようもない。

　沖縄にたいする責任を、具体的に汚れた自分の掌を見つめるようにしてとる、ついには自己破壊をおこなうしかないところの個人的な隘路に自分を追いつめてゆくようにしてとる。そしてそれをそのまま、自分にはこのような責任のとりかたしか可能ではないと、他者からの呼びかけをすべて拒否するための防禦網のごときものとする。沖縄に現実に旅行し、沖縄との関わりを意識的に持った者なら、たいていの人間が、自分の掌の汚れに気づくであろう。そしてそれに乗っかったまま開きなおるように、沖縄の人間、日本の人間に、汚れた掌をふりかざしてみせるたぐいの者がいることを考えれば、個人の内部の暗闇にひきこもるようにして沖縄への責任をといつめつづける人間は、やはり冷笑さるべきのみの存在ではないであろう。しかし、しかもなお、かれが自分の内部に閉じこもりつづけるとすれば、それもまた、僕自身への批判の心をこめていうのではあるが、かれの責任のとりかたは、サザエの殻のいっとう奥の内臓のようにも、やわでぐにゃぐにゃして得体のしれぬものたらざるをえない。
このように考えて、あらためてそこに、文学者が、そのありようの本質にかかわって、沖縄に責任をどのようにとるか、ということを見つめなおす時、僕は広津和郎という文学者の具体的な言葉にむけて、具体的な生き方にむけて、昂揚感にみちた畏敬の心とともに、また鋭く重い一撃を受けとめるようにして、自分がまっすぐ進みでざるをえないことを自覚するのである。

一九二六年、『中央公論』三月号に広津和郎は中篇小説『さまよへる琉球人』を発表し、つづいて五月号に、沖縄青年同盟による抗議書をふくみこんでそれにこたえた、小説を「抹殺」する文章を書いた。そしてわれわれは現在にいたるまで、再びこの小説に接することを広津和郎自身によって禁じられた。誓約はまもられたのである。しかも、広津和郎の『沖縄青年同盟よりの抗議書』は、単に、自作を破棄することを約束するのみの文章ではなかった。河上肇京大助教授の場合をはじめとして、沖縄にかかわる、舌禍、筆禍事件の一連の歴史のなかに、この『さまよへる琉球人』に対する反駁と、それへの答えかたを置く、というあつかいは幾たびかおこなわれてきた。しかし、いまあらためて広津和郎の創作とそれへの抗議、そしてそれにたいする答えかたの全体を見る者は、これが単なる筆禍事件などではないことを深く激しく承知するであろう。広津和郎は、一箇の真の文学者として、その有りようの本質にかかわって、沖縄にたいする、かれ個人の責任をとったのである。そしてまことに鋭く普遍的な広がりもある喚起力をそなえたひとつの行為を提示したのである。提示されたところのものは、いま一九七〇年代のいりぐちにいるわれわれの眼のまえに、言葉のまともな意味あいにおいて、アクチュアルにつきつけられている。

いま一九七〇年代のいりぐちにいるわれわれの、というのは単なる言葉の問題ではない。いま、まさに広津和郎と沖縄とのかかわりあいの全体の提示するところのものが、あらためて正面から受けとめられねばならないのであり、そして現実に、それを受けとめようとする地道なねがいは、沖縄の現地に発して、われわれへも直接な呼びかけとして到達した。僕が沖縄について、いくらかなりと学びはじめて以来、つねに僕の意識のうちなる気懸りな錘りであった、広津和郎と沖縄という命題について、はじめてここに書くのも、その呼びかけへの反応のひとつとしてであって、自分ひとりさかしらに、広津和郎自身の「抹殺」した『さまよへる琉球人』を、密掘する墓曝きのような意図によるのではない。

いま、なぜ広津和郎と沖縄とのかかわりあいが、あらためて今日の緊急の課題としてわれわれのまえにあるかといえば、それは、いわゆる一九七二年返還にむけて沖縄でおこっていることのすべて、本土におけるそれへの対しかたのすべてによってである。この夏はじめ沖縄を訪れた、ウェストモーランド米陸軍参謀総長が、すでに一年前に米国防総省が、沖縄の民衆によってあばかれた毒ガスの撤去を声明したことをどのように思い出しつつか、ともかく現実の撤去作業は来年になることを示唆し、同時に《沖縄の占める戦略的価値は決して減少せず、重要なものとして続く》といい、太平洋におけるもっとも根幹の基地としての沖縄を臆面なく正面にさしだし、そして沖縄では米軍兵士の犯罪、沖縄の人々との衝突が日々つづいている。そのような沖縄とそこに生きる人々を放置したまま、いや一九七二年返還はすでにきまったではないか、「沖縄問題は終った」のだ、と本土の日本人が、厚顔にもいいとおそうとする。
そこに具体的な沖縄差別が、新しく頭をもたげ広く一般化しようとしている。それを沖縄で鋭敏に予感している人々がいる、というのが、すなわちいまの状況にほかならない。比嘉関西主婦連会長の、沖縄の「惰民」発言などは、その沖縄差別の露払いの役割を果たすだろう。しかしそのたぐいの、人間的に低く、状況判断の論理性によって低いところのものと別に、正面から、ありうべき沖縄差別を、沖縄の民衆の内部においてそれに呼応しかねぬところのひずみをも正視しつつ、進んでひきうけて考えようとする沖縄の人々が、いま広津和郎の『さまよへる琉球人』を、「抹殺」状態からよみがえらせて、それに面とむかい、あらためて沖縄青年同盟の抗議をも見つめなおし、そして広津和郎のそれへの態度を再評価しようとする動きが、沖縄で、しかもいくつかの多様な側面から起っているのである。

すでにこの小説のモデルに擬せられている人々について、また抗議文の筆者についての追跡調査は『沖縄文化叢論』におさめられた金城朝永論文においておこなわれているが、とくに沖縄青年同盟については、現地の社会学者の研究が進行している模様である。

そして、より直接的に『新沖縄文学』が、『さまよへる琉球人』とそれへの抗議、さらに広津和郎の解答を再録しようとしているのである。作家の死後、『さまよへる琉球人』復刻をまともに希望しうる存在として、沖縄現地からの声よりほかはなかったこと、したがって、たまたま一九二六年刊『中央公論』にめぐりあっても、そこに印刷されていることどもについて沈黙しているよりほかはなかったことを、沖縄について学びはじめた日本本土の文学にたずさわる人間のひとりとして、僕は自分の経験にたって報告する。したがって、小説としても十分に秀れている『さまよへる琉球人』と、それにかかわる文章のすべてについて、いまここに自分の考えかたを整理しうるとすれば、それは端的に喜びである。

しかし、生前の広津和郎の「抹殺」の誓約がいかにも誠実にまもりぬかれたことを考えるゆえになおさら、死後のその復刻が、決して無抵抗に決定されたのではなかったこと、いわば広津和郎の「抹殺」の誓約のその方向づけを、またその基底にある覚悟をまっすぐ生かすようにして、広津桃子、平野謙氏ら、すなわち広津和郎著作をもっとも正統的に守りつづけようとしていられる人々の承諾があった模様であることを、そのような承諾をひきだすに充分であった沖縄からの要請のまっとうな力ともども、ここに敬意とともに記録したい。

文壇噂話のたぐいにあらわれる、死の床の葛西善蔵にたいする広津和郎の、正常人の論理にたった厳格さは、葛西善蔵自身が、広津和郎の自作『さまよへる琉球人』におけるような、誓約のきびしい実践をおこないえぬことへの批判としてのみ意味をもつように思われる。『年月のあしおと』における広津和郎の、葛西善蔵への非常な優しさは、ほとんど文壇噂話のつたえる、いわゆる「非情」さがなお生き延びることを許さないが、しかし広津和郎は確かにかれの作品にかかわる誓約をまもり、そしてそれをまもらぬ他人を批判しえる人間であったのである。したがってそのような生前の広津和郎を熟知し、その志をつぐところの、またその志がつがれるのを見まもる人々が、あえていま生前の広津和郎が守りとおした「抹殺」から、『さまよへる琉球人』をよみがえらせようとする決断と、その意味あいの重さを、僕は思わぬわけにゆかないのである。

一九七二年返還にむけておこなわれるところの、沖縄差別につらなる、あらゆる種類の工作とそれへの反応のなかで、まともな抗議行動としての意味を十全にもち、沖縄の、そして本土日本の人間に重く鋭い喚起力をそなえてせまる一つの事実として、『さまよへる琉球人』とそれにつらなる文章の復活のいきさつ自体が重要であることを僕はまず認識し、このような認識の伝播を希望する。

『さまよへる琉球人』において広津和郎が描いているのは、かれの善意を踏みつけにするようなことをいかにも平然とおこなって去る、わずかな出会いのあった詩人をのぞけば、ひとりの沖縄県人に集約される。かれはある日唐突に《円い、といふよりは四角い顔の、顎の短い、色の黒い、口髭を生やした、そして顎の辺には髯の剃り跡の濃い洋服姿の男》として、《『エヘヘ』と笑ひながら顔を出した。》かれは石油焜炉の販売人として近づいてきたのであるが、やがて広津和郎の身辺にいりびたるようになり、小さな背信行為をかさねる。かれの風貌姿勢はいくぶん戯画化されてはいるが、差別的にではない。いったん生真面目になったかれが、沖縄の経済的窮状をかたり、九州の炭鉱すらが《滅び行く琉球にゐるよりも、極楽に見えるのです。ユウトピアに見えるのです》という時、感動すらおぼえたことを作家は記す。現実に、沖縄で行きづまった人々が日本本土に流れこんでも、「朝鮮人と琉球人お断り」という差別の札が、かれらを労働の場からさえぎっている時代であった。

金城朝永氏によれば、ここに描かれた二人の沖縄県人の肖像は、かなりモデルに忠実な模様であって、かれら《に関しては、其頃在京県人の間にも広津氏の作品に見えてゐるやうな不徳義な行為による被害が尠くはなかったので、一種の注意人物であった丈に広津氏の小説を読んで、これは自分達に代つて筆誅を加へてくれたと内心痛快を叫ぶ者さへあつた》ということである。

したがって沖縄青年同盟の抗議は、広津和郎の描写に、差別的なるものを見出して抗議する、というような性格のものではなかった。かれらは小説に描かれている沖縄県人が、作家にひとつの感想のように喚起するところの、沖縄県人への思考の内容にたいして抗議したのであった。それはモデルとその描写という問題の平面を跳びこえて、広津和郎の、沖縄県人への想像力の働かせかたに、抗議したということであろう。それは、たしかに想像力の問題であった。そこに、抗議状にこたえる広津和郎の思想的な深まりが可能である、まずそもそもの理由があったのであり、いまあらためてもういちど、それを想像力の今日的な意味あいにからませつつ検討しなおして、一九七〇年の沖縄の現状と、日本本土の人間の内部・外部とにつきあわせてみることの意味あいもそこに根ざしている。

沖縄青年同盟は、広津和郎の想像力の、次のようなあらわれかたに抗議した。

《足下の作品中には

(前略)「琉球人はつまり一口に云ふと内地で少しは無責任な事をしても当然だと……(中略)無論全部の琉球人がさうではないんですが」(創作欄一九頁六行七行)

又(前略)「内地人に対して道徳を守る必要がないと云つたやうな反抗心が生じたとしても、無理でない点があることはあるな」(同頁九行十行)

又、

「若し自分がさういふ圧迫される位置にあつたら、やつぱり圧迫者に対して、信義や道徳を守る気になれないかも知れない」(二〇頁二行三行)

又、

「内地人に対して信義を重んじようなどといふ心を持つてゐない。無論人によるが、さう云つたやうな傾向が大体ある」(二頁終りの行)

そこで足下が「長い間迫害を受けてゐたらその迫害者に対して信義など守る必要がなくなつて来るのも無理はない」(一九頁一二行一三行)と御同情を寄せられた考へ方をされたのも無理はありませんが、前記各条項から何人もが直ちに、琉球人は道徳観念が違ふ人間だ、不信義漢だ、破廉恥も平気でやる、信用のおけないものだ、との印象を残さないでせうか。「無論人による」ので、「全部の琉球人がさうではない」が「さう云つたやうな傾向が大体ある」とでも誤解されぬと断言は出来ないと思ひます。これやがては足下が「投げやりの自分の生活法に『気をつけ!』」(最後の行)と書かれた文句を借りると、所謂一般「内地人」に対して、「琉球人」を「気をつけ!」と「怒鳴つてやらずにゐられない」(同行)事になりはしないでせうか。》

広津和郎は「暗澹」たる心において、この抗議状に接した。しかしかれはモデルの存在と事実関係をあげて、それに直接の責任を転嫁するという方向にむけて、自己閉鎖的に「暗澹」としたのではなかった。かれは抗議を、まさにかれの想像力にのみむけられたものとして受けとめた。かれは抗議されるべき対象が、総ぐるみかれ自身の想像力の内部に胚胎されて実在するとして、その全体をひとりひきうけるかたちで抗議にこたえたのである。

《自分は『さまよへる琉球人』に対する沖縄青年同盟諸氏の抗議の個所に答えるべき言葉が、自分にない事はないのを知っている》と広津和郎はいう。事実、かれは琉球処分以前・以後の差別と、経済的破綻について、現実認識をそなえている。沖縄への無関心、無知から、沖縄青年同盟の抗議をまねくようなことをひきおこしたのではなかった。かれの意識において、むしろ事情は逆である。かれはその歴史的、現実的背景に、本土の知識人としての、同時代においてもっともまともなものであるともいうべき認識をいだくことによって、《作中に出て来る二人の琉球人の行為を、少しでも是認しよう、少しでも許そうと思ったがために、自分はあんな風な感想——想像と云うべきか空想と云うべきか——を、自分の頭に浮べもし、従ってあの作の中に書いたのである。それがあの抗議書で指摘されたように、却って一般の沖縄県人に累を及ぼすべきものとなってしまったのである。》

そして広津和郎はかれの「あんな風な感想——想像と云うべきか空想と云うべきか」について全面的に責任をとるのである。

《唯自分はこれだけの事だけは認めて頂きたい。というのは、ああした空想が沖縄県人諸氏に累を及ぼそうなどという事を、毫末も予想していなかった事、いや寧ろ作者は心の底から沖縄県人に厚意を持ち、沖縄県を今日のような状態にさせるに至った外部からの暴力——昔からの引続きの暴力に対して、憤懣を抱いているという事を。——自分のそうした心持から浮んだ感想が、動機に於いては厚意であるべき筈のものが、結果に於いて、あなた方を却って害する事になってしまったという事は、何としても、自分の不明の致すところです。自分はその結果に対して、どこまでもあなた方にお詫びしたいと思います。》

広津和郎は、その《暴力に対する反抗から、内地人に対してたとい信義を守ろうという気がなくなっても、それは無理ではない、といった考え方》を、自分の想像力のつくりあげたもの、として現実に対比すると嘘であり、そのうえに沖縄県人に累《るい》を蒙《こうむ》らせたものであったとして、かれ自身を批判する。そこでかれがあらためて認識するのは、「今空想などはゆるされていない」、「現実があるのみ」の沖縄県人の「今日の生存」、「今日に迫っている事」の核心をである。

《自分は、その現実的な問題に当面しながら、それに臆せず、「県民大衆をその経済苦、生活苦より脱却させんとの熱烈な信念と強固な決意とに燃えていら《(マヽ)》れる」あなた方沖縄青年同盟諸氏に尊敬の念を禁じ得ません。

それに比較して、自分が『さまよへる琉球人』の中で、沖縄県というものに対して持った同情とか厚意とかいうものが、如何に第三者的な、生温い、身には痛痒を感じない人間が、遠くから他人の痛みに同情しているというだけの薄っぺらなものであった事を、恥しく思います。――自分は厚意であったところのものが、結果に於いてあなた方に累を及ぼす事になった不明を、前にあなた方に謝しましたが、併しここまで考えて来ると、そんな謝罪の仕方では何にもならない。寧ろ、中途半端な、認識不足の厚意などというものが、真の実感者に取っては、ややもすると有難迷惑にしかならないという事実を、はっきりこの事によって知らされたという事に、自分は首を垂れて深く内省すべきです。

つまりあなた方が指摘された作中の言葉に対して、自分はそれの動機の弁解をするよりも、自分の認識不足の想像の結果であるところのあれ等の文字を、全部抹殺すべきです。》

しかも広津和郎の行為は、作家として全面的な責任をとることであるところの、作品の抹殺にとどまらなかった。いわんや、柔かいところを突つかれた貝が固く閉じるように、自己防禦的、自閉的に、自作の抹殺をおこなって、あらゆる外部への責任を切りはなしてしまったのでもなかった。かれは一作家たる市民として、なおかれ自身の行為にみずから納得しなかった。

広津和郎は、沖縄青年同盟の抗議書が、抗議の石礫の力でかれをうったのみならず、より深く重いところにかかわってかれを揺り動かしたことをつきつめてゆく。かれは事実、《その精神的教養を偲ばせる冷静な文章の底に、哀切極りなき調子で流れている沖縄県民同胞の運命に対する筆者の憂苦》にうたれた。かれはすでにかれ自身という《一作家の小説そのものが問題ではない。その小説が若しかすると及ぼすかも知れない現実的影響が問題なのである。抗議書が与えられた小説家に対して冷静であればあるだけ、その冷静の背景に、悽い程逼迫した現実的問題が横たわっている事が想像される》という認識にいたる。

そして広津和郎は、直接かれの文章の読者にむけて、次のように、一作家としての市民の呼びかけの声を発したのであった。《自分のような無力の一文士が、何を叫んでもどうする事も出来ないかも知れないが、併しこうした機会に、日本の同胞がこの南部の小島国の同胞の恐ろしき生活を、彼等自身の生活として考えるようになる事を、希望して止まない。——若しこの『さまよへる琉球人』抹殺文が、そうした輿論の喚起に少しでも役立てば、自分の失策はつぐのわれた事になる。そう思うのは、やはり小説家的空想だろうか。》

戦後、この文章が『さまよへる琉球人』とは切りはなされて、評論集『自由と責任とについての考察』におさめられた時、平野謙氏は、広津和郎の現実感の確かさについてとくに注意をうながした。すなわち、広津和郎が、父・柳浪をつうじて作家生活の困窮を見つめており、かれ自身、出版社経営の失敗から窮乏をあじわったことによって、《……昭和初年の出版界の変動期に際会して、文士の生活を真剣に憂慮しなければならなかった。それは必ずしも時流に鋭敏な広津さんの批評家的眼光だけを証明するものではない。ここに広津さんをつちかったアクチュアルな現実観の重さがある。『さまよへる琉球人』の抹殺を声明したのも、その現実観のゆえであるという指摘をおこなっていた。

広津和郎が、かれの身辺に交錯した、沖縄県人の人物像を、その時代の沖縄の現状の悲惨を背景にしつつ、かれの小説にみちびきいれえたのは、まず、広津和郎に、同時代のいかなる作家よりも鋭敏に、沖縄の現実を把握しうる現実感があったからであろう。そのようなモティーフの獲得にはじまって、作家は小説をつくりだす作業をおこす。その作業の過程において、作家の空想力、想像力が、沖縄あるいは沖縄県人の現実から、はみ出す。すくなくとも沖縄・沖縄県人の現状について日々運動をおしすすめている人々の視点において、はみ出す。その時、この作家は、批判をつうじてそのはみ出しを認識すると、ただちに決然として、現実のほうをとり、その空想力、想像力のうみだしたものを否定する。しかも、自分の想像力について全面的に責任をとるかたちにおいてそうするのである。すなわち、沖縄青年同盟から、これこそが沖縄の「現実」だと提示されれば、まことに機敏に、かつ深く、その「現実」に想像力を働かせる人間として責任をとるのである。その時、たとえかれが、《やはり小説家的空想だろうか》と苦笑いのごときものを浮べつつも誠実に、その作家・市民の声を発するのを見て、沖縄の現実に根ざし必要かつ十分な抗議書を提出した人々は、この人間は現実に信頼できる、たとえ想像力をそなえた人間であれ、現実にも信頼できる男だと認めたであろう。

広津和郎の「アクチュアルな現実観の重さ」という平野謙氏の表現は、まさにそのような実体をさしているのであろうし、氏の言葉にそって《そのような現実観が文学者広津和郎をどこまでひっぱっていったか》を考える時、われわれはすぐさま『さまよへる琉球人』抹殺の決意および実践から、松川事件における永く効果的な闘いにいたる、くっきりした強靭な線のつながりを見る。松川事件の被告たちへの、そもそもの最初の、作家の信頼について、三好十郎をはじめ(この作家よりも比較をぜっして悪意的な)多くの人々が、「甘過ぎると思う」というような批評をした。しかし、ほかならぬ松川事件の被告たちは、広津和郎に、「甘過ぎる」どころか、もっとも重くアクチュアルな現実観の持主たる、想像力をそなえ、かつ現実にも信頼できる人間を見出していたにちがいないのである。事実、松川事件への広津和郎の参加を嘲弄した者たちこそが、この作家の永い実践的持続のあいだに、かれらのがわの想像力の欠如と、アクチュアルで重い現実観の不在を露呈したのであった。

さて、僕がいま『さまよへる琉球人』とそれにかかわる文章の綜合的な復刻をまえにして、切実な今日的課題としてそれを自分の内部にすえ、あらためてそれについて考えようとする時、主題は、現実観、現実認識と想像力との相関に、あるいはそれらのあいだのダイナミズムにしぼられてくる。沖縄、それも歴史に根ざしつつ今日にそのもっとも鋭い露頭をあきらかにしている沖縄への、僕自身の現実観、そして僕自身の想像力との相関、ダイナミズムへと集中してくるように考えられるのである。

現にいま僕の内部に、炎える棘、痛むしこりのように、それが実在する。僕はそれとむかいあい、それをつらぬき、そしてその上に足をふまえるようにして、あらためて今日の沖縄に生きる人々の意識、しかもいま『さまよへる琉球人』の復刻に接しようとしている沖縄の知識人たちの意識へとむかってゆくのである。

ある人間が、というより最初から特殊化して、ある作家が、としよう。ある作家が、沖縄の現実の一側面をなんとか把握しようとし、その把握にたって、かれの想像力を働かせる。かれが沖縄の現実にたちいって認識するところがいささかもなければ、そこから空中楼閣のごとくにも積みあげられる空想は、いうまでもなく無意味である。しかし沖縄の現実への認識がいかに深まるにしても、その人間が本土の日本人であれば、かれにはついに乗りこえることのできない障壁がのこる。かれは自分の想像力の運動が、根源的な矛盾をはらんで進行することをいつまでも認めつづけねばならない。すなわちそれは、かれが沖縄および沖縄に生きる人々への加害者として、まず実在するのだという認識にほかならない。それは当の人間が、沖縄について まともに考えようとする人間であればあるほど、乗りこえがたくなるところの壁である。

望む望まぬとにかかわらず、かれの沖縄認識は、沖縄とそこに生きる人々のささえている歪みの総量を、しだいにくっきりと見きわめる方向にむかって進行してゆく。しかしその歪みがほかならぬ本土の日本人たるかれ自身によって荷重されているところの歪みなのである。しかもその、かれ自身の内部における直接の加害者たる自己の発見は、現実の、その一時点のみにとどまらない。琉球処分以来の日本近代化の歴史にかかわって、かれは自分の存在そのものが、ぬぐいさりがたく汚染されているという感覚において、永年の加害者たるかれ自身を発見するであろう。しかも、近い未来にかかわって、差別的なほどにもあからさまに、沖縄の自立性をおしひしぐかたちの企画が現におしすすめられており、本土の現体制のもとでおとなしい日本人たることが、それに加担することであるほかない以上、現在このいま、沖縄にむかって立っている本土の一日本人としての自己認識は、多層的に、加害者のそれとなる。

　したがって今日、本土の日本人として沖縄の現実を認識することは、沖縄にたいして差別的に犠牲をしいているところの、幾重にも加害者的な内部構造をそなえた自分自身を発見することにほかならない。しかしそのように沖縄の現実を認識することが、多層的に加害者たるかれ自身を発見することであるような、沖縄へのアプローチなしで、沖縄への想像力の発揮がありうるだろうか。本土の日本人は、まずそのような八方塞がりの地点においつめられたかれ自身を発見することによって、沖縄への現実認識をはじめるのである。そのようにして準備された土壌にこそ沖縄にかかわる、かれの想像力の地下茎を育てはじめうるのである。

　そのような沖縄認識に立つのでなければ、本土の日本人の沖縄との出会いは、つねに、沖縄に生きる人々と正面から対立するかたちでしかおこなわれえないであろう。しかもそのような認識をジャンプ台とするのでなければ、沖縄への想像力の発揮は、さいげんなく夢まぼろしの根なし草を繰りだすところの、むなしい試みにすぎなくなるであろう。もっとも、本土の日本人の、幾重にもかためられた、差別的な高台から沖縄にむかう山津波のような勢いは、おのずから圧倒的に強力なのであって、われわれが敏感に耳を澄まして、沖縄からの拒絶の声に注意をこらすことがなければ、にせの沖縄認識の堆積土が、臆面なく沖縄全体におっかぶせられてしまう。そのうえに歪んだにせの想像力のヤエムグラが生えだして肥大に肥大してしまう。そのようなにせの沖縄認識と、奇怪な想像力の所産は、意識的ににせの沖縄認識が採択されたのであれ、無意識的につみかさなって暗い力を発揮したのであれ、なまなかのことでは押しかえすことのできない、想像力の怪物を沖縄とそこに生きる人々におしつける。

すでにそのようになってしまったところの実例をあげるとすれば、それこそ枚挙に遑《いとま》ないが、六〇年代の一時期、それもかなり永い期間にわたっておこなわれていた、いわゆる「核つき」返還の政府宣伝がまず思いおこされるべきであろう。政府は、核基地沖縄の人々が、核兵器と同居していることをとくに苦痛とは感じていないという現実認識をおこなっていた。あるいは、おこなっているふりをしていた。しかもなお政府は、沖縄に核兵器がおかれているということを、その核エスカレーション戦略において、およそ軍事専門家の誰ひとり疑わないであろう事実を、なお公式には認めることをしないという、逃げ道をしつらえていたのであった。そのうえで、政府が繰りひろげていた想像力の内容は、たとえ核基地と同居しつづけるにしても、それが日本復帰の必要条件であるなら、沖縄の日本人はむしろ望んでそれをひきうけるであろう、ということであった。それにたいして、直接、端的な拒否をつきつけたのは、そして様ざまな術策によってあいまい化されてはいるが、一応は核兵器を撤去しての返還という基本線をゆずらしめなかったのは、現実の沖縄の世論であり、それを構成しているひとりひとりの沖縄の民衆の現実感覚だったのである。

もし沖縄の現実を生きる百万の人々によって、核基地のままの施政権返還よりは、核基地のまま軍政下にある、というさらに苛酷な状況を(しかしそれが現状にほかならないのであるが)むしろ選ぶという、強い拒否の意志とそのような現実認識につらぬかれた、短い射程での算盤づくをこえた想像力にたつ決意が広く表明されることがなかったなら、本土政府の企画はそのままかりとおったにちがいないのである。なぜなら、沖縄の現実について、政府と対立的な認識と実践をすすめてきた革新政党によってであれ、かれらがもし自分の側から、沖縄の民衆にむけて、核基地のままの施政権返還よりは、核基地のまま軍政下にある現状をとれ、と要請するとすれば、そこには、ほかならぬ本土のエゴイズムが濃く浮びあがって、沖縄の現実のうちなる民衆を反撥させたにちがいないからである。実際、それらの民衆の視点にたてば、たれが本土の革新政党をして、沖縄の民衆とかれら自身とを同一視し、われわれは、と主張しうるところにまで六〇年代に沖縄にむかってかれら自身を投企しつづけてきたものとみなしうるであろう。

　むしろ沖縄とそこに生きる人々にたいして、本土の日本人としての現実認識を深めつつ、かれら独自の想像力による沖縄プログラムを提示しては、それが沖縄に生きる人々によって拒否され、否定されることを媒介として、新しい現実認識にいたるという、ダイナミックなかかわりかたこそが、今日の本土の革新政党にもとめられていることどもである。本土の日本人として、沖縄をつうじて未来を考えようとするにあたって、まず最初にゆきあたらざるをえない自己矛盾の障壁を自覚すること、つねに沖縄の人々とかれらとのあいだに独立を主張しつづける障壁を確認しつづけること、それこそが本土の革新政党の把握すべき、現実観ということすらできるはずのものであろう。

　なぜなら、そのような現実観なしでは、どのように沖縄について、またそこに生きる人々にたいして、加担しようとする意志につらぬかれていようとも、むしろその意志が強ければ強いほど、沖縄の現実認識の浅さ、甘さを露呈する、一面的な沖縄への想像力を発揮しかねないからである。事実、ある政治的立場に参加すること、あるいはそのような政治的立場に同情をよせることが、その種の政治的方向にそくしての想像力を、単純化させ、一面的にすることはしばしばある。とくに作家の政治参加、政治的同情において、その傾向は端的にあらわである。スターリン主義的なるものについて、もっとも懐疑的であるはずの精神的資質、感受性の資質をそなえた作家たちが、いったん政治的に参加する時、いかにスターリン主義的なるものの横行にたいして寛大あるいは無抵抗であったことか。

広津和郎の『さまよへる琉球人』にかかわる態度、行為の全体をつうじて、いかにも独自であるところの本質は、その点に具体的にむすびついている。広津和郎はかれの沖縄出身の知人たちとの接触をつうじて、沖縄の窮状にたいする認識をしだいにつみあげていった。そしてかれは、《心の底から沖縄県人に厚意を持ち、沖縄県を今日のような状態にさせるに至った外部からの暴力——昔からの引続きの暴力に対して、憤懣を抱いている》人間として想像力を発揮したのである。

広津和郎の想像力のもたらした成果は、すくなくとも現地沖縄に生きる青年たちによってしか、それに抗議の声を発することはできないというところにまで、沖縄の現実に根ざしているものであった。同時に、それゆえにこそ、沖縄の、しかもその窮状を打開してゆく方途をさぐりもとめている実践家たちから抗議された時、作家の心はまさに暗澹としたのであった。そして広津和郎は、果断にかれの想像力の所産を抹殺する。しかもそれはかれが沖縄から後退したというのではない。広津和郎は、沖縄の現実の認識から出発して、かれの想像力の世界をつみあげ、そして沖縄青年同盟の抗議をきっかけに、再びかれ自身の全体を、より高次の沖縄認識へむけて、それこそ言葉のまともな意味あいで投企したのである。

その投企はなにを現実にもたらしたか？　まず大正

末年の時代閉塞の状況を、はっきりそれによって提示した、ということがあるであろう。《あなた方には今空想などはゆるされていない。あなた方には現実があるのみです。生きて行くということがあるのみです。それが現実当面の問題なのです。》という痛切な言葉は、沖縄の現状に深いところで直面した日本本土の知識人が、かれ自身をもおおいつくしている時代閉塞の状況の荒あらしい肌ざわりに掌をふれつつ、かれ自身に対してもまた語りかけている響きをいまなおつたえうるであろう。広津和郎の現実観とはまことにそういう特質のものであった。広津和郎はそのように「アクチュアルな現実観の重さ」こそを、みずからつちかっていたのであった。

それゆえにこそ広津和郎のいささかも留保条件をおかぬ決断による『さまよへる琉球人』抹殺は、むしろ歴史のなかに、この創作と、それへの抗議および作品抹殺の宣言を、ひとつながりの血管をそなえた有機的な構造として、位置づけたのである。それは時がいたって新しい現実の光をあびるとすれば、たちまち喚起的な想像力の運動をおこしうるものとして、暗闇のうちに生きて待機しはじめたのである。そこにも、現実認識→想像力の行為→より新しい現実認識、というかたちがしっかりと生きているのをわれわれは見るであろう。そしてそのようなダイナミズムの全体を、広津和郎の現実観が支えていることはいうまでもないが、いま、『さまよへる琉球人』復刻をおこなおうとしている沖縄の知識人たちが、まず直面するであろうところのものは、今日の現実的状況の血液を吸収して、まさに今日ただいまのことを、想像力の世界に現前させようとする、広津和郎の生きた現実観にほかならないのである。われわれもまた、本土の日本人の側から、広津和郎の一九二〇年代の想像力(およびそれをつくりあげ、それを抹殺することを宣言した現実認識)にたいして七〇年代の光を照射すべきであろう。

ぼくはこのように語りつつ抽象的な方向づけの上を手さぐりしているのではないように思う。広津和郎は、その想像力が具体的かつ現実的であることにおいてぼくにそのような迂遠な語りかたの余地をのこさない文学者だからである。いま沖縄の、それももっとも若い世代の知識人たちが七〇年代の光を沖縄の現地からあてようとし、ぼくがわれわれ自身の七〇年代の光を本土日本からあてようと望むのは、すでに引用した、すなわち沖縄青年同盟の抗議がまさにそこに集中したところの問題点にほかならない。

いま本土日本に拒絶の声を発しつつ、いわゆる七二年返還への奔流にまきこまれつつあるところの、しかもなお地道に抵抗しつづけようとしているところの、沖縄の新しい世代が、《内地人に対して道徳を守る必要がないと云つたやうな反抗心が生じたとしても、無理でない点があることはあるな》という命題についてあらためて考えることはいわば必至のことであろう。道徳とはなにか、反抗心とはなにか。一九二〇年代の時代閉塞の状況を生きた沖縄青年同盟の青年たちの、おなじ命題への現実的な反応にかさねあわせるようにして、七〇年代の沖縄の青年たちの現実的な解答の試みは提示されるであろうし、それはそのまま、あらためて沖縄青年同盟の二〇年代における行動に綯いあわされている、順応と抵抗の複雑な重みを、今日の沖縄の新世代に、批判的に継承させるきっかけともなるであろう。

そしてわれわれは、七〇年代の沖縄と本土日本の状況につきあわせつつ、《若し自分がさういふ圧迫される位置にあつたら、やつぱり圧迫者に対して、信義や道徳を守る気になれないかも知れない》と考えるところの視点を、まず自分の内部に据えてみなければならないであろう。いうまでもなく、圧迫者とは、ほかならぬわれわれ自身なのであるから、この感慨は、それに思いをひそめるにしたがってしだいに苦く黒ぐろとにごってくるはずである。しかもなお、われわれは、そのような感慨が二〇年代にすでに手ひどい反撥にあったことについて、それを自分の心理的な傷のようにして確かめねばならないであろう。事実、六〇年代をつうじてわが国の多くの者が暴力について学んだ。しかし、暴力的なるものによって守られた秩序における、信義とはなにか、道徳とはなにか、ということについて、それこそ倫理的想像力 moral imagination に深く根ざした自省が広くおこなわれているとはいいがたいからである。ぼくは一般化してなにごとかをいおうとは思わない、ほかならぬ沖縄について、沖縄に生きる人びとにたいして。

なにをいまさら迂遠なことをいうのか、という声があるとすれば、僕はいくたびかの沖縄への旅をつうじて、わずかながら自分の内部につくりあげようと試みてきた自分の現実観において、七〇年代の沖縄へむけて日本全体の規模でおこなわれるであろう差別的な圧政の現実について、暗く凶まがしい予感をいだくものだとこたえたい。それにかかわって広津和郎の《日本の同胞がこの南部の小島国の同胞の恐ろしき生活を、彼等自身の生活として考えるようになる事を、希望して止まない》という叫び声は、きわめて暗い絶望の響きを二〇年代の時代閉塞の暗闇から今日につたえつつ、なお生きているのである。

その叫び声の独自な力は、市民として沖縄に責任をとるべくその小説を抹殺した広津和郎が、いかに確実な永い展望にたって（あるいはその固有の現実観によって確かに予感するようにして)、ほかならぬ想像力の世界にかかわりつつ責任をとったのであったかを教えて、われわれに地道な奮起をうながすのである。

〔一九七〇年〕

再び日本が沖縄に属する

僕は衆院沖縄返還協定特別委員会の、こういう言葉のまともな出所が、どこにあるのかを知らないが、まことに堂どうとまかりとおっている、抜打ち、強行採決を、ひとりの本土の日本人有権者として、傍聴席から見まもっていた者である。一九六五年十一月十二日、午前零時十八分にも、この忌わしいめぐりあわせを誇る気持などいささかもないが、僕は国会にいて、いわゆる日韓条約の強行採決を目撃した。いまの衆院本会議の議長とおなじく、この時の議長も、船田中氏であった。首相も御同様佐藤栄作氏であった。僕は傍聴席で、すでに怒りというよりも、地面が沈んでゆくような、なんともつぐないがたい日本人有権者であることの実体への異様な認識の感覚とともに、（それは、その場で芽ばえたものでなく、すでに、思ってみれば永いつきあいだが）なすすべもなく見まもっていた者として、すくなくとも、その全体をいつまでも記憶しつづけようと思う。

いかにもあらわな計画的犯行として、強行採決がおこなわれ、いやそのまえに、政府筋の決して問題の核心にふれず、質問者とその背後の民衆を愚弄する答弁においてすべては始まっていたのであるが、強行採決という、なんともかともおくめんもない議会の機能の全面的な蹂躙がおこなわれ、つづいて「国会の空白状態」と新聞の報道する状態があり、つづいて「国会、審議を変則再開」というようなことになり、いわゆる変則国会を議案が通過して、そしてなにもかもが、もといとどおりになる。いつもおなじ筋みちが、繰りかえされる。それが、われわれの議会である。

しかし絶対にもとどおりにならぬものとして、強行採決された協定、条約がのこり、われわれの歴史は、それを踏み石にして、暗いぬかるみめがけて、まっしぐらに進んでゆく。具体的に日韓条約のつくった「歴史」をふりかえるならば、誰が、あのあと「民主主義」はもとどおりになったと、正常化された、一時の嵐はすぎさったといいうるであろう？　もし、とくに忘れっぽい人びとがいるとすれば、僕は、日韓条約の強行採決の時期に、ほかならぬ自民党の、しかし実際的なタフな見とおしをそなえた現実政治家の言葉から、自分が、かつて日韓条約の強行採決について書いた文章にうつしておいたものを、あらためてここに引いて示そう。

《日本政府は、日韓交渉成立後は、直ちに北朝鮮および北京との関係を改善するために努力を傾注しなければならない。それには、もちろん多くの困難が伴うだろう。最初に現れる、最大の困難は、韓国が、日韓条約の成立を背景にして、唯一の朝鮮の正統政府であることを主張し、北朝鮮と日本との経済関係をも含めた一切の関係を遮断しようとする努力をすることだ。》（宇都宮徳馬「日韓問題と日本のアジア外交」）

日韓条約の強行採決という事実に立って、日本政府はどのような「歴史」の坂道を転げおちるように突っ走ったか。ここに提案されているような、なんとか日韓条約強行採決のインパクトによって歪んだ「歴史」の方向をもとに戻すという、深刻な努力がおこなわれたのであったか？　いくらかでも、もとどおりの平衡は、回復されたのであったか？　いうまでもなく、このような問いかけは、この際、修辞の問題にすぎない。日本政府がもとどおりの平衡をめざすことは、もともとありえなかったのであるから。それならいったい、なんのためにあの苦労をして、とかれらはいうだろう。政府は、日韓条約の強行採決のあと、いかにも露骨に、かれら自身こそが、韓国を、唯一の正統政府であるとみなすことを希望し、北朝鮮との積極的な関係の樹立のための努力は、すべてこれを放棄したのであった。現在の、沖縄の「施政権」返還と自衛隊による米軍の機能のある部分の肩がわりの問題が、韓国政府、韓国軍と肩をくむようにして、そしてなかば朝鮮民主主義人民共和国へ銃のつっさきをむけるようにして、おこなわれようとしている事実を見れば、むしろもとどおりの平衡どころか、日韓条約の強行採決によって歪んだ、日本の軌跡を、なおその歪みを強めるむきに向けて、沖縄返還協定の強行採決が、おこなわれたのであることは、われわれ素人にすら明瞭すぎるほどである。

そして一九六五年十一月から、一九七一年十一月にいたるまで北朝鮮にたいしてはもとより、北京にたいして、最悪の関係をなんとか改善するためのまともな努力は放棄されていた。もちろん日韓条約の強行採決から、沖縄返還協定の強行採決という、ふたつの里程標をつなぐ道すじに、北京とのまともな関係の回復などというプログラムがはいりこみえるはずは理論的にいってありえなかった。北京への贖罪の道のりは、まったく逆の方向に遠ざかるのみであった。そのような曲りに曲る暗い滅びの道こそを、日本政府と日本人は、この足かけ七年ものあいだ全速駈け足でつき進んできたのであった。したがってアメリカの、片方でヴィエトナム戦争をつづけながらの中国接近に、あわてふためくようにして、日本政府が北京へむけている、なかば悪びれた流し目のような態度も、およそまともなものとは思えない。いったい誰がそれをまともなものとみなすわけなのだろう?

僕はいうまでもなく、中国問題について専門家の言葉をこそ聞きたいと思え、自分がなにごとかをいう任ではない。ただ、沖縄問題は、中国問題であり、そこに焦点をおけば、いまや日中関係は、もっとも悪い局面をむかえている、と息苦しく観察するのみである。そしてそれにかかわる、いかにも科学的な中国側の意思表示のひとつとして、沖縄の十一・十ゼネストを報じる『琉球新報』に、あわせて次の記事が載っていたことを引用しておきたい。それは、沖縄の新聞記者として、おそらくはじめて北京をおとずれている山根安昇特派員の電報である。《沖縄の十一・十ゼネストについて中国側は強い関心をよせている。中国側はこれまでの沖縄における反基地、反安保、返還協定反対闘争を高く評価している。今後、それがどのように発展していくかに注目している。中国側がいま最も重視しているのは日本の軍国主義復活の問題だ。アメリカのアジアでの後退にともない自衛隊がその肩代わりをしていくことに強い警戒心をいだいている。「いま進められている沖縄返還協定の内容がまさにその具体的なあらわれで、ニクソン・ドクトリンが現実化しつつあるもの」と見ている。そのため「沖縄での闘争は、その先端での戦いで重要なポイントをにぎる闘争だ」として見守っているわけだ。とくに自衛隊の沖縄配備と米軍との共同作戦がどのように変わっていくか――などに関心がよせられている。郭沫若中日友好協会の名誉会長は訪中団の歓迎レセプションの席上、二度も記者の席を訪れ「沖縄の戦いはよく知っています。重要なことなので片時も忘れません。沖縄のみなさんのために乾杯します」と堅い握手をかわした。また中国政府のひとりは最近の沖縄の情勢についてくわしく質問するなど沖縄への関心と理解は予想以上に高かった。》

沖縄返還協定にたいして、中国側が、繰りかえしになるが、科学的なとしかいいようのない強い関心をこめて、注意深く見まもっている。その鼻先へ、銃弾をうちこむような具合に、わが国の政府が強行採決をおこなって、米軍基地の存続はもとより厖大な数の自衛隊員を沖縄におくりこむ決断をする。しかもなお同時に、中国へむけてひそかに政府筋の書簡をおくってみるという、わが国の政治家たちの非科学性は、これはいったいどういうものなのかと、中国の政治家の憤激や軽蔑をかうまえに、むしろかれらを不可解な謎で平手うちするように、激しく当惑させたのではあるまいか？　いや、ニクソン・ドクトリンの現実化など、めっそうもない、アメリカ政府筋も、返還時に、沖縄に核がないことを明言しました、とわが国の政府は弁解するつもりだったのだろうか。しかし、当の衆院沖縄返還特別委員会での、楢崎社会党議員の追及にたいして、米海兵隊岩国基地のハイエル・L・バンキャンペン司令官の言明した、その言葉のありようは、次のようなものであった。《核兵器を含む武器の問題については、いっさい言明できない》沖縄と日本本土の米軍基地の責任者たちが、総ぐるみ、ほかならぬ中国へこそ向けられている核兵器の存在を、すくなくとも否定はしない。それこそニクソン・ドクトリン方式ではないのか。しかもそのまま自衛隊が沖縄に、まさに進駐してゆく。そのための協定を、じつに沖縄と日本本土の核についての質問のさなかに打ち切るところの、強行採決によって、とりむすぶ。しかもなお、ニクソン・ドクトリンの現実化などありえない、日本は軍国主義化していない、と中国にむけてまともに説くことのできる政治家・官僚がいるわけであるが、それは中国の民衆をまっこうから愚弄しているところの、あの異様に歪んだ、アジアの中心はわれわれという、日本「中華」思想の持主だというほかに、言葉がありうるだろうか？

衆院沖縄返還特別委員会の、強行採決は、いまそれについてふれたところの、楢崎議員の質問がなおつづいている、上原議員による関連質問の直後におこなわれた。すでに上原議員の質問のあいだに、およそ奇怪な話にはなるが、僕のような一傍聴者にも、これがすめば強行採決がおこなわれるのだろう、という印象は、すでに濃くみなぎっていたのであることは、全アジア＝ニクソン・ドクトリン帝国興亡史のためにも記録にとどめておくべきであろう。上原議員の質問のあいだに、およそそれを聴いているのではなく、これがすめばということだけを念頭に待機していることを、むしろ宣伝しているような、躰つきの頑丈さで、はっきりめだつ二人の自民党議員がいた。かれらを選出した有権者たちが傍聴席にいたらどう感じるだろうと、他人事ながら気が臆してくるような態度を、この先生方はさかんに示したのであるが、そのうち色白のほうの

「選良」はついに、こちらは三〇一名なんだ、いまのうち、おまえらにいわせてやっているだけなんだ、という、およそ正直きわまる弥次をとばして議事をしばらく中断させた。かれに伍して、なおもさかんに弥次った赭《あか》ら顔のほうの「選良」は、強行採決のさいに、いちはやく首相をひったてるように場外にみちびいた。それぞれに、そのような役廻りがきまっていたのだろう。そして上原議員の質問への首相、大臣、官僚の答弁は、これはいったいどういう演出、ユーモア(!)のつもりだったのか、議事録の速記者を困惑させたかと思われるが、上原君の声は大きいからびっくりする、という首相の答弁が代表するような、およそまともに課題に答える意志はないものであった。そして委員会全体に、誰もかれもが、すくなくとも自民党議員の誰もかれもが、これがすめば、ということのみを待っているように感じられたのである。

それは現在の自民党政府の実体を直視する時、いかにも当然の話じゃないのか、という玄人の声がかえってくるだろう。しかし僕は、ほかならぬ、この「民主主義」の沸騰的なねじ曲りの現場にまず自分の腰をすえて、ほかならぬ僕自身の、沖縄にむけてのこれまでの態度を検討しなければならぬことを認めたのである。

僕はいまこそ沖縄にたいして(ひいては、日本、アジアにたいして)、自分がどういう「想像力」にもとづいて行為をつみかさねてきたかを、検証しなければならない。その、つねにあやまちを繰りかえす、自分の沖縄への「想像力」の結節点を、いちいちたしかめなおし、そしてこれからどのように自分の、沖縄への、おおげさにひびくことであろうが、生きかたをきめなおすかを、なんとか自力で考えねばならない。僕のように、議会制民主主義のがわに居残りつづけている人間には、いま、およそなにもかもが赤裸の傷口をひらいている「沖縄国会」を、他人事のように単に傍聴席から、見おろしてばかりいるわけにはゆかぬことが、まったくいかにも否定しがたいからでもある。そして、あのいかなるまともな答弁にもむくいられることなく、しかし地道に、これはたしかに科学的に質問しつづけた、沖縄選出の議員の存在こそは、僕にたいして、いままでおまえは沖縄にむけてなにをしてきたか、いまなにをし、これからなにをするつもりなのか、と激しく問いかけてくる両刃の剣であったからである。しかもその問いかけの核心には、最近刊行された現代評論社刊『反国家の兇区』における、まことに輪郭のはっきりした、新川明氏の、重く熱い思想のかたまりがあるのであったからでもある。

本土の日本人のきみよ、「国政参加」選挙の応援に、沖縄にくるな、と僕にむけて語る手紙を、新川明氏が「国政参加」選挙粉砕の活動のさなかに夜を徹して書き、ついに白々と明ける那覇の空を見あげて、むなしさに書きつぐことを止めたという、その事情そのものが深く僕の肺腑をつらぬかずにはいない文章が、そこにおさめられている。僕はあの傍聴席から、沖縄選出の議員の、質問自体としては、まことにめざましい働きを見おろしつつ、ほかならぬその文章にこめられた思想のかたまりによって、白分が繰りかえし撃たれるのを、よく認識しつづけぬわけにはゆかなかったのである。

結果としてぼくは沖縄をたずね、そして印度、アジアへと旅立ったが、「国政参加」選挙に直接の応援はしなかった。しかし、あの日の傍聴席にいつつ、僕はそのような事情が弁解にもならず、新川明氏たちの「国政参加」拒否の運動の思想は、僕の首根っ子を逃れようもなくとらえているのであることを、あらためて認めたのである。僕自身のそのような認識は、まだ上原議員の質問のつづくあいだに、次のようなかたちをとって自分にあらわれた。そのあらわれかたを、はっきり書きとめてから、そもそもの沖縄における「国政参加」という結節点にもどりたい。

上原議員は、沖縄の核というものが、核戦略、核戦術のシステムの総体であることを、関係官庁の官僚に認めさせた上で、返還協定の、いわゆる米軍基地に関する了解覚書におけるA表、すなわち施政権返還後も、米軍がひきつづき使用する施設及び区域のうちに、その核のシステムにほかならぬものがふくまれていることを、いかにも明瞭に、具体的な名称と位置、その機能に言及しながら、質問したわけである。

そして首相、外相、官僚たちみなは、その具体的な質問にはいっさい誠意を示さず、あの定まり文句、アメリカ側が、核を抜く、といっているのであるから、それを信用するほかはない、と口をそろえて繰りかえしたのであった。それは西部劇映画によくある、姿をあらわさないボスに脅迫されている連中が、勇敢な摘発者にたいして、時には不謹慎な態度をしめしたり脅迫したりしつついっせいに沈黙をまもるという、あのたぐいのシーンに似ていた。もっとも外相など、あるいは他の閣僚など、首相が政治生命をかけて核はない、といっていられるのだから、というふうにいって、ほかならぬボスが首相であるような粉飾をしたが、傍聴席から見おろすと、「沖縄の心」というと涙ぐむそうだが、その日はむっと充血したような顔で、時には不真面目な答弁を繰りかえす老人の「政治生命」が、沖縄の百万の真の生命と天秤にかけられてはたまらぬ、という、うらざむい思いのみがつのった。上原議員の質問は、まことにむなしく宙に消えたのである。

その時僕はこう考えていたのであった。もしわが国の首相、外相以下の閣僚たち、官僚たちが、本質的に核兵器による戦争を拒否しようとし、核兵器の脅威から、人間の生命をまもることを望んでいたとしよう。そうだったとすれば、この質問は、まことに、ほかならぬかれらにとってこそ、ねがってもない契機であるのだが。かれらがこの質問を契機にして、沖縄の核の問題をまともに追及すれば、これはおおいにニクソン・ドクトリンを揺がしうるだろう。これが僕の幻想1であった。

つづいて僕はまた、こう考えていた。もしわが国の首相、外相以下の閣僚たち、官僚たちが、戦略的に、核兵器を沖縄から撤去させようとねがうとすれば、すなわち中国との国交回復のための、日本側のプラスの条件として、アメリカに核兵器を沖縄からひきあげさせることを望むとすれば、この質問を追及することはじつに有効なのだが、ニクソン訪中をひかえて、アメリカも、その方向づけの追及には応じざるをえないはずではなかろうか。それが実現し、つづいて自衛隊の沖縄配備を止めれば、それこそニクソン・ドクトリンの現実化の一端を崩すことであって、日中国交回復の最初の一歩がしるされうるだろう。これが僕の幻想2であった。

いうまでもなく、幻想1も幻想2も、たちまち首相以下の機械的かつ無内容な答弁によって消しとんだのだから、沖縄選出の国会議員の存在が、新川明氏のいうように、《沖縄を軸とした日米両国の沖縄・日本を含めたアジア支配の再編強化の政治プログラムの中で予定計画的に打ち出された》役割しか果たせなかったものだと、苦渋とともに、それこそ上原議員の質問自体の美事さに、かえって眼をそむけるようにして、認めねばならないのは確実であった。これがすめば、沖縄選出の社会党議員の質問がすめば、強行採決だ、という黙契が、疑えば自民党内にとどまらないようにすら思えたことを考えにいれれば、なおさらである。もちろん、この場合も、沖縄と、そこから選出された議員にそのような役割をおしつけたわれわれ日本人に、責任のおおもとがあるのであることはいうまでもないが。

しかし、強行採決の、荒あらしい、しかも茶番めいたひと騒ぎのあと、このようにして沖縄の民衆百万の、しかもそれぞれに百万の歴史をせおった人間の、明日の運命と今日の選択が、アジアにむけて決定的に閉ざされたのだと、あらためて考え、茫然としている僕を、もうひとつの新しい想念がとらえて、それこそが僕を強く鋭く撃って、あらためて沖縄の「国政参加」選挙という結節点にまで、本当に僕を、ひき戻したのである。

僕は次の想念にとらえられたのであった。いま僕は、幻想1、幻想2が現実についえさったからということで、沖縄選出の議員の役割にたいして否定的な考えにくみせざるをえなくなった。その幻想1、2自体、本気でそれを頭にうかべたともいいがたいところがいかがわしいが、それはそれでしかたがないだろう。しかし、もし幻想1、幻想2のどちらかが実現していたとして、それでも、なお僕の、沖縄選出の議員にたいする意味づけは歪んでいたではないか。なぜなら、それは僕の、本土の日本人たることから離れられぬ着想に発しているのであり、決して沖縄の人間の思想に根ざしているのではないからである。僕はこれまで本当に、沖縄の核兵器の撤去の課題を、沖縄の人間の思想に立って考えてきたのか？　日本人である自分の核兵器にたいする拒否の思想にもとづいて、僕はそれを考えてきた。そしてそれが、沖縄の人間の反戦、自立の思想のひとつの表現としての、核兵器の撤去要求と、つづまるところは一緒になると考えてきた。しかし、その、つづまるところ、ということにこそ歪みがあったのではないか。その歪みとは、日本人である自分の核兵器にたいする拒否の思想、ということを、そのこと自体において疑わぬ本土の日本人の着想であって、それに立っているからこそ、本当に深く自分の内部で疑うようにして、沖縄の「国政参加」ということを考え、それに積極的に反対せず、そもそもの「施政権」返還協定についても、いわゆる粉砕派から、一歩、離れたところに立ちえたのではなかったのか？　それでは、沖縄について考えるたびに、ひそかにとなえるようにしてきた、このような日本人でないところの日本人に、自分をつくりかえることはできないか、という恥かしいような言葉は、ついに空念仏となってしまうのではないか？

僕はこのように考え、その自分自身の想念に触発されるようにして、おそらく、はじめて新川明氏の思想のかたまりを、かれの存在に正面から立ちむかうようにして真に受けとめている自分を発見したのである。あらためてかれとその同志たちの、「国政参加」選挙を粉砕しようとした思想にたちもどればそれは次のように要約できると思う。

《この国政参加問題は、すでに明らかにされたようにきわめて重要な体制側による予定計画的な政治的攻撃である。だが、これに反撃する政治的なたたかいを構築するだけではきわめて不十分であり片手落ちになる。なぜならそれは、私たち沖縄人にとって沖縄近現代の歴史を再検証しつつ、そのような体制側の構想(日米共同声明によって規定された)に決定的に対決してたたかいを持続させねばならぬ沖縄のたたかいを、私たち沖縄人がいかに主体的に担い、かつ持続させ得るかという問いをつきつけているからだ。》

既成革新諸党は、「国政参加」選挙について、それが《基本的には沖縄人民のたたかいの成果である》とし、また《代表を国会に送ることによって沖縄の意志を国政に反映させ、沖縄住民の立場に立って沖縄県づくりをする》とし、《この選挙で革新候補が勝利することが、とりもなおさず日米共同声明路線による沖縄住民の意思を表示することだ》としたが、沖縄の大多数住民が、「国政参加」選挙の政治的潮流にまきこまれていっているのは、それだけの理由によるのか？

《たしかにそのような既成革新諸党の、本質を歪曲し矮小化した宣伝や幻想もそれなりに大きく機能していることは疑う余地はないが、それと共に私たち沖縄人の中にある日本への全的な合一化を絶対化して疑わない思想、平たくいえば〈国家としての日本〉に盲目的にのめり込んでいくことにケシ粒ほどの疑いを持たない精神志向、思想的傾斜が、沖縄人の生存様式を規定する強力な規範として存在しているためである。沖縄人の生存様式を規定するその規範は、いわゆる共同幻想としての〈国家〉をなりたたせる私たちの内なる情念として、さきにみた既成革新諸党の党略に基づいた宣伝や空疎な幻想を、大衆的な基盤をもって下から支えているのである。》

《そこで私たちに要請されるのは、そのような沖縄人の情念の内実に鋭く切り込んで、民衆個々の意識のありよう――〈国家としての日本〉にみずから積極的にのめり込んで疑わない精神志向――を、思想的に断ち切っていくというまことに困難きわまりない思想的作業である。そのことが、沖縄におけるすべてのたたかいの原点として、基本的に確認されなければならないし、国政参加に応ずるのか否かという、いま私たちに突きつけられている具体的な政治課題も、そのような思想的課題を抜きにして考えることはできない。》

これらの言葉が充分にその骨格をつたえていると思われる、新川氏の思想のかたまりは、僕をもっとも鋭くとらえた。それを僕は強行採決の傍聴席で、それがほかならぬ僕の習性であるところの、いつも遅ればせに、ある思想のかたまりと、真の出会いをするというやりかたで、僕は認識していたのである。それは矛盾するようであるが、沖縄についての自分の考え方の奥底に根ざしている本土の日本人たることをぬけられない意識の自覚と、いまおこなわれたばかりの強行採決の茶番が、いかなる精密機械にもまして、これからきざみ出しはじめる、後戻り不可能の、ニクソン・ドクトリンの現実化の要石《かなめいし》としての日本において、これまで沖縄におおいかぶさっていたものが、沖縄はもとより日本全体にのしかかってくることを具体的なプログラムとして眺めざるをえない、大きい危機の確認とともに、自分におとずれた出会いなのであった。それを、もっとも単純化すれば、さきにひいた新川明氏の言葉をもちいて、こうなるであろう。ひとりの本土の日本人として、〈国家としての日本〉にみずから積極的にのめり込んで疑わぬ、ほかならぬ自分の精神志向をどうするか？

いうまでもなく僕は、「反国家」の思想にむけて、自分が三段跳びのようなことをやってのけうる人間だとは、いささかも考えていない。繰りかえすことになるが、つねに遅ればせに思想的な課題のひとつずつに出会ってゆく、おくての人間である僕が、そのかわりに自分に課しているのは、ひとつの連続性をもって変ってゆく、自分を変えてゆく、ということであって、そのもたもたした、みっともなさの全体を、僕は作家として誰にも隠そうとは思わない。連続性の課題とは、また責任の課題である。僕はこれまで自分が沖縄にむけていったり、おこなったりしてきたことの全体について、責任をとりつづけるために、自分の連続性をうしなってはならない。いったん人間が状況にかかわって実在する時、まさになにひとつもとどおりの事態を回復することはできず、また、それより以前の事態にくらべてまるごと新しい事態を実現することもできはしない。ただそれを苦い心で自覚しつつ生きてゆく人間と、そうでない人間とがいるのみである。

それではいま僕は沖縄についての、自分のこれまでの連続性に立ち、また強行採決の現場で、したたか僕に突き刺さった認識をふくみこんで、なにをしようとしているのか。さしあたって僕がおこなおうとするのは、いますでに、社・共欠席のまま、また沖縄選出の安里、瀬長両議員欠席のまま、衆院を通過した、沖縄返還協定の光に凶まがしく照らしだされて、新しい様相をおびた、アジアのなかのニクソン・ドクトリンの要石たる日本において、ほかならぬこの本土日本において、自分をとりまく新状況に、これまで自分が、沖縄にむけて海をこえて呼びかけるようにしていってきたことを、つきあわせて検証することである。

そして僕がたちまち発見するのは、いままで僕が沖縄の民衆のイメージにむけていってきたことのほとんどすべてを、本土の日本人たる僕自身の、ほかならぬ自分のこととして、まっすぐ自分の上に担わねばならぬということにほかならない。ありうべき誤解をさけるために、あらかじめいっておきたいが、新川明氏をはじめとする復帰拒否者たちは、これからなおさら尖鋭に《沖縄が日本に対して所有する「文化」の「異質性」に依拠しつつ、みずからの思想の深化をはかること》をおしすすめて、その思想運動を持続するであろう。そしてその思想運動に、本土の日本人としては、端的にむしろ対峙するようなかたちでそれを見つめることしか自分にできず、そのような人間としてしか「連帯」の課題もはじまりえぬ本土の日本人たることを、より深く自覚することが、新川明氏たちへの自分のありようの第一歩ではないかと、僕が認識するにいたった経験こそが、さきにのべた新川明氏の思想のかたまりを自分がまっすぐ受けとめたということの意味あいにほかならない。かれらの思想運動を先頭にして、独自の沖縄の状況に、歴史と国際関係をタテ、ヨコにむすんで深くからんだ運動がなおつづいてゆき、僕はつねにそれから意識をそらすことはできぬのであるし、しかもそれと本土日本での僕自身の生きかたを直接に重ねあわしうるとは決して僕も考えていない。あけすけにいえば沖縄の基地が本土並み(!)でありえたりする夢まぼろしは、およそ誰ひとり信じた者はいないのであり、そこへ大量の自衛隊員が、まさに進駐してゆくのである。差別的に犠牲になる沖縄と、それにのっかっている本土日本のアナロジイは、いつまでもまともな意味あいでは成立ちえない。そのもっとも苦い味のする事実こそを、僕はこれまで現実に、学びつづけてきたのであった。またそこにこそ、沖縄の復帰拒否者の思想運動の、現実的な根が、実在することをもまた、確かに見てとってきたのである。

その上でなお、僕はおよそ身も蓋もないような単純なことを認めなおそうとしているのにほかならない。これまでしばしば沖縄の人々は、本土の日本人から、それも意識のうちになんとか沖縄をとらえようとしている人間から、沖縄は大変ですね、という挨拶をうけたと、それに愛想よく返事をかえすのは、実際、業腹だったと、いかにもひかえめにではあるが、口をそろえてのように語ってきたものだ。それは本土の日本人が、自分の掌はきれいなつもりで、また自分の足は泥沼に踏みこまぬようにして、沖縄をそれこそ大変にしているのが当の本人であることについての自覚だけはスッポリ抜かして、憂い顔で挨拶をしているという、その典型的な日本人のイメージを過不足なくとらえているものであるゆえに、いくたびも繰りかえし語られねばならなかったのである。

そしていま、この挿話は新しい方向づけをもって、なお生きいきとした意味を発揮しはじめるだろう。すなわち、アメリカのジャーナリストか、あるいはソヴィエトの作家か、とにかく日本の現実についてともかく具体的な認識をそなえた旅行者が、沖縄返還協定以後の、わが国にやってきておこなうであろう挨拶こそが、日本は大変ですね、であるはずだからである。現に進行しているヴィエトナム戦争の直接の米軍基地として、アジアに突出している沖縄、というイメージは、そのまま、ヴィエトナム戦争の直接の米軍基地としてアジアに突出している日本という、剝きだしのイメージに置きかえられた。しかも米軍基地の機能を守るべく配属されているのは日本の自衛隊である。かつての沖縄の米軍基地にたいして、沖縄の民衆は、自分たちはそのアジア侵略について共犯でないと主張しえたし、現実にかれらは、アジアにおける厖大な数の被害者の一部をなすものであった。「施政権」返還後、日本人が沖縄の米軍基地にたいして、自分たちはそのアジア侵略について共犯でないと、どうしていえよう？しかもなお日本の自衛隊が、直接にその米軍基地を守護すべく進駐し、しっかりよりそってさえいるのである。それこそ、日本は大変ですね、と挨拶されて見当はずれではありえない。それにまた、核基地としての沖縄というイメージは、いまや核基地としての日本というイメージに、当然おきかえられなければならぬだろう。岩国基地の核兵器の問題が提示されることによって、いまも、また「施政権」返還後も、沖縄をふくむ日本全土の米軍基地の、核兵器について、日本人にはいかなる手さぐりの方法すらもないことを、強行採決の直前の委員会が、やむなく日本人すべてに示したのは、不幸なことではあるが、時宜をえていた。アメリカ政府筋が、沖縄の「施政権」返還のさいに、沖縄に核はないだろうと言明したと、喜びをあらわす自由が日本人にあるとすれば、原理に立って科学的に考えつつ、ニクソン・ドクトリンの現実化の要石となった、日本列島の米軍基地に、核兵器は欠くべからざるものではないか、と疑う根拠もまた、ありあまるほど、われわれ日本人にあたえられていよう。そしていったん、中国本土に核攻撃がおこなわれれば、いまや中国が日本列島のいかなる米軍基地を報復核攻撃するとしても、それが戦略的にはもとより、倫理的にすら咎められるべきだとは、ワシントン、北京の戦略家たちの誰も考えはしまい。これまでの沖縄における、米軍基地の核と沖縄の民衆、という切り離されねばならぬ攻撃対象についての中国の考え方すらも、いまや消滅したと見るべきではないであろうか。いまや米軍基地と日本人とは、ニクソン・ドクトリンの現実化にそくして一体となったのである。

僕はかつて、日本が沖縄に属する、と様ざまな意味をこめて書きつけた。アメリカの核戦略家の頭のなかで、日本は、沖縄における米軍基地の小さな付属物にすぎない、というのがその意味の第一であったが、いまや、よりあきらかに、日本全土ぐるみ、その軍事的突出部たる沖縄の付属物にすぎないことを否定する、いかなる条件もなくなり、そして沖縄の米軍基地は以前のまま機能しているのである。またもうひとつの意味は、日本の見せかけの自立が、沖縄の犠牲を米軍にいいいけにえとしてさしだすことであがなわれている、ということであった。いまや日本は、ニクソン・ドクトリンの現実化の勢いのまえに、見せかけの自立をすら放棄したのである。いけにえをさしだして背後にしりぞいていたやつが、いけにえぐるみしゃしゃり出て、怪物の威力のもとに雁首をそろえてかしこまったことを、それはあらわすであろう。僕がかつて、日本が沖縄に属すると書いた時、それはおおいに想像力の機能にかかわっていた。いま、そのたぐいの想像力をもたぬ者も、実際の現象として、日本が沖縄の、それもそこにある米軍基地プラス自衛隊基地こそを、自分の運命の核心をにぎる実体として担った事実を見ないわけにはゆかないだろう。しかもなおあえて眼をつぶる者も、かつてのようにひとつのクッションを介してでなく、いまや赤裸に、直接に、その運命を沖縄の基地にあずけている。

そしてそのような異常な大転換を、それゆえにこそ強行採決にまでうったえて日本の政府、国会がおこなったのであり、そのような与党に日本人が、圧倒的な多数の票をあたえているのである。その現象の総体にたいして、中国が、日本の軍国主義化をいう時、それが現実にそくしていることを、いったい誰がまともに否定しうるだろうか。このような沖縄＝日本を選ぶかわりに、沖縄の非軍事化、ということを選択する自由もまた「独立国」日本にあったのだと、あらためて念をおす時、それはどうだろうか？　僕がいままで沖縄を焦点におきつつ日中関係を考えてき、わが国の自民党政府について考えてきたところをそのまま発展させる時、もっとも現実感のある、次の、あるいは次の次の首相の、新しい態度とは、いったい日本の軍国主義化がなぜ悪いのかね、と北京にたいしてあらためて公然と開きなおることにほかならない。ニクソン・ドクトリンの現実化の勢いのなかでの、沖縄返還協定の強行採決とは、まさにそのような先ゆきにむけて、今日の現実にそれを塡めこむ時、もっとも論理的に完結する政治的選択の手つづきであろう。

そしてひとりの本土の日本人として「国家としての日本」にみずから積極的にのめり込んで疑わぬ、われわれの精神志向、言葉をかえれば、日常の生活感覚、想像力すべてをくるみこんでの、われわれのありようは、いうまでもなく、そのように開きなおる首相とその体制にこそむけて、巨大なピラミッドをきずいており、沖縄の民衆はあらたにその底辺を補完させられるのである。そうした、日本人としてのみまがいがたい実体を、みずから正視することをさけるための日本人の自己欺瞞が、皮相的にはおおいに燃えあがっている中国ブームをなりたたせているとすら思えてならない。つづいてこの中国ブームがおとろえる時、むなしい幻の灰をはらいのけるようにして日本人が、いまや公然ととるであろう態度は、やはり政治家にならって、いったい日本の軍国主義化が、なぜ悪いのかね、とそれぞれに、開きなおることであって、その時ついに挙国一致のニクソン・ドクトリンの現実化が、東方の扶桑の国を埋めつくすだろうと考えるのは、実際には根拠のないペシミズムにすぎないであろうか？　しかし、ほかならぬ沖縄の復帰拒否者に向けて僕がこの問いを発する時かれらはその苦く新しい経験に立って、僕の疑いを支持してくれるのではないであろうか。

さてこのようにも明確な現実として、これまでは沖縄に差別的に皺よせされている課題として把握していたことが、日本全体の課題としてあらためてすべての地方の日本人の頭上にのしかかってき、すなわち沖縄においてそれを打ちくだくことこそが、沖縄の真の復帰にあいかさなる、と考えてきたところの怪物が、逆に「施政権」返還とともにより状況の悪化した沖縄はもとより、日本全土をおおうものに拡大され、そして想像力の世界でおそれていたことすべてが、赤裸な現実となった、一九七二年以降、どのようにしてその「国家としての日本」の破滅への行進、ニクソン・ドクトリンをマーチにした図まがしい行進から、僕は自分をひき剝がそうというのか。

僕が沖縄の復帰拒否者のイメージを、あらためて濃く強く想像しながら、それにつきあわせるようにして自分自身にいうのは、まず僕といえども、いまや絶望感のうちにのめりこむなどと、おっとりした嘆息をもらすわけにはゆかぬ、ということである。いいかげんなところで、自分のついには当然であるかもしれぬ自己破壊の手前で、ひそかに内圧を低くするような具合に、絶望感を語ってみせるわけにはゆかない。日韓条約において、汚なくいためつけられつづけている朝鮮の民衆が、沖縄返還協定によって、現実と未来をとざされたばかりか、なお日本人の破滅への行進の尖端に、差別的につきだされている沖縄の民衆が、そしてアジアのすべての民衆が、おまえはすでに手を汚し、足を血にまみれさせ、われわれの傷口をなおも踏みにじるようにして立っているのだぞ、絶望感の殻に閉じこもって我が身は安泰か、他力本願もいいところだね、というだろう。沖縄がいくらか遠く海をへだててあり、そこへ渡るのに旅券が必要だった時分には、なんとか文句を並べていたやつが、いま沖縄状況こそが日本全土をおおい、しかしもっとも苛酷な沖縄状況は、これまでより以上に沖縄島の人間に担われている時、ただ「沖縄問題は終った」というかわりに、絶望感の殻に閉じこもったにすぎないではないか、とそれはいうだろう。いま、すでにして僕はその声を聞く。そしてその声のよってきたる根元をすかして見るようにすれば、ほかならぬ沖縄の復帰拒否者たちのイメージが見える。なお巨大にのしかかるアメリカと自衛隊を先ぶれに進駐してくる日本への、また「国家としての日本」にのめりこもうとする、ほかならぬかれら自身の思想への、不服従運動はすでに始められているのだ。

もとより僕はおよそ空元気にあふれた声を発して、かれらの不服従運動は、また僕自身の、ニクソン・ドクトリンの現実化への、そのような現実の体制としての国家日本への、不服従運動だと呼びかける資格をそなえている勇者ではない。僕はさしあたって、この場にかがみこみ、強行採決する委員会と変則国会が、踏みにじって棄てた、一枚の紙をひろいあげ、皺をのばして、それがほかならぬ自分の署名したものであることをあらためて確認しよう。それは「いまこそ沖縄の非軍事化を」と国会にむけて要請した声明書である。僕は再びこの声明を、今度はあらためて僕自身にむけて提出する。国際関係のアジアにおける諸状況は、沖縄返還協定がゴリ押しに押しとおされたいま、それよりほかの選択がなおありうることを告知しつつ、この声明が国会に決断を要請した時点にくらべて、ほかならぬこの協定の成立そのものによって、あきらかに悪化したといわねばならない。むしろいまや、沖縄を非軍事化することがもっとも困難な事態に立ちいたったゆえに、あらためてその困難をこえての実現なしでは、傷口をさらしだしたまま固定された沖縄の、またその沖縄に属する日本の、アジアにおける自立した、侵略的でない国家への、再生の手がかりがありえないのだと、そのような沖縄の非軍事化をもとめるのだというところまで、声明の論理は訂正されなければならぬだろう。その上で僕はこの要請を自分につきつけ、ものの考え方の核心にそれをきざみこみたい。それを思想的な努力の核心にすえたままの僕自身が、ついにニクソン・ドクトリンと菊の紋章で内外をかためた「国家としての日本」から、はっきり自立しうる、また自立せざるをえないところにまでたちいたれば、その時には、まことに遅れに遅れてではあるが、僕は沖縄の復帰拒否者たちの「反国家」の思想ともまた、まっすぐにむかいあえるだろう。

いうまでもなく道は遠く暗く、僕はただ、ついに沖縄返還協定の強行採決にいたる日本政府の疾走をおしとどめうるどころか、それに力をかしさえしたのではないかという、肺腑を嚙む疑いにいろどられた「恥」の念にせきたてられるようにしてのみ、わずかずつ前へ進む者である。

〔一九七一年〕

未来へ向けて回想する
——自己解釈㈣

大江健三郎

1

はじめて沖縄を訪れた時、僕は三十歳であった。この年、僕は『ヒロシマ・ノート』を刊行し、つづいてアメリカへ最初の旅行をした。二十代の終りに、僕は長男の出生を契機に、自分にとっては苦しい経験をした。しかし幼児的な残りかすを性格からすべてとりのぞくことはできぬ人間である僕は、青年期から次の段階へと、よく移行しえていなかったように思う。そしてこれはいまにいたってなお、時に自分が頭を打ち当てねばならぬ弱みとして残っているのだが、僕の他人との関係の結び方、その認識には、永びきすぎた青年期が影響をおとしている。それはエッセイ・評論においてはもとより、小説においてはなおさらに、読み手によって指摘され、批判されてしかたのないところであろう。

しかし人はいつまでも青年で(しかも幼・少年時のなごりを尾のようにくっつけている青年で)いることはできない。それは当然の話だ。僕がはじめての沖縄旅行につづいて、たびたび旅券を申請してはそこを訪れ、そして『沖縄ノート』を刊行し、ついで沖縄の施政権返還があり、旅券なしでそこへ、つまり日本国沖縄県へ行けることになる、歴史的な時期の前後まで、(かならずしも政府首脳が誇ったような意味で歴史的なというのではないが、あらためて施政権返還以後の進み行きは、これがプラス・マイナスふくみこんで、動かしがたく歴史的な事件であったことを示している)、その七年ほどの間に、僕はとくに沖縄との関わりをつうじて、なおなごりの切れっぱしはくっつけながら、しかし青年期の次の段階へと、自分の人生を進み出たのだった。この時期は、さきの長男の異常な出生の時期にくらべても、過ごしやすい時期ではなかった。その暗さ、重苦しさは『沖縄ノート』に直接反映していよう。それは僕がこの時期に書いた小説に、とくに『われらの狂気を生き延びる道を教えよ』におさめた中・短篇小説に表現されているものとかよいあいもしよう。

たまたまこの時期にかけて外国に滞在中であった友人が、『沖縄ノート』を連載中の『世界』で読み、もちろん冗談まじりにではあるが、危惧の思いをもこめた読後感を手紙に書いてきた。——ひとつの章を読むたびに、この章を書き終えて著者自殺という、編集後記が眼に入りそうでね。きみは大丈夫なのだろうか?

その時の僕はかならずしもこの友人の感想に同意しなかったが、いまの僕は、やがて自分が沖縄について、文化人類学者山口昌男の著作に触発されつつ見出すようになった、生きいきして強靱で、陽性な周縁性の力というものを、『沖縄ノート』において部分的にしかすくいあげえていないことを認める。すでにあの時分にも、そのようなものを僕が眼にしなかったというのではない。ただそれを沖縄的なものの本質として、僕がよく認識しえなかったのである。たまたまあの時期に山口は、自分が外国から帰ってみると、ジャーナリズムで狂気という主題が栄えていたが、しかしそこには道化という、狂人といかにも関係の深い、生産的な要素がすっかり欠落していることに驚くと、書いていたものだ。それはほかならぬ僕の、さきの中・短篇小説集への批判でもありえただろう。あれらの小説に、大きい構成要素として、ブラック・ヒューマーは役割を果たしていると僕は思うが、しかしさらに道化という文化的な役割に積極的にむすぶことまでは、当時の僕としてできなかったのであったから。

もしあの時期に、僕に道化の視点があったとしたならば、僕は沖縄芝居や、それを深く民俗的なものから商業演劇に近く中和させた芝居にいたるまでの、道化役の特性について『沖縄ノート』に書くことができただろう。それはこの憂鬱な基調の本に、いくらかは陽性な部分をみちびいたはずだったと思う。それからかなり時をへての僕が、沖縄海洋博を訪れた皇太子夫妻を、「ひめゆりの塔」の傍らの穴に潜りこんで待ちうけ、火焔瓶を投げて威嚇の「身ぶり」をした青年たちについて、沖縄のトリックスターと呼ぶ文章を書くにいたったこと。それは四十歳前後の、僕にとっての新しい展開を示すはずであろう。

しかし沖縄へしばしば僕が旅行し、『沖縄ノート』にまとめられた文章を書き、かつその土台をなす経験をしていた間、僕は右にのべてきたような生涯の時期にいる人間であった。そこでいまの僕が考えざるをえないのは、この時期に沖縄で知りあった人びと、かれらの言葉を、またその文章を『沖縄ノート』に記述し引用した人びとに、現実に多様な迷惑をかけたはずだということである。

とくに沖縄近代史について教えられること多かった大田昌秀教授に、教授との共同編集として刊行した、雑誌『沖縄経験』が、その編集の実際の推進力を果たされた教授の努力にかかわらず、僕の側の責任にかかる事情で発行中絶にいたり、深い意味で償いがたい迷惑をおかけした。それは沖縄についての僕の文章が批判を受けることのあった(その批判者たちのすべてを僕がすぐれた理論家と認めるのではなかったが)、感情的に流れて地道に実践的でないという性格と、さきにのべた自分の人生の転換期ということとつらなって、関係があると思う。それを肯定するのはあらためて苦しいことだが、僕は、はっきりと中年のアイデンティティーを確立した人間の事業として、雑誌をねばり強く刊行しつづける態度に欠けていた。そして創刊の計画を練るあいだ、その欠陥が自分に内在することをまったく自覚することがなかったのでもあった。

雑誌『沖縄経験』は、一九七一年夏、一九七一年秋、一九七二年春、一九七二年秋、一九七三年秋と五冊を刊行して、中絶した。第六号のためには、ハワイ移民特集が、たまたまハワイ大学に研究の場を移されていた大田昌秀教授によって、早くから原稿として完成していたのであったから、教授への申しわけのなさは二重になる。それから七年たって、僕はハワイでのシンポジュームに出席した。その宿舎に、思いがけず外間守善教授から連絡をいただいた。教授もハワイ大学で研究を続けられるかたわら、沖縄文化について市民講座を開いていられるということだった。僕がハワイを去る日、税関で働らく婦人のひとりが、いかにも沖縄独自のアクセントで話す人であった。僕が、二世として沖縄につながる方かどうかをたずねると、婦人は僕の感じとり方とは逆に、つまり地方のアクセントを恥じている態度で、——わかりますか? と問いかえされた。僕は困惑する思いをしたが、ついで婦人と僕の間には、外間教授の講座をめぐる話題がはずんで、僕は明るい心で空港を離れることができたのであった。その婦人が沖縄文化の講座からくみとっている誇らしさの感情は、まことに気持の良いものであったから。それを思いかえせばなおさらに、雑誌『沖縄経験』のハワイ特集号は出されねばならぬものであった。大田昌秀教授はのちにそれらを単独で美事に刊行された。

雑誌『沖縄経験』は、大部分の原稿を沖縄で大田教授が編集し、わずかな部分を東京で僕が編集した。むしろ僕の役割は、印刷上の理由で生じた空間を埋める、囲み記事を書く者としてであった。そして直接購読者との交信と雑誌の送り出し、印刷の過程としての編集実務は、若い編集者であるS君が、無報酬でそれをひとり引き受けてくれたのであった。印刷を行なった戸根木印刷の、これも徹底して奉仕的な協力があったのでもある。そのうち雑誌刊行が行きづまったのは、もともと大きすぎる負担をかけていたS君に、この単独での労作が実際上無理となってしまったからであった。しかし僕が早く決断し、S君と話し合って、編集実務を有給で行なうアルバイト編集者を見つけていたなら、危機は乗り切ることができたかもしれないのである。僕はそれをしなかった。つまりは他人に過大な負担をかけつづけながら、それのもたらすひずみには積極的な責任をとらぬ、幼・少年時の尻っぽをくっつけた大人というほかにない態度を、僕はとってしまったのであった。

雑誌『沖縄経験』を編集する過程で、僕の記憶に強くきざまれたことはいくつもあるが、そのひとつに比嘉春潮氏からの私信があった。それもそもそもは、この雑誌の表紙裏に、写真をつかっての『沖縄博物誌』という欄があり、そこへの寄稿をおねがいしたのであったが、〆切までの期間の短かさもあり、氏はことわってこられた。その用向きの手紙であるが、それは次のような一節をふくむものだったのである。このいかにも沖縄の人間らしい、強い持続性を、僕は記憶しつづけたい。

《……私はこの雑誌は、沖縄の現状と、世界の情勢を正しく読者に早く知らすものと考えています。沖縄の現状については、小生は沖縄の両新聞(『沖縄タイムス』と『琉球新報』)をずっと読んでいますが、最近になって『世界』の福木詮の「ルポ」に一層つっこんだものがあることを発見いたしました。世界の情勢については、小生はかねてから、人民中国側の北京放送を毎晩聞き、又中国通信社の『日刊中国通信、世界ニュース』を毎号読んで補足いたしています。小生は、明治十六年一月沖縄に生まれ、大正十二年(関東大震災の少しまえ)東京に来住して、一昨年かに米寿の祝をしました。耳が遠くなり、補聴器をつかい、眼は四十台からの乱視に老眼が加わりまして、独りでは三、四分で行ける郵便局へ行くだけです。》

いま雑誌『沖縄経験』をふりかえって、僕に端的な喜びの思い出となっているのは、渡辺一夫先生が、この雑誌の表紙絵を、すくなくとも僕の印象では進んで描いてくださったことである。そしてそれにあわせてこの次のような事実である。創刊号の表紙絵は、この同時代論集の外函に縮尺して用いてあるが、当の絵について僕は、時期をおなじくして刊行されていた『渡辺一夫著作集』月報に、次のように書いた。

《……表紙には渡辺一夫先生が、フランスの農耕暦のたぐいであろう古版画から、農夫たちが長大な鎌で草を刈っている絵をうつしてくださった。遠景に城を望む。これらの農夫たちを見て、ただちにぼくの心にうかんだのは『乱世の日記』のうちの「しかし、それにしても、迷惑なのは、傍で生きるために畠を耕している人間どもでした。」という文章であった。城に君臨しているのは、アメリカ軍であり、かつ七二年施政権「返還」を虎のようにうかがっている日本政府でもまたあろう。なかでも編集者としてのぼくにとってもっともありがたかったのは、農夫たちの農耕の鎌が、すぐさま抵抗の武器にもかわりかねぬものと見えることであった。ぼくはここにのべたところの様ざまな思いをこそ、この小さな雑誌に託しているのであるか

ら。》

そして先生はおなじ月報に僕のこの文章について、《氏の表紙絵の解釈は、驚くほど正確に私の想念を捕えている》と書いてくださったのでもあった。先生の表紙絵はすべてで三つの作品にわたったが、施政権返還後に出した号の、その最後の絵は、図柄としてもっとも暗いものである。角と尾の生えたおぞましい悪鬼どもがハンドルを廻している絵で、そのハンドルは水車のような大きい責め具に歯車でつらなっている。裸の男女が縛りつけられている車には、ひとつにはPax Americanaもうひとつには Pax Japonica ときざまれているのであった。

施政権返還の後、年がたつにつれて、アメリカ軍政下で若い知識人たちが地道に実践的に憂えていた悪しき可能性が、次つぎに現実化して既成事実となってゆく沖縄の、新川明氏の編集する『新沖縄文学』からアンケートの手紙を受けとった。僕は草稿を書いたが、結局それを提出しなかった。そしてそれはいまも重苦しい思いをひきおこす未決の事柄として自分にある。その間の事情について、沖縄を訪れた同世代の政治学者をつうじ、沖縄の側からの批判もとどいている。当のアンケートは、沖縄についての文章をおさめたこの巻の、最後の文章と直接に関わっており、僕がアンケートに満足な答を書きえなかった理由もそこにある。

すなわち沖縄返還の国会に向けて、坂本義和教授を中心に「いまこそ沖縄の非軍事化を」という要請がおこなわれた。僕も署名者に加わった。さて施政権は返還されたが、沖縄を非軍事化するというあの提案はいささかも実現されていない。むしろそれに逆行して、米軍基地に加え自衛隊も沖縄に乗りこんで、この島をさらにも軍事化している実状。——きみたちの夢のような提案について、いまどう考えているのかと、そのアンケートは僕の記憶にあるかぎり、あくまでも冷静に問いかけていたのであった。そして僕の草稿としてのアンケートへの答は、さきに沖縄返還協定のゴリ押しの直後に書いた、「再び日本が沖縄に属する」という文章の最後の節における、自分の言葉を繰りかえすほかはないという、つまりはあらためてアンケートへの回答として印刷されるにあたいせぬと、自分に考えられる内容なのであった。

いま、もちろん沖縄の非軍事化はなしとげられておらず、近い将来それがなしとげられる具体的な可能性を見るかといわれれば、僕はそれを肯定する勇気はない。しかも僕はこの構想に、あの時点においてひきつけられたと同じく、さらにその実現の可能性が夢のまた夢である事態において、なお執着するのである。それは現在も、またあの時期においても、そしてその以前にさかのぼればなおさらに、きみたちはおよそ実現の可能性のないことばかり提案してきたのじゃないかと、いつになればこの迷惑な思い入れをわれわれに押しつけてくるのをやめるのかと、あらためて批判の声を沖縄から呼びよせるはずだと自覚しもするが。そこで僕はあらかじめそのような批判にさらされて沈黙する者として、アンケートに答を送りかえさなかったようにも思う。しかし僕が、このアンケートの問いかけをいまも自分にきざみつけているのも、また確かなことだ。それは他の問いかけとからみあいつつ、今後も僕についてまわることだろう。かつて沖縄について多くの言葉を書いた者として、しかもあらためてそれをこのようにまとめなおして刊行する者として、かつアジアの戦略的な眺めのなかの沖縄を、忘れるわけにはゆかぬ者として、さきのアンケートの底にこめられていた、刺すように熱い疑いの声、むしろはじめから愛想をつかしている声の響きを、進んでよみがえらせるようにしては、考えつづけることだろう。沖縄を訪れつづける期間をとおして、まだ幼・少年時につらなる尻尾をくっつけている青年期から、次の段階に進み出たように思うと、さきに僕はいったのではあるが、このように回想してくる時、僕は沖縄をしばしば訪れていたあの期間に、いまなお自分が釘づけになったままであるようにも感じるのである。

2

僕が沖縄について書いた文章は、政治的な状況につねに関わっていた。しかし沖縄へ行き、滞在する間、僕の関心が政治的なところにのみ向っていたかといえばそうではなかった。沖縄の文化の多様な側面が、僕に激しく触発的であったこと、そこから質の高い喜びをつねにあたえられてきたこと、それはあきらかである。しかも僕は、政治的なものに由来する翳りのなかでのみ報告を書き、文化的な輝やきのなかの経験については、それをよく書くことがなかったと思われるのである。文化的な側面をもまた自分の文章に配分しえていたとするなら、繰りかえしになるが、政治的な憂鬱のつみかさなったこれらの文章に、決して憂鬱なだけではない方向性をも導入できていたかもしれぬのだが。

しかしあらためてその可能性をはかって見る時、やはりそれは、あの年齢の僕になしとげえぬことだったのだろうというところにおちつく。なぜなら僕は、しだいに時をへだてつつ、沖縄の文化的な輝やきについて、よく納得するようになっていったのだから。それでも納得の原点をなす経験は沖縄でしたのである。自分の仕事としての小説についてみても、僕が沖縄に旅することで受けとめたものが、政治的な主題にそくしては表層に出てこぬのに、文化的な深いレヴェルでは力を発揮していたと、いまふりかえってあきらかになる例はいくつもある。

沖縄にはじめて旅してから二年後に、僕は長篇小説『万延元年のフットボール』を発表した。この小説は、その全体の構造づけについていうかぎり、僕にとってその最初の長篇小説である。その意味で僕にとっては重要な作品なのである。そしてこの小説の主人公が「根所」という風変りな姓を持っているのは、あきらかに沖縄で学んだことに由来するのであった。もっとも僕があの小説を構想しつづけていた期間、それは幾たびもの沖縄への旅にかさなるが、僕がこの言葉の実質についてどれほどの知識を持っていただろう。まずそれは伊波普猷の『古琉球の政治』における、次の記述に学んだのであったし、それよりほかにいくつかの断片的なきっかけも思い出されてはくるが、この引用を大幅に越える知識が、僕に蓄積されていたとは思えぬのである。

《それから田舎の村落へ行くと、今でも一字(昔の一村)に一ヶ所の根所《ねどころ》があるが、根所は大方村落の真中にあって、之を中心として、家族的の村が出来た。ところが後には種種変動があつて、出て行く者もあり、入つて来る者もあつて、其原形は失はれたが、それでもなほ同字内の者は大多数親類で、大概根神の氏子になつてゐる。それから根所に属する人員が増加して、最早之を悉く包括することが出来ないやうになると、分家を立つるに至るのである。そして又一つの主家に属してゐた奴僕等も、その解放された後、やはりその附近に定住したのであらう。兎にかく琉球の村落は斯くの如く氏神を中心として成立してゐるから、相互扶助の精神が盛んで、其の団結は至つて鞏固である。》

僕にとっては、ただこれだけの内容を背景に持つのみの言葉だったにしても、そのような「根所」という言葉だけで、小説の全体の構想への出発が確保されたのであった。僕は四国の森のなかの村に、かつて強固であった協同体の中心をなす家系を考え、それに「根所」という姓をあたえた。そしていったんは失なわれてしまった村の協同体の精神を、おなじく崩壊にひんしている経済的な状況にかさね、一挙によみがえらせることをめざして、荒あらしく活動する青年と思弁的なその兄を、小説の主人公に据えたのであった。そこには作家としての僕が、自分にとって失なわれた、もっとも大切なものである協同体を(かつて実際にそこに属したと自覚的な記憶があるのではないが)、潜在的に渇望しつづけており、それを小説のかたちで表現しようとしていたのが、沖縄で「根所」という言葉にふれたことによって、一挙に意識的な主題として把握しなおした筋みちが見てとれる。

僕はこの小説において、協同体の核心をなす精神の回復を、祭りの演技のように行なわれる暴動のかたちで描いたが、そこにも現実に沖縄でおこりうる暴動への関心が反映していたと思うのである。僕が沖縄のホテルでよく見た悪夢は、そこを基地とする核装備の飛行機が飛び立った後、報復の核攻撃が島全体を破壊するという夢であったし、コザのようにまるごと基地に囲いこまれている町で、ついに沖縄の人間すべてをまきこむ暴動がおこるという夢であったのだから。

僕がこの小説を発表して三年後、実際に沖縄では暴動がおこった。僕はその出来事について、この巻におさめることをしなかった文章で次のように書いている。沖縄をめぐって、僕はいかなる主題について書いたよりも多くを書いた。したがってそれらをまるごとすべて、この一冊におさめきることはできなかった。

《コザ市の一九七〇年十二月二十日未明の「暴動」は、たれに向けての、どのような叫び声につらぬかれた、人間の行動であったか？／軍雇用員を轢いた米兵が、基地のなかへ連れさられるのに、沖縄の民衆が、抗議したのは、二十五年の永い経験から、またつい数日前の、主婦轢殺、無罪判決のなまなましい記憶から、基地の金網のむこうに姿を没する犯罪者は、そのまま沖縄の民衆の手のとどかぬところへ消えさるのだということを、にがい屈辱の心において、知りつくしてきたからである。／民衆は、抗議した。米軍憲兵は、ピストルを威嚇射撃した、おもに怯えの衝動から。そしてコザ市の真暗闇の街路を、五千人の沖縄の民衆が、投石し、車を焼いて走りまわった。米軍の、アジア最大の基地のひとつに、三百メートルも入りこんだ。かれらの激怒は、米軍を圧していた。米軍には、最初の憲兵の怯えが、広く深く、伝播していた。それは朝になってからすらも、ランパート高等弁務官の心に、なお生きておののいていた。かれが沖縄の民衆にむけて、その夕刻、発した声明は、ワシントンを不愉快にしたほどの、あからさまなまとはずれの恫喝であったが、それはかれがこの「暴動」に、いかに怯えたかをものがたっている。毒ガスの撤去をおくらせるぞという、まったく政治的配慮もなにもない、卑しい恫喝は、あの真夜中、民衆の叫び声と、車の炎上する赤い光とに、ランパート高等弁務官が、五年前すでに『ル・モンド』紙の予言したサボタージュ、抵抗による「基地沖縄」の機能麻痺を、どのように怯えた心で思いめぐらしたかを、はっきりあらわしている。》

僕はここに括弧つきで書いているコザ暴動の報道に接した時、これが民衆の状況を政治的なものを頂点になにもかもひっくるめ表現しえているようには、自分の小説がよく描きえなかったと感じた。

3

僕が沖縄について書いた多くの文章は、しかし現実の状況に対して効果を発揮するというものではなかった。また雑誌『沖縄経験』をつうじて僕が果たそうとした役割も、すでにのべたように僕に帰せられねばならぬ責任によって、うやむやなものになってしまった。それを認めた上で、しかし僕は自分の生き方の進みゆきについて、沖縄から深く学ぶことがあったことをいわなければならない。

はじめにその名を記したが、僕は文化人類学者山口昌男の、周縁性についての理論に啓発された。そして僕はメキシコに旅だち、そこで半年の間教師をして、この問題を考えつづけることになったのである。僕はこの周縁性の理論を介して、新しく沖縄についての考えを展開することができるようになった。しかし僕を当の周縁性の理論に向けて準備させていたものが、ほかならぬ沖縄での経験、とくに文化的な経験であったことにも思いあたるのである。

小説を書く人間として、僕は言葉の多様性になにより関心をひかれる。それもひとつの言語のなかに、異質なふたつ以上の言語的実質が共存して、お互いに力をおよぼしあう、ダイナミックな文体について夢想するのである。そして日本語についてのこの夢想を支える、現実的な手がかりとして、沖縄の言葉がある。

日本の和歌が、琉歌として沖縄の言葉に歌いかえられている作品群について、対応する両者のそれぞれにあきらかな特質を分析した研究があった。五七五七七の和歌が、八八八六の琉歌に歌いかえられる。大和言葉と古典語としての沖縄口《ウチナーグチ》のちがいが基盤にある。しかしその上できわだってくる諸性格は、まずそれら二様の詩のリズムの差違にあった。そしてそれらのリズムの差違は、そのまま日本本土と沖縄の、それぞれの言語世界の全体にひろがってゆくものと思われるのである。

琉歌の、外に向けて開かれた響き、論理性と、抽象的な言葉を並べても、それはなにほどの意味をもったえまい。しかしここで僕はヒントのようにそれのみをいっておいて、ひとつにはそれが和歌の、内部で閉じる性格、つまり上の句で提起された問いが下の句で答えられる仕組み、論理を越えて情動にうったえる性格を照しだす鏡をなすことに注意を喚起したい。もとより和歌にも右にあげた性格とは対立する実作が、たとえば万葉集においてあきらかである。むしろ僕は、万葉を琉歌につなぎ、その両者へそれぞれ対立する第三項として、とくに新古今以後の、和歌的な文化伝統をとらえているのである。またひとつには、琉歌のリズムが、沖縄の今日の文学にまで、文体的な血のつながりを潜流させていると、そのような仮説を僕としてたてていることを示したい。ことなった時代区分の、それもことなった形式の文学相互間の影響関係を、文体の問題としてとらえるのは難かしいことだ。それは科学的な操作として、むしろ不可能な作業であるだろう。しかし僕は、琉歌から山之口貘にいたるつながりを辿りたいし、そこを越えて、さらに若い散文の作家までをつなぎうるという仮説をいだくのである。沖縄のロック歌手が、民謡の歌い手の家庭環境に育ってということにもよるはずだが、その新しい民衆のための歌に、まぎれもなく琉歌的な言葉の世界をよみがえらせるのを僕は聴く。そして文学の領域でも、大きい明日の才能が沖縄にあらわれ、僕が仮説としてしか提示することのできぬ、琉歌以来の沖縄の言葉の伝統に根ざした、現代日本語の文体を秀れた作品に現実化して、僕の仮説を一挙に証明不要としてくれることを期待するのである。

それが実現すれば、日本語の作家として、言語の一様性というものに飼い慣らされ、それを囲むスタティックな枠組から逃れることのできぬ僕は、真に言語的な強い衝撃を受けとめうるはずのものだ。作家の側からは、直接この契機に立ち(それはさきの単なる仮説としての段階においても、ひとつの契機たりうるはずのものだ)、それにあわせて広く多様な専門家のレヴェルにひろげて、日本文化の単一性を批評的にとらえるための試みが行なわれることを希望する。その単一性、一様性を生産的に乗り越えるために沖縄文化との綜合的なつきあわせがおこなわれることを僕は希望するのである。

4

僕が沖縄に向けて集中的に行なっていた旅の、そのひとまずのしめくくりとしての旅は、いわゆる国政参加の選挙が翌日投票されるという日に、那覇空港に到着する日付けのものであった。そして僕はこの沖縄への旅に限っては、いつものように沖縄から東京へ帰るというのではなく、そこから印度へ向って飛び立ち、アジアをへめぐるようにした後、帰国することになった。この旅行での印度滞在の間に、僕はBBC放送で、三島由紀夫の自衛隊に闖入しての自殺のしらせを聞いた。はじめはクーデターがついに日本で起ったと、そのように聞きとれる放送でもあったのである。ガンジス河の広大な流れの向うの、荒野のように見えるひろがりから大きい朝陽が昇って来る。それを眺めているベナレスでの僕に、日本で行なわれたこの鳴物入りの自殺劇は、いかにもグロテスクな反自然に感じとられた。それはすでに十年前のことになる。

沖縄、印度そしてアジアの国ぐにをめぐる、この旅行から帰った僕は、その報告としての文章を書いて、沖縄で会った若い知識人たちの声を「国政参加拒否の眼を開かれて行ったのだった。

—〔一九八〇年十一月〕—

呼びかけ」としてとらえ、《かれらの叫び声が、日本的「中華思想」と無縁であることは当然であるが、それはまた「日本」「日本人」の幻からもすっかり自由な、赤裸の「人間」の声である》とした後、次のようにしめくくった。《その日本的「中華思想」の幻から自由な「人間」の声こそが、インド経験とからみあって、ぼくにより深い絶望とからみあった、新しい希望のありかたを提示しようとする。その展望のとばぐちに立っている自分を、ぼくはいまインド、アジア、沖縄の旅の終りに見出すのである。》

より深い絶望とからみあった、と僕が書いたのには、帰国して三島事件の余波を見た上での感慨があきらかである。しかし新しい希望のありかを、日本的「中華思想」の幻から自由な「人間」の声に見ようとしていたのも確かなことであって、その後の僕はこの方向づけにそくして、韓国の民主化運動の文化的な意味にも

初出一覧

・本書は一九八〇―八一年に小社より刊行された「大江健三郎同時代論集」（全十巻）を底本とし、誤植や収録作品の重版・改版時の修正等に関してのみ若干の訂正をほどこした。
・今日からすると不適切と見なされうる表現があるが、作品が書かれた当時の時代背景や文脈、および著者が差別助長の意図で用いてはいないことを考慮し、そのままとした。

ブックデザイン　鈴木成一デザイン室
装画　渡辺一夫

新装版 大江健三郎同時代論集 4
沖縄経験　（全 10 巻）

2023 年 9 月 22 日　第 1 刷発行

著　者　大江健三郎《おおえけんざぶろう》

発行者　坂本政謙

発行所　株式会社 岩波書店
〒101-8002 東京都千代田区一ツ橋 2-5-5
電話案内 03-5210-4000
https://www.iwanami.co.jp/

印刷・三陽社　カバー・半七印刷　製本・松岳社
カバー加熱型押し・コスモテック

ISBN 978-4-00-028824-8　Printed in Japan

新装版　大江健三郎同時代論集　全10巻

著者自身による編集。解説「未来に向けて回想する——自己解釈」を全巻に附する

（＊は既刊、二〇二三年九月現在）

＊1　出発点

Ⅰ　戦後世代のイメージ　Ⅱ　強権に確執をかもす志／戦後世代と憲法／憲法についての個人的な体験／他　Ⅲ　私小説について／戦後文学をどう受けとめたか／飢えて死ぬ子供の前で文学は有効か？／他　Ⅳ　われらの性の世界／『われらの時代』とぼく自身／現代文学と性　Ⅴ　今日の軍港——横須賀／プラットフォームの娘たち／少年たちの非行のエネルギーは抹殺されるべきものか？／他　Ⅵ　ここにヘンリー・ミラーがいる／危険の感覚／日本に愛想づかしする権利／他

＊2　ヒロシマの光

Ⅰ　ヒロシマ・ノート　Ⅱ　被爆者の自己救済行動／原民喜を記念する／原爆後の日本人の自己確認／他　Ⅲ　核基地に生きる日本人／一九四五年夏に「明日」を見る／敗戦経験と状況七一／他　Ⅳ　核時代の『三酔人経綸問答』／核時代のエラスムス

＊3　想像力と状況

Ⅰ　記憶と想像力／持続する志／死んだ学生への想像力／他　Ⅱ「期待される人間像」を批判する／アメリカの百日／政治的想像力と殺人者の想像力／他　Ⅲ〝記憶して下さい。私はこんな風にして生きて来たのです〟／戦後の人間として「明治」を読むこと／ほんとうの教育者としての子規／他　Ⅳ　誰を方舟に残すか？／多様性コソ力デアル／テロは美しく倫理的か？／他　Ⅴ　おもてを伏せてふりかえる／死滅する鯨とともに